Freda Wolff

Nichts ist kälter als
DER TOD

Thriller

atb aufbau taschenbuch

MIX
Papier aus verantwortungsvollen Quellen
FSC® C083411

ISBN 978-3-7466-3332-9

Aufbau Taschenbuch ist eine Marke der Aufbau Verlag GmbH & Co. KG

1. Auflage 2017

Umschlaggestaltung www.buerosued.de, München
unter Verwendung eines Motivs von
© Aleksandr Kichigin | Alamy Stock Foto
Gesetzt aus der Granjon durch Greiner & Reichel, Köln
Druck und Binden CPI books GmbH, Leck, Germany
Printed in Germany

www.aufbau-verlag.de

Für Hilkje

ES GIBT KEINE UNLÖSBAREN FÄLLE –
NUR POLIZISTEN,
DIE NICHT LANGE GENUG NACHFORSCHEN.

VORSPIEL

Der Wind treibt den Schnee in Schlangenlinien über die stumpfgraue Eisfläche des Sees. Mit jeder neuen Sturmbö schieben sich die wirbelnden Flocken wie eine weiße Wand in den Scheinwerferkegel des Wagens. Nur die gelbschwarzen Schneestangen markieren noch die Grenze zum schmalen Uferstreifen. Wie querlaufende Wellen ziehen sich die ersten Verwehungen über die Straße und verursachen jedes Mal ein dumpfes Geräusch, wenn die Räder auf den nächsten Buckel treffen und ihn durchpflügen.

Es ist fast Mittag und doch immer noch so dunkel, dass er den Bootssteg erst ausmachen kann, als er schon fast an der Zufahrt ist. Vorsichtig bremst er ab und lenkt das schwere SUV direkt auf den zugefrorenen See hinaus. Ein paarmal noch kratzt steifgefrorenes Schilfgras über das Bodenblech, dann finden die Reifen mit einem sirrenden Pfeifton ihren Weg über die glatte Eisfläche.

Irritiert beugt sich der Staatssekretär zwischen den Sitzen nach vorne, ganz schwach kann er den Alkohol in seinem Atem riechen, als er fragt: »Was soll das werden?«

»Eine Abkürzung. Ich kenn mich hier aus. Mein Vater hatte eine Hütte hier. Die Leute aus dem Dorf haben den See im Winter schon immer als kürzeste Verbindung genutzt. Das spart uns mindestens eine Viertelstunde.«

»Ich kann nirgends erkennen, dass hier vor uns schon jemand langgefahren wäre.«

»Das Schneetreiben ist zu stark, auf dem Eis verweht der Wind alle Spuren innerhalb kürzester Zeit. Außerdem ist jetzt ohnehin kaum jemand unterwegs. Aber Sie sollten das hier mal am Sonntagvormittag sehen, wenn die Bauern quer über den See zur Kirche fahren! Das ist schlimmer als jeder Feierabendverkehr in Oslo.«

Er ist selbst überrascht, wie leicht es ihm fällt, einen lockeren Tonfall anzuschlagen. Dabei spürt er fast körperlich, wie sich der Staatssekretär auf dem Sitz in seinem Rücken versteift, als würde sein Fahrer sich gerade etwas herausnehmen, was ihm nicht zusteht. Kai Torstensen sitzt immer auf dem Platz hinter ihm, unbedingt darauf bedacht, dass sie auch im Rückspiegel keinen Augenkontakt haben. Und selbst nach den bald neun Monaten, die er ihn nun schon chauffiert, kann er die wenigen Momente, in denen sie auch nur ansatzweise so was wie ein Gespräch geführt haben, immer noch an den Fingern einer Hand abzählen.

Aber bei der nächsten Frage von Torstensen ist die Nervosität in seiner Stimme nicht zu überhören: »Sie wissen wirklich, was Sie tun? Auch bei diesem Wetter? Man sieht ja kaum die Hand vor Augen!«

»Ich sage doch, ich kenn mich hier aus. Und wir haben eines der sichersten Fahrzeuge, die jemals gebaut worden sind. Four Wheel Drive, Differentialsperre, Traktionskontrolle, alles genau für solche Witterungsverhältnisse. Außerdem arbeitet das Navi auf dem See genauso zuverlässig wie auf der Straße, da haben die Schweden ausnahmsweise mal ihre Hausaufgaben gemacht.«

Normalerweise hört der Staatssekretär es gerne, wenn man eine kleine Spitze gegen andere Nationalitäten loslässt, selbst wenn es sich dabei nur um das benachbarte Schweden und nicht irgendein unterentwickeltes Land außerhalb von Europa handelt. Aber jetzt wartet er vergebens auf einen entsprechenden Kommentar, stattdessen fordert Torstensen ihn unvermittelt auf zu halten.

»Ich muss pinkeln. Und zwar jetzt, sofort. Lassen Sie mich an dem Felsen da drüben raus.«

Er deutet auf die Felsnase, die wie ein massiger Klotz in die Eisfläche hineinragt. Kaum dass der Wagen zum Stehen gekommen ist, schlüpft er in den Parka, der für solche Situationen bereitliegt, und stapft in das Schneetreiben hinaus. Schon nach wenigen Schritten ist er nur noch eine undeutliche Silhouette, die gleich darauf mit dem Grau der Felswand verschmilzt.

Er ist nicht verärgert über die unvorhergesehene Verzögerung. Es ist egal, denkt er, während er sich in seinem Sitz zurücklehnt. Fünf Minuten mehr oder weniger spielen keine Rolle für seinen Plan. Er kann warten. So wie er schon immer gewartet hat, ohne sich dessen überhaupt bewusst gewesen zu sein. Auf den richtigen Zeitpunkt. Auf den einen Moment, der endlich alles verändert. Für immer. Unwiderruflich.

Aber es will ihm fast wie eine überraschende Fügung des Schicksals vorkommen, dass sie jetzt ausgerechnet hier noch einmal angehalten haben. Im Windschatten der Halbinsel, auf der er nach jedem Intervall der Wischerblätter die dunklen Umrisse der Hütte ausmachen kann. Die leeren Fensterhöhlen, die wie schwarze Löcher in der verwitterten Holzwand wirken. Der gemauerte Schornstein, der dicht über dem Dach wie ein verschwommener Fleck im alles verschluckenden Weiß zu schweben scheint.

Es ist lange her, seit er das letzte Mal hier war, um ein paar Tage zu bleiben. Kurz nachdem sein Vater gestorben war, hat er noch einmal notdürftig die schlimmsten Schäden am Dach repariert, auch da hatten die Jugendlichen aus dem Dorf bereits die Scheiben eingeschlagen und Teile der Einrichtung im Kamin verfeuert. Er hatte noch nicht mal mehr die Kraft aufgebracht, die kaputten Fenster mit Brettern zu vernageln, sondern nur die verblichenen Fotos von der Wand genommen und zusammen mit dem Kaffeegeschirr seiner Mutter in eine Kiste gepackt und im Kriechkeller unter der Küche versteckt.

Als wäre es wichtig gewesen, dass die Jugendlichen keine Chance hatten, sich über die Bilder lustig zu machen, die ihn mit kurzen Hosen zeigten, wie er bis zu den Knien im schlickigen Sand stand und mit einer viel zu großen Schaufel nach Krebsen grub. Oder Hand in Hand mit dem Vater, der die unvermeidliche Kippe in den Mundwinkel geschoben hatte und nicht die erste Bierflasche des Tages in die Kamera hielt. Mit dem Hund zu seinen Füßen, der jedes Mal den Kopf wegdrehte, wenn er fotografiert werden sollte. Mit seiner ersten Angelrute auf dem rundgeschliffenen Felsen hinter dem Klohäuschen. Mit von Marmelade verschmiertem Mund und einer tropfenden Eiswaffel in der Hand, während der gedeckte Kaffeetisch im Hintergrund eine Sommerhaus-Idylle versprach, die schon damals nur eine Illusion war.

Auf zwei oder drei Fotos war auch die Mutter zu sehen gewesen, im weit ausgeschnittenen Badeanzug auf dem Steg, mit Sonnenbrille in der geöffneten Tür ihres chromglänzenden Volvo Amazon, mit rot lackierten Fingernägeln und Zigarettenspitze neben der geblümten Kühltasche, die der Vater wenig später mit dem Beil zerschlagen hatte, weil das Bier nicht kalt genug gewesen war.

Und immer war die Mutter alleine auf den Fotos, niemals mit ihm oder dem Vater, noch nicht mal mit dem Hund. Selbst versteckt hinter ihrer Sonnenbrille schien sie weit weg zu sein, irgendwo, wo es keine Mücken gab, keinen Mann im tarngefleckten T-Shirt, keinen quengelnden kleinen Jungen, dessen größter Traum es war, einmal im Leben nur die krummgewachsene Kiefer hinaufzuklettern, in deren Spitze ein Raubvogel sich sein Nest gebaut hatte. Bis heute war er überzeugt davon, dass es ein Seeadler gewesen sein musste, auch wenn der Vater ihn ausgelacht und erklärt hatte, dass Adler niemals auf Bäumen brüten würden, deren Äste bis kaum übers Dach der Hütte reichten …

Seine Gedanken kehren zurück in die Gegenwart, als er den Staatssekretär aus dem Schneetreiben auftauchen sieht. Bereits die wenigen Minuten im Freien haben gereicht, um seine Kapuze und die Schultern des Parkas mit einer dicken weißen Schicht zu bedecken, auch der sorgfältig gestutzte Kinnbart ist vom Schnee verkleistert, obwohl Torstensen sich schützend die Hand vors Gesicht hält, als der Wind ihn kurz vor dem Wagen erneut mit voller Wucht erwischt.

Für eine Sekunde ist er versucht, sich noch schnell eine Zigarette anzuzünden. Obwohl er schon lange nicht mehr raucht. Eine letzte Zigarette aus dem silbernen Etui, das im Handschuhfach neben dem Flachmann mit dem irischen Whiskey liegt. Nur um Torstensen zu provozieren. Um ihm den Rauch ins Gesicht zu blasen, ohne ein Wort zu sagen. Die Vorstellung gefällt ihm. Aber er wird es nicht tun. Nicht weil er feige ist, sondern weil es keine Bedeutung mehr hat.

Auch als der Staatssekretär jetzt die Tür aufreißt und sich in der Enge hinter dem Sitz laut fluchend aus dem Parka quält, empfindet er keinen Hass. Keinen Hass und kein Mitleid. Nur eine grenzenlose Genugtuung darüber, dass die als selbstverständlich angenommene Normalität gleich von einem Moment auf den nächsten nicht mehr existieren wird. Genau so, wie es den armen Schweinen gegangen ist, die nichts Böses geahnt haben, als sie Torstensen und ihm über den Weg gelaufen sind, denkt er noch.

Gerade als er den Ganghebel wieder in Fahrstellung geschoben hat, tippt ihm der Staatssekretär auf die Schulter.

»Ich möchte, dass wir zurück zur Straße fahren. Ohne Diskussion. Wenden Sie und fahren Sie zurück!«

Als hätte er die Aufforderung nicht gehört, streckt er nur die Hand zum Armaturenbrett aus und stellt das Gebläse auf die höchste Stufe. Fauchend strömt die heiße Luft aus den Düsen.

Während er bereits den Fuß von der Bremse nimmt, sagt er laut über die Schulter nach hinten: »Mein Vater hat gerne behauptet, die einzig vernünftige Heizung, die Volvo je gebaut hätte, wäre für den alten Amazon gewesen. Aber da kannte er diesen Wagen noch nicht.«

Er hört die Hupe erst, als ihn das Licht der Scheinwerfer im Außenspiegel blendet. Gleich darauf schiebt sich schon schlingernd ein alter Linienbus mit langer Kühlerhaube an ihnen vorbei, so dicht, dass er trotz des Schneetreibens deutlich die lachenden Gesichter hinter den Scheiben erkennen kann. Ein Oldtimer, denkt er, aus den Sechzigerjahren, mit einer großflächigen Aufschrift, die fast die ganze Seite einnimmt: TEATER PÅ TUR. Und mit den beiden stilisierten Masken daneben, dem lachenden Gesicht und dem weinenden …

»Sie haben recht gehabt!«, dringt Torstensens Stimme wie aus weiter Ferne zu ihm. »Das gibt's ja wohl nicht, sogar mit einem Bus fahren die hier lang!«

Er ist so irritiert, dass er wie erstarrt auf seinem Sitz hockt, die Hände ums Lenkrad gekrampft, bis die Heckleuchten des Busses im stiebenden Schnee, den die Hinterräder aufwühlen, verschwunden sind.

»Was ist los? Worauf warten Sie? Jetzt machen Sie schon, denen zeigen wir mal, was ein richtiges Auto ist!«

Als er das Gaspedal durchtritt, beschleunigt das SUV so stark, dass er gegen die Rückenlehne gepresst wird. Ohne zu rucken schaltet sich die Automatik durch die Gänge, bis der Motor bei mittlerer Drehzahl gleichmäßig vor sich hin brummt.

Seine Gedanken überschlagen sich. Eine Theatergruppe, die zu irgendeinem Gastspiel unterwegs ist. Vielleicht in Åseral, vielleicht noch weiter weg, irgendwo im Süden an der Küste.

Fast meint er, die Bilder vor sich zu sehen, die sich im Bus abgespielt haben müssen. Vielleicht ist es der Regisseur, der vorne neben dem Fahrer sitzt, vielleicht auch der Fahrer selber, der kurz vor dem Bootssteg plötzlich auf die Spuren im Schnee zeigt und ruft: He, da ist einer übers Eis! Das machen wir auch. Festhalten, Leute, die Rutschpartie beginnt!

Eine spontane Entscheidung, die die Theatergruppe mit Beifall und fröhlichem Gelächter quittiert. Eine willkommene Abwechslung nach den eintönigen Stunden, die sie in ihrem Bus schon hinter sich haben. Von wo auch immer sie gekommen sind … Zeig mal, was die alte Karre noch so drauf hat!

Irgendwo hinten im Bus fängt einer an zu singen. Und irgendwann machen alle mit. Singen können sie, sie sind ja vom Theater. »We are the champions.« Nein, nicht Queen, eher Bowie: »We can be heroes, just for one day.« Und der Fahrer trommelt im Takt auf dem Lenkrad. Bringt den Bus mit Gas und Bremse gerade so weit ins Schleudern, dass er sich noch nicht im Kreis dreht, aber sie trotzdem auf ihren Sitzen von links nach rechts rutschen. Kreischen und Johlen. Wie Schulkinder auf einem Klassenausflug. Theaterleute eben, die immer eine Show aus allem machen müssen, als würde nur der Moment zählen. Als gäbe es kein Morgen.

Und dann sehen sie das SUV vor sich aus dem Schneetreiben auftauchen.

He, das ist bestimmt der Wagen, dessen Spuren wir gefolgt sind! Teurer Schlitten. Hup mal! Ja, genau, und jetzt so dicht dran vorbei, dass sie sich ordentlich erschrecken. Habt ihr sie gesehen? Zwei Typen in Anzügen, einer vorne, einer hinten. Wahrscheinlich so ein verdammter Großkotz, der mit Aktien spekuliert. Und ganz bestimmt keiner, der jemals zu uns in die Vorstellung kommen würde. Der geht nur in die Oper, wetten? Weil seine Frau ihm zu Weihnachten ein Jahresabo geschenkt hat! Aber warum stehen die da? Sollen wir anhalten? Quatsch, vergiss es, kann uns doch egal sein. Warte mal, was ist das da vorne, siehst du das? Fahr mal langsamer. Da, rechts, die Stange im Eis …

Die Scheibenwischer laufen auf höchster Stufe. Trotzdem ist es bei dem Tempo kaum möglich, mehr als zehn Meter vorauszublicken. Fünfzehn Meter vielleicht, höchstens. Die Schneeflocken wirbeln im Kegel der Scheinwerfer, als würden sie einen Tunnel bilden, der sie jeden Moment verschlucken muss.

Die Tachonadel pendelt zitternd zwischen siebzig und achtzig. Zu schnell für die schlechte Sicht. Jetzt haben sie die Halbinsel mit der verfallenen Hütte passiert und nur noch die weite Fläche des Eises vor sich, wie marmoriert von den sich schlängelnden Fäden des Schnees.

Die Hand des Staatssekretärs krallt sich schmerzhaft in seine Schulter.

»Wo sind die hin? Die können doch nicht plötzlich verschwunden sein! Da, da war eben was! Ich sehe die Bremslichter! Direkt vor uns! Aber wieso …?«

Er reißt das Lenkrad herum und rammt gleichzeitig den Fuß auf die Bremse. Die Warnleuchte am Armaturenbrett blinkt heftig, als die Räder für einen Moment die Haftung verlieren, bevor die Elektronik die Kontrolle zurückgewinnt. Ein Stück rutschen sie noch seitwärts, dann kommt der Wagen zum Stehen.

Er hat schon den Gurt gelöst und die Tür aufgerissen, als Torstensen noch stammelnd sein Gesicht an die Seitenscheibe presst.

»Das … das ist nicht wahr! Die brechen gerade ein! Da ist ein Loch im Eis!«

Die Sohlen seiner Lederschuhe finden keinen Halt auf dem glatten Untergrund, fast wäre er gestürzt, kann sich aber im letzten Moment noch an der Tür festhalten.

Das Splittern des Eises kommt ihm ohrenbetäubend vor. Mit einem metallischen Quietschen schiebt sich der

Bus über die Abbruchkante, das Getriebe kreischt, als der Fahrer noch verzweifelt versucht, den Rückwärtsgang einzulegen, während das Gewicht des schweren Motors die Kühlerhaube bereits unaufhaltsam in die Tiefe zieht. Grauschwarzes Wasser spritzt auf, Eisschollen werden wie Papier zur Seite gedrückt. Für ein paar Sekunden scheint der Bus plötzlich in der Schwebe zu verharren, wie eine Wippe, die sich nicht entscheiden kann, ob sie rauf- oder runterschnellen soll, dann rutscht er weiter, wie in Zeitlupe lösen sich die Hinterräder vom Eis …

»So tun Sie doch was! Wir müssen die Leute da rausholen, sonst …« Der Wind verweht die letzten Worte des Staatssekretärs, der jetzt neben ihm steht und ihn zitternd am Arm gepackt hält. »Das Abschleppseil! Holen Sie das verdammte Seil aus dem Wagen!«

»Es ist zu spät. Und der Bus ist zu schwer.«

»Aber irgendwas müssen wir doch tun!«

Hinter den Scheiben erkennt er undeutlich, wie die Theaterleute jetzt zum Heck stürzen, und tatsächlich stoppt das plötzliche Gegengewicht die Vorwärtsbewegung des Busses, fast berühren die Hinterräder schon wieder den Boden, als das Eis erneut splittert und die scharfkantigen Schollen sich knirschend am Blech emporschieben …

Er schüttelt die Hand des Staatssekretärs ab und macht einen Schritt nach vorne, und noch einen, bis er sich nicht weiterwagt und in einer hilflosen Geste die Arme ausbreitet.

Jetzt schlagen sie von innen mit den Fäusten gegen die Scheiben, und sie schreien, aber er hört nichts, er kann nur ihre offenen Münder sehen, wie dunkle Flecken, und die vor Panik aufgerissenen Augen. Eine Frau presst ihr Gesicht so fest an das Glas, dass es zu einem bleichen Oval ohne jegliche Konturen verschwimmt, dann sackt der Bus endgültig in die schwarze Tiefe.

Durch den Druck wölbt sich noch einmal die Oberfläche des Wassers über dem versinkenden Dach. Der kurz darauf einsetzende Strudel wirbelt die losgerissenen Schollen durcheinander, konzentrische Kreise schwappen gegen die Eiskante, dann steigen Blasen auf, erst als weißlich schäumende Menge, schließlich nur noch vereinzelt, immer weniger und weniger.

Der Wind hat nachgelassen, von dem Schneetreiben sind nur vereinzelte Flocken geblieben, die jetzt lautlos vom Himmel schweben.

Die plötzliche Stille kommt ihm unwirklich vor. Er braucht einen Moment, bevor er begreift, dass Torstensen nicht mit ihm redet, sondern sein Handy in der Hand hält. »Hier ist ein Unglück passiert! Ein Bus ist im Eis eingebrochen. Wir konnten nichts tun, es ging viel zu schnell!«

Zwei Wildgänse fliegen mit weit vorgestreckten Hälsen laut schnatternd vorüber. Die Berge am gegenüberliegenden Ufer sehen aus wie eine schwarze Wand vor dem Grau des Himmels. Irgendwo in weiter Ferne meint er plötzlich, einen Hund bellen zu hören.

Es wird nicht lange dauern, bis der Wind und die Kälte des Wassers das Eis erneut schließen, denkt er. Und zurück bleibt nicht mal ein Loch so wie er es sich gedacht hatte. Nur dass jetzt trotzdem alles ganz anders gekommen ist.

ERSTES BUCH

It's gonna hit us, like a slap in the face
(Dance with a Stranger)

JAN-OLE

Es war so kalt in der Garage, dass das Schwitzwasser auf der Scheibe des Fensters zum Garten glitzernde Eisblumen bildete. Obwohl die Drähte des Heizlüfters auf der Arbeitsplatte glühten, schien sich die warme Luft im selben Moment, in dem sie aus dem Gehäuse strömte, bereits schon wieder verflüchtigt zu haben.

Jan-Ole Andersen trug einen grauen Marinepullover über dem Overall und schwere Clogstiefel, die mit Fell gefüttert waren, die schwarze Wollmütze hatte er bis weit in die Stirn gezogen. Die Neonröhre über ihm flackerte in unregelmäßigen Abständen. Aus dem vorsintflutlichen Röhrenradio dudelte billige Popmusik, unterbrochen von Werbespots, die sich in ihrer aufgeregten Blödheit kaum voneinander unterschieden, egal welche Produkte sie anpriesen. Ein neues Waschmittel, eine neue Eissorte, eine neue Kopfschmerztablette, die immerhin für ein paar Sekunden Jan-Oles Interesse zu wecken vermochte.

Als er die Stichsäge erneut ansetzte, konnte seine linke Hand vor Kälte kaum noch die Holzplatte halten. Kreischend fraß sich das Sägeblatt auf der Bleistiftlinie entlang, steckte aber schon nach wenigen Zentimetern wieder fest. Der kleine Elektromotor roch verbrannt, aus den Lüftungsschlitzen sprühten Funken. Das Zedernholz war zu frisch und so hart wie Beton, und das Sägeblatt war wahrscheinlich schon stumpf gewesen, als er es eingesetzt hatte. Aber es war das einzige, das er in der Werkzeugkiste hatte finden können, und es war Sonntag, der Baumarkt hatte geschlossen.

Fluchend zog Jan-Ole den Stecker aus der Dose und griff nach der Handsäge. Aber seine Hände gehorchten ihm nicht, plötzlich war das Verlängerungskabel im Weg, als er es unwillig zur Seite schieben wollte, riss die Säge ihm die Haut an seinem Finger auf, sofort fing das Blut an zu tropfen.

Vergeblich suchte er mit der anderen Hand in seinem Overall nach einem Taschentuch, dann nahm er einen halbwegs sauberen Lappen von der Arbeitsplatte. Bevor er ihn um den verletzten Finger wickelte, tränkte er ihn mit dem letzten Rest Whiskey aus der Flasche, die er in Reichweite auf dem Regal stehen hatte.

Jan-Ole war kein Heimwerker. Er war Sonderermittler einer Spezialeinheit der norwegischen Polizei zur Terrorbekämpfung. Er konnte mit den verschiedensten Waffen umgehen und war in der Lage, nur mit einem Messer und ganz auf sich allein gestellt mehrere Tage in der Wildnis zu überleben, aber er scheiterte daran, ein einfaches Vogelhaus zu bauen. Und ganz sicher war es nicht hilfreich, dass er bereits zum Frühstück seinen Kaffee wieder mit Whiskey verlängert hatte. Aber Whiskey schien das Einzige zu sein, was ihm zurzeit durch seine Nächte half. »Whatever gets you through the night, it's alright, it's alright …«

Das Vogelhaus sollte eine Überraschung für Merette werden. Ein genaues Abbild ihres Hauses im Strangehagen in Bergen. Noch auf der Rückfahrt von seinem letzten Besuch in der Reha-Klinik hatte er sich im Kopf eine Zeichnung gemacht und den Maßstab festgelegt. Und am selben Abend die Bodenplatte ausgesägt und mit einer Halterung versehen, die er am Fensterbrett von Merettes Krankenzimmer anbringen konnte. Das war vor etwas mehr als einer Woche gewesen. Nachdem der behandelnde Arzt ihm versucht hatte zu erklären, was Merette schon wusste. Dass die Verletzung ihrer Wirbelsäule schwerwiegender war als zunächst angenommen. Dass sie zwar angeblich immer noch gute Chancen hatte, irgendwann auch wieder ohne Rollstuhl klarzukommen, aber dass es dauern würde. Und dass sie ganz sicher auch ihren Geburtstag noch in der Klinik bei Farsund verbringen musste.

Ihren fünfzigsten Geburtstag, für den er jetzt dieses Vogelhaus baute, bei dem nichts stimmte. Weder die Dimensionen noch die Ausschnitte für die Fenster oder die Türen, ganz zu schweigen von der ursprünglichen Idee, dass es möglichst so aussehen sollte wie ihr eigenes Haus. Aber was da mittlerweile vor ihm auf der Arbeitsplatte stand, wirkte eher wie ein halbverfallener Bootsschuppen, an dessen traurigem Anblick auch der noch fehlende farbige Anstrich – dunkelblau mit weiß abgesetzten Tür- und Fensterrahmen – kaum etwas ändern würde. Und genauso wie das Vogelhaus aussah, fühlte sich auch Jan-Ole. Hoffnungslos. Am Ende seiner Kraft. Und nicht fähig zu irgendeinem vernünftigen Plan. Er wusste ganz einfach nicht, was er tun sollte. Die Zwischentöne in den Aussagen des Arztes waren seiner Meinung nach deutlich genug gewesen. Es gab keine Gewähr, dass die neue Therapie anschlug. Es gab also auch keine Sicherheit, dass Merette jemals wieder laufen konnte.

Mehr als einmal schon hatte er sich bei der Vorstellung

ertappt, dass Merette tot wäre. Natürlich war das vollkommen idiotisch, das wusste er. Sie würde im Rollstuhl sitzen, aber sie würde leben. Er würde sie vielleicht die Treppen hinauftragen müssen, sie ins Auto setzen, sie zur Ergotherapie bringen. Sie durch den Nordness-Park schieben, ihr bei irgendwelchen Feiern einen Drink von der Theke holen, sie waschen, ihr aufs Klo helfen, darauf achten, dass sie regelmäßig ihre Medikamente nahm. Und mit schlechtem Gewissen – und nur, weil sie ihn dazu drängte – würde er für ein paar Tage ins Fjell hinauffahren, um auf andere Gedanken zu kommen, aber schon am ersten Abend wieder zurückkehren.

Er tat sich selber leid – und er hasste sich dafür. Aber er bekam die alptraumhaften Bilder nicht aus dem Kopf, wie er an ihrem offenen Grab stand, wie er wortlos und zu keiner Reaktion fähig die Beileidsbekundungen über sich ergehen ließ, wie er sich schließlich auf der Trauerfeier so lange mit Alkohol vollkippte, bis er den Mut fand, um allen, mit denen er noch eine Rechnung offen hatte, endlich mal die Meinung zu sagen. Es waren nicht wenige. Und er war nicht zimperlich in seinem Zustand. Einmal war er mitten in der Nacht aufgewacht und hatte im Licht der Lampe seine Hände betrachtet, verwundert, dass die Fingerknöchel nicht wirklich blutig geschlagen waren …

Als das Telefon im Haus klingelte, hatte er Mühe, ohne zu stolpern über die Türschwelle und die paar Stufen hoch in den Flur zu kommen. Prompt rutschte ihm das Telefon aus der Hand, kaum dass er es aus der Station genommen hatte, und fiel scheppernd auf den Dielenboden.

»Jan-Ole?«, hörte er Julias Stimme. »Papa? Bist du da? Was ist da los bei dir? Warum sagst du nichts?«

Schwer atmend stützte er sich an der Wand ab, als er sich nach unten beugte, wurde ihm schwindlig. Er schaffte es gerade noch, die aufsteigende Übelkeit zu unterdrücken, während er wie in Zeitlupe in die Knie ging. Und dann auf den Knien hocken blieb und das Telefon ans Ohr presste.

»Ich bin da. Alles okay.«

»Wirklich? Was war das eben? Das klang, als ob …«

»Vergiss es. Wie geht es dir?«

»Ganz okay eigentlich. Ich wollte nur schnell fragen, ob du vielleicht irgendwas Neues weißt. Ich hab mich nicht getraut, Merette selber anzurufen.«

»Nichts Neues. Wir können nur hoffen.«

»Ich komme auf jeden Fall zu ihrem Geburtstag, das ist ja klar. Hast du irgendeine Idee, was ich ihr schenken könnte? Irgendwas, worüber sie sich echt freut …«

»Ich hab selber auch noch nichts. Ich glaube aber, es ist nur wichtig, dass wir da sind.«

Für einen Moment hörte er nur das Rauschen und Knistern im Hörer. Vorsichtig wechselte er in eine bequemere Haltung und lehnte sich mit dem Rücken an die Wand. So war es besser, auch wenn seine Hand mit dem Telefon immer noch zitterte und er jedes Mal, wenn er die Augen schloss, bunte Lichtkreise sah.

Wie aus weiter Ferne drang jetzt wieder Julias Stimme an sein Ohr.

»Als ich das letzte Mal mit ihr telefoniert habe, hat sie behauptet, dass sie zu ihrem Geburtstag niemanden sehen will.«

»Ich weiß, das hat sie mir auch gesagt.«

»Aber wir fahren trotzdem hin, oder?«

»Natürlich.«

»Gut, das wollte ich nur wissen. Glaubst du, dass sie Angst hat? Ich meine, dass sie nie wieder … Du weißt schon. Dass sie für immer im Rollstuhl sitzen muss.«

»Vielleicht. Wahrscheinlich sogar. Aber du weißt selber, wie sie ist. Sie redet nicht darüber.«

»Und du? Hast du auch Angst?«

Er schluckte heftig. Dann griff er mit zitternden Händen unter seinen Pullover und zog das Tabakpäckchen aus der Brusttasche des Overalls.

»Manchmal, ja«, sagte er leise, während er versuchte, das Telefon zwischen Hals und Schulter zu klemmen und sich eine Zigarette zu drehen.

»Ich auch«, kam ebenso leise Julias Antwort.

»Aber die Ärzte da sind gut. Solange Merette nicht aufgibt, wird das schon wieder.«

Er merkte selber, wie dürftig seine Sätze klangen. Aber es war wie sein persönliches Mantra, mit dem er sich Hoffnung zu machen und alle anderen Gedanken in den Hintergrund zu drängen versuchte, wenn der Alkohol ihn ausreichend betäubt hatte. Solange Merette nicht aufgibt, wird alles gut. Merette schafft das. Alles wird gut.

Verblüfft hörte er, wie Julia plötzlich auflachte.

»Mama gibt nicht auf. Nie! Ich glaube, darüber müssen wir uns echt keine Sorgen machen. Also, dann sehen wir uns bald! Ich habe schon einen Flug nach Oslo gebucht. Holst du mich ab und wir fahren zusammen zu ihr? Dann können wir auf der Fahrt noch ein bisschen reden.«

»Klar, machen wir so.«

»Gut. Ich schick dir eine SMS mit Uhrzeit und Flugnummer. Ich liebe dich. Ich liebe euch beide.«

»Wir lieben dich auch. Pass auf dich auf!«

Für einen Moment blieb er noch auf dem Boden sitzen und drehte die fertige Zigarette zwischen seinen Fingern hin und her, ohne sie anzuzünden. Er hoffte nur, dass Julia eben tatsächlich nichts von seiner jämmerlichen Verfassung bemerkt hatte. Und er musste einen Weg finden, um sich wieder in den Griff zu bekommen, bevor sie gemeinsam zu Merette fahren würden. Vor allem musste er aufhören zu trinken! Auch wenn er sich davor fürchtete und keine Idee hatte, ob er es schaffen würde. Er verstand sich selber nicht, aber vielleicht war ihm durch Merettes Prognose zum ersten Mal bewusst geworden, wie sehr er sie brauchte. Und wie selbstverständlich er immer davon ausgegangen war, dass es nichts geben würde, was ihr gemeinsames Leben wirklich verändern könnte.

»Why must things change«, murmelte er halblaut vor sich hin, während er sich mühsam aufrichtete und mit schweren Schritten zur Küche hinüberging, um endlich etwas anderes als Kaffee und Whiskey in den Magen zu bekommen. Aber er hatte noch kaum den Kühlschrank geöffnet, als er merkte, wie ihm plötzlich die Tränen über die Wangen liefen. Er kam nicht dagegen an, er stand einfach so mitten in der Küche und schluchzte. Und wünschte sich, dass Julia nicht weit weg für ein Auslandssemester in Berlin wäre. Dass Merette nie gestürzt wäre, sich nie verletzt hätte, nie im Rollstuhl darauf warten müsste, dass sich ihr Zustand endlich besserte. Dass er selber in der Lage wäre, so etwas wie Optimismus zu verbreiten. Oder wenigstens seinen ganz normalen Alltag zu meistern, so zu funktionieren, wie er es Merette und Julia schuldig war …

Als das Telefon, das er neben der Spüle abgelegt hatte, erneut klingelte, musste er sich zusammenreißen, um seine Stimme unter Kontrolle zu bringen. Die Nummer auf dem Display sagte ihm nichts.

»Jan-Ole? Ich hoffe, ich störe nicht. Kristina ist hier, aus Kristiansand. Ich habe es schon unter deiner Dienstnummer versucht, aber da hat niemand abgenommen.«

Jan-Ole rieb sich mit der freien Hand über die Schläfe, als könnte er so den Kopfschmerz vertreiben, der sich langsam von seinem Nacken her ausbreitete. Kristina! Die junge Kriminalkommissarin, mit der er am Ende des letzten Sommers zusammengearbeitet hatte. Bei eben der Ermittlung, die schließlich zu Merettes Unfall führte.

»Jan-Ole? Bist du noch da?«

»Ich bin für ein paar Tage krankgeschrieben, deshalb erreichst du mich nur zu Hause. Was ist los? Warum rufst du an?«

»Sehr begeistert scheinst du ja nicht gerade, mich zu hören ...«

»Entschuldigung, Kristina, aber ...«

»Schon gut, ich mache es kurz. Wir haben hier einen Unfall gehabt, zwischen Evje und Åseral ist ein Bus über einen zugefrorenen See gefahren und eingebrochen. Ein Tourneetheater, vierzehn Leute. Wir konnten sie nur noch tot rausholen, sie sind alle ertrunken.«

Jan-Ole holte tief Luft, während er die Kühlschranktür schloss und sich einen Küchenstuhl heranzog.

»Aber warum ...«

»Warum ich dich deshalb anrufe?«

»Ja, ich meine, das ist schlimm, was du da erzählst, aber ...«

»Es gibt da zumindest eine Sache, die darauf hindeutet, dass es nicht einfach ein Unfall war, weil die Typen so bescheuert gewesen sind, den See als Abkürzung zu benutzen. Wir hatten hier einen ziemlichen Schneesturm, der die meisten Spuren unbrauchbar gemacht hat, aber es sieht verdammt so aus, als wäre das Eis präpariert worden.«

Unwillkürlich stieß Jan-Ole einen leisen Pfiff aus.

»Moment, du meinst …«

»Da hat jemand so was wie eine Rinne gehackt, die nur mit einer dünnen Eisschicht überfroren war. Zu dünn, um das Gewicht eines Fahrzeugs zu tragen. Aber warte, es kommt noch was anderes hinzu, weshalb ich dich bitten möchte, dir das mal selber anzusehen. Eine von den Toten im Bus ist eine alte Bekannte von dir und mir! Und ich kann nicht ausschließen, dass es nicht vielleicht einen Zusammenhang zu unserem letzten Fall hier gibt.«

»Wer?«, stieß Jan-Ole hervor. Von einer Sekunde zur nächsten war er hellwach. »Von welcher Frau redest du?«

MERETTE

Irgendetwas war anders als sonst. Merette hatte das deutliche Gefühl, dass Ibu ihr etwas sagen wollte, sich aber nicht traute. Und sie fragte nicht nach. Es gab diese unausgesprochene Regel zwischen ihnen: keine Fragen. Wenn einer von ihnen über etwas reden wollte, musste er von sich aus dazu bereit sein.

Als der Pfleger ihr zum Abschied kurz die Hand auf die Schulter legte, wusste sie, dass sie sich nicht irrte. Er hatte etwas auf dem Herzen. Und früher oder später würde sie es auch erfahren …

Ibu hatte Merette vorsorglich in mehrere Rentierfelle gewickelt, bevor er sie mit dem Rollstuhl zum äußersten Ende des Klinikgeländes geschoben hatte. Und dann weiter durch die Pforte bis in die flachen Dünen, die sich oberhalb des Uferstreifens zwischen den Felsen gebildet hatten. Es gab nur diese eine Stelle, an der man auch mit dem Rollstuhl bis fast ans Wasser kam, und der Sand war von der Kälte so hartgefroren, dass die gummibereiften Räder ohne einzusinken über den Untergrund rollten. Der Strand lag so tief, dass er von der Klinik her nicht einsehbar war – und das war auch einer der Gründe, warum Merette diesen Platz für sich gewählt hatte. Sie wollte alleine sein, ohne das Gefühl haben zu müssen, dass an irgendeinem

Fenster jemand stand und sich fragte, was die einsame Gestalt dort unten machte, die stundenlang auf das graue Meer hinausstarrte und nur die kreischenden Möwen zur Gesellschaft hatte.

Sie hatte eine Verabredung mit Ibu getroffen. Kaum dass die morgendlichen Anwendungen und das Mittagessen vorüber waren, schob er sie mehr oder weniger heimlich durch den jetzt im Winter wie ausgestorben daliegenden Park der Klinik zum Strand hinunter und ließ sie dann in Ruhe. Erst wenn es anfing zu dämmern, kam er wieder, um sie zu holen. Er stellte keine Fragen. Er versuchte auch nicht, sie mit dem aufgesetzt optimistischen Gerede zu trösten, das die anderen Pfleger nur zu gut beherrschten. Er war einfach nur zu dem Zeitpunkt da, an dem sie ihn erwartete, und blickte noch ein paar Minuten gemeinsam mit ihr auf die gischtend anrollenden Wellen, bevor er den Rollstuhl wendete und sie zurück in ihr Zimmer brachte. Sie war ihm dankbar für die gelassene Selbstverständlichkeit, mit der er ihren Wunsch nach Einsamkeit akzeptierte.

Schwieriger war es, wenn es regnete. Oder wenn wie gestern ein Schneesturm über die Küste fegte, der jeden Aufenthalt im Freien unmöglich machte. Aber auch für solche Fälle hatten sie mittlerweile ein Ritual gefunden, mit dem sie sich beide gut arrangieren konnten. Sie saßen dann in Merettes Zimmer und konzentrierten sich auf das Brettspiel, das sie gemeinsam erfunden und mit einer sorgfältig gezeichneten Pappunterlage und rundgeschliffenen Kieselsteinen vom Strand immer wieder verändert hatten, bis es tatsächlich spielbar war. Seit einiger Zeit hatte Ibu dann irgendwann zwischen zwei Spielzügen angefangen, leise von seiner Heimat zu erzählen, eher unzusammenhängende Geschichten, die doch alle immer wieder um das gleiche Thema kreisten – das niedergebrannte Dorf im Sudan, die missglückte Flucht im offenen Boot über das Mittelmeer, bei dem die Frau und das gerade erst geborene Mädchen umgekommen waren, der zweite Fluchtversuch im doppelten Boden eines LKW quer durch Länder, an die Ibu sich nicht mehr erinnerte.

Sie sprachen Deutsch miteinander, bevor Ibu – auf welchem Weg auch immer – es bis nach Norwegen geschafft hatte, war er mehrere Monate lang in einer Notunterkunft irgendwo in Berlin gewesen. Bis aufgebrachte Anwohner die Zelte angezündet hatten …

Merettes Deutsch war nach all den Jahren ein bisschen eingerostet, aber sie sagte ohnehin nicht viel, meistens hörte sie nur zu, ohne in irgendwelche berufsbedingten Gesprächsmuster zu verfallen. Das war eine neue Erfahrung für sie, die ihr wider Erwarten guttat und auch für Ibu das zu erfüllen schien, was er im Moment am nötigsten brauchte. Mehr als einmal allerdings hatte sie sich schon gefragt, wie er es eigentlich schaffte, innerhalb des streng getakteten Tagesablaufs der Klinik überhaupt die Zeit zu finden, die er mit ihr verbrachte. Sie mutmaßte, dass andere Patienten dadurch zu kurz kamen, musste sich aber eingestehen, dass es ihr egal war. Und Ibu war ein erwachsener Mensch, er würde sich vollkommen darüber im Klaren sein, dass er sich womöglich Ärger einhandelte.

Sie hatte Ibu nicht kommen hören, und es war weit vor seiner üblichen Zeit. Aber plötzlich stand er neben ihr. Über dem weißen Pflegerhemd trug er nichts als eine dünne Jeansjacke, er zitterte und klapperte hörbar mit den Zähnen.

»Es ist nicht gut, Merette, aber ich muss dich fragen. Dieser Mann hat wieder angerufen, vor fünf Minuten.«

»Welcher Mann?«, fragte Merette irritiert. »Meinst du Jan-Ole?«

»Nein, nicht dein Mann. Ein fremder Mann. Und das ist jetzt schon das vierte Mal, sagt die Frau vom Telefon im Büro. Wer ist das? Was will er von dir?«

Es dauerte eine Weile, bis Merette verstand, worum es ging. Ein Mann hatte in den letzten Tagen mehrfach in der Klinik angerufen und nach ihr gefragt. Immer um dieselbe Zeit, gegen fünfzehn Uhr, wenn die Mittagspause vorüber war. Er hatte sich nicht vorgestellt, nur Merettes Namen genannt und sich erkundigt, wie es ihr ging. Die Sekretärin hatte ihm keine Auskunft gegeben, allerdings angeboten, das Gespräch zu Merettes Zimmer durchzustellen. Woraufhin jedes Mal die Verbindung unterbrochen worden war. Sie hatte Ibu schon am Tag zuvor von diesen merkwürdigen Anrufen berichtet, aber Ibu wollte Merette nicht erschrecken. Und heute war er dann zufällig selber im Büro gewesen, als das Telefon klingelte.

»Ich glaube, der Mann hat sich etwas vor den Mund gehalten, damit man seine Stimme nicht erkennt. Das ist nicht gut«, wiederholte er kopfschüttelnd. »Warum macht er das? Und warum fragt er nach dir, wenn er nicht mit dir sprechen will?«

»Ich weiß es nicht, Ibu, aber danke, dass du mir Bescheid gesagt hast.« Merette zögerte. »Hat die Sekretärin die Nummer aufgeschrieben?«

»Keine Nummer auf dem Display. Aber ich habe die Taste gedrückt.«

»Welche Taste?«

»Die Taste am Telefon. Für die Zurückverbindung.«

»Die Rückruftaste, meinst du.«

»Rückruftaste, ja.« Er zuckte mit der Schulter. »Tot. Keine Verbindung. Ausgeknipst.«

»Falls er auch morgen wieder anruft, will ich im Büro sein«, sagte Merette nach kurzem Überlegen. »Dann kann die Sekretärin mir den Hörer rübergeben.«

»Und jetzt?«, fragte Ibu, während er besorgt zu dem Felsen neben dem Strand hinüberblickte, als könnte dort jeden Moment jemand auftauchen, der Merette Böses wollte. »Darf ich dich zurückfahren in dein Zimmer?«

»Hör auf, Ibu, du musst mich nicht in Sicherheit bringen. Es ist nichts weiter, nur ein paar blöde Anrufe, die sich bestimmt aufklären lassen. Ich möchte noch ein bisschen hier sitzen, und du holst mich wie immer, wenn es dunkel wird, ja?«

Ibu sah nicht so aus, als würde Merettes Antwort ihn zufriedenstellen. Aber er nickte und schlurfte dann mit hängenden Schultern davon. Merette war sich fast sicher, dass er erst noch einmal die Umgebung absuchen würde, bevor er zurück in die Klinik ging.

Für ein paar Minuten starrte sie aufs Meer hinaus, ihr Kopf schien vollkommen leer zu sein. Erst nach und nach drangen einzelne Gedankenfetzen in ihr Bewusstsein, noch ohne jeden Zusammenhang, nur vage Bilder, die sie kaum zu fassen kriegte.

Ein plötzlicher Windstoß ließ sie unwillkürlich die Felle enger um ihre Knie wickeln, obwohl ihre Beine vollkommen gefühllos für Kälte oder Wärme waren.

Ein Mann, der wissen wollte, wie es ihr ging. Jemand, der sie kannte, der aber seinen Namen nicht nannte. Der wusste, dass sie in der Reha-Klinik in Farsund war. Und der ganz offensichtlich vermeiden wollte, selber mit ihr zu sprechen …

Ein Freund aus Bergen? Da gab es niemanden, der ein solches Versteckspiel nötig gehabt hätte. Dasselbe traf auf ihre Kollegen zu. Ein ehemaliger Patient käme noch am ehesten in Frage, dachte sie. Aber auch da fiel ihr niemand ein, zu dessen Krankheitsbild dieses Verhalten passen würde.

Ein Journalist, ging es ihr gleich darauf durch den Kopf, das wäre möglich. Ihr Unfall war in der Presse mehr als genug breitgetreten worden, es konnte durchaus sein, dass irgendeine Zeitung jetzt vorhatte, eine weitere rührselige Story über die bedauernswerte Psychologin zu bringen, die das Opfer ihres eigenen Berufs geworden war, als sie sich zur allwissenden Therapeutin aufgespielt hatte.

Andererseits wäre ein Journalist ganz einfach mit seiner Kamera in der Klinik aufgetaucht und hätte auch dann seinen Artikel längst geschrieben, wenn sie jedes Gespräch mit ihm verweigert hätte.

Merette merkte, wie sie unzufrieden die Lippen aufeinanderpresste. Der nächste Gedanke war so absurd, dass sie unwillig den Kopf zurückwarf und mit den Fäusten auf die Lehnen des Rollstuhls schlug. Aber es war schon zu spät, um den Gedanken wieder auszublenden, ihr Unterbewusstsein spielte ihr bereits die Informationen zu, die sie entgegen aller Hoffnung noch lange nicht verdrängt hatte.

Es gab eine Sache, die weit zurücklag und von der sie auch Jan-Ole niemals etwas erzählt hatte. Die sie nur mit sich selber ausmachen konnte, wenn sie vermeiden wollte, andere damit in Gewissenskonflikte zu bringen, für die es keine Lösung gab. Und über die Jahre schien es tatsächlich einfacher geworden zu sein, mit diesem Geheimnis zu leben, zweifellos hatte dazu auch der Tod ihrer Mutter beigetragen. Danach gab es niemanden mehr, der ihr Wissen teilte.

Aber vielleicht hatte sie sich die ganze Zeit nur etwas vorgemacht, weil sie sich vor jeder anderen Möglichkeit fürchtete. Gerade jetzt hatte sie wieder deutlich den Moment vor Augen, als sie zur Beerdigung zurück nach Deutschland gereist war und ihr Bruder sie auf der Trauerfeier beiseite zog. Er hatte zu viel getrunken und konnte sich kaum aufrechthalten, als er mit flackerndem Blick und hasserfüllt hervorstieß: »Es kommt der Tag, an dem du für all das büßen wirst, was du Mama und mir angetan hast.«

Sie hatte seinen Satz darauf bezogen, dass sie ihn und die Mutter alleine in Hamburg zurückgelassen hatte, nachdem der Vater tot war. Aber sie wusste auch, dass die Mutter sich damals mit aller Macht an den Jungen geklammert hatte – und vielleicht hatte sie ihm später, als er älter war, tatsächlich etwas erzählt, was sie besser für sich behalten hätte. Oder Jakob hatte die Tagebücher der Mutter in der Wohnung gefunden, die angeblich spurlos verschwunden waren. Und auch wenn er seit diesem letzten unglücklichen Zusammentreffen jeden Kontakt zu ihr abgebrochen hatte, musste das noch lange nicht bedeuten, dass er seine Drohung von damals vergessen hatte.

Merette wusste weder, was aus ihm geworden war, noch, wo er inzwischen lebte. Vor Jahren hatte sie den halbherzigen Versuch unternommen, ihn im Netz aufzuspüren, aber niemanden unter seinem Namen gefunden, außer einer Adresse in Portugal – und dazu ein Bild von einem

Surfer mit Rastalocken, der viel zu jung wirkte, um Jakob sein zu können.

Allein die vage Möglichkeit, dass er jetzt wieder in ihr Leben getreten war, ließ Merette unwillkürlich aufschluchzen. Ausgerechnet jetzt, wo sie sich so wehrlos fühlte wie noch nie zuvor! Wo sie mit ihrem Schicksal haderte und ihre ganze Kraft brauchte, um nicht zu verzweifeln, während ihre Beine von Tag zu Tag dünner wurden und sie jeden Morgen den Moment fürchtete, an dem ihre Muskeln ihr endgültig nicht mehr gehorchen würden …

Für den Bruchteil einer Sekunde meinte sie, aus den Augenwinkeln plötzlich einen Schatten zu sehen. Eine Bewegung zwischen den Dünen, die im selben Moment, in dem sie den Kopf drehte, auch schon wieder verschwunden war. Merettes Herz hämmerte. Sie war allein hier und von der Klinik aus nicht zu sehen, keiner würde ihr zu Hilfe eilen – wenn da wirklich jemand war, der es auf sie abgesehen hatte, wäre sie schutzlos ausgeliefert!

Mit einer verzweifelten Anstrengung wendete sie den Rollstuhl und quälte sich die leichte Steigung zu den Felsen hinauf, ihre Arme zitterten, der Schweiß rann ihr in Strömen den Rücken hinunter. Sie hatte Angst. Die Panik nahm ihr die Luft zum Atmen, vor ihren Augen tanzten grelle Lichtkreise. Als das rechte Rad plötzlich im Schnee feststeckte, konnte sie im letzten Moment noch verhindern, dass der Rollstuhl kippte und umstürzte.

Hinterher wusste sie nicht mehr, wie sie es schließlich doch geschafft hatte, den Felsen zu erreichen, erst mit der hochaufragenden Wand im Rücken fühlte sie sich sicherer. Als sie ihren Blick über die Dünen schweifen ließ, sah sie den Hasen, der über die Schneefläche hoppelte und mit aufgestellten Ohren kurz verharrte, bevor er wieder zwischen den Sanddornbüschen verschwand.

Merette merkte, wie sich ihre Mundwinkel zu einem befreienden Lächeln verzogen, im nächsten Moment schon kamen die Tränen! So unerwartet, dass sie sich mit dem Handrücken irritiert über die Wange fuhr, bevor sie wirklich verstand, was da gerade mit ihr passierte. Es war das erste Mal, dass sie weinte, seit sie ihre Diagnose erhalten hatte, und es war wie eine Erlösung, einfach nachzugeben und nicht mit aller Macht eine Stärke demonstrieren zu wollen, die sie schon lange nicht mehr besaß.

Sie weinte immer noch, als Ibu wieder auftauchte. Er musste sich erschrocken haben, als sie nicht mehr an der Stelle war, an der er sie zurückgelassen hatte. Die Erleichterung, sie dann unversehrt vor dem Felsen zu finden, war ihm deutlich anzusehen.

Er kommentierte ihr tränenüberströmtes Gesicht mit keinem Wort. Stattdessen erzählte er ihr auf dem Weg zurück zur Klinik irgendeine Geschichte. Auf Fulfulde! Die Geschichte schien lustig zu sein, er lachte mehrmals laut auf, einmal hielt er den Rollstuhl an und umkreiste Merette mit merkwürdig schleichenden Bewegungen, die sie an eine Raubkatze erinnerten. Aber es war eine freundliche Raubkatze, die auf sie aufpasste und jede Gefahr von ihr fernhielt.

Merette wünschte sich, dass Ibus Geschichte mehr als nur eine Geschichte wäre. Ihr war nur allzu deutlich bewusst, dass es niemanden gab, der sie beschützen konnte. Sie war auf sich allein gestellt, und sie würde eine Entscheidung treffen müssen.

JAN-OLE

Es wäre bequemer gewesen zu fliegen. Und vor allem schneller! Aber noch während Jan-Ole unter der Dusche stand und das heiße Wasser auf den verspannten Nacken prasselte, hatte er entschieden, den Camper zu nehmen. Und hatte dann für die fünfhundert Kilometer nach Kristiansand prompt fast zehn Stunden gebraucht, obwohl sich das Unwetter verzogen hatte und zumindest die Hauptstraßen mittlerweile von den schlimmsten Schneeverwehungen geräumt waren.

Seine Kopfschmerzen hielten sich hartnäckig, dennoch hatte ihm die lange Autofahrt durch die Nacht gutgetan. Bevor es hinter Odda vom Sørfjord wieder hinauf aufs Fjell ging, hatte er zum ersten Mal seit Tagen ordentlich gegessen, hausgemachte Fischklopse mit Möhrengemüse und Kartoffeln. Kurz darauf war er mit einem Schlag so müde gewesen, dass er es kaum schaffte, sich über die schmale Stiege zu dem überheizten Zimmer des Landgasthauses hinaufzuschleppen, aber dann hatte er sich nur schwitzend und ruhelos auf dem Bett hin und her geworfen, bis er gegen vier Uhr morgens schon wieder aufgebrochen war.

Als er im Haukelifjell aus dem letzten Straßentunnel in das offene Tal hinuntergekommen war, ging die Dunkelheit fast unmerklich in das diffuse Dämmerlicht über, das den neuen Tag ankündigte. Irritiert hatte er festgestellt, dass er während der gesamten Fahrt nicht an Merette gedacht hatte.

Als er jetzt in Kristiansand eintraf, fühlte er sich überraschend fit. Kristina erwartete ihn bereits und hatte vorsorglich zwei Thermoskannen mit Kaffee gefüllt. Ihre Begrüßung allerdings fiel eher knapp aus, als hätten sie sich gestern erst gesehen – und als gäbe es somit auch keine Notwendigkeit, mehr als ein paar belanglose Sätze übers Wetter zu wechseln. Sie zeigte mit keiner Reaktion, dass sie die dunklen Ringe unter seinen Augen und die Bartstoppeln auf den eingefallenen Wangen überhaupt bemerkte, sie fragte auch nicht, wie es Merette ging. Jan-Ole war ihr dankbar dafür.

An der Wand ihres Arbeitszimmers waren ordentlich nebeneinander die Fotos vom Unfallort aufgereiht, auf den ersten Blick konnte Jan-Ole nicht viel mehr als eine Eisfläche mit einem schwarzglänzenden Wasserloch zwischen den gezackten Rändern erkennen. In einer zweiten Bilderreihe war die Bergung des Busses dokumentiert, die Aufnahmen von den Tauchern und dem großen Kranwagen des Militärs wirkten gespenstisch, wie Szenen aus einem Katastrophenfilm.

»Wie habt ihr es überhaupt geschafft, den Bus da rauszukriegen?«, war die erste Frage, die Jan-Ole einfiel. »Der See muss doch viel zu tief sein …«

»Eben nicht. Dåsvatn ist nicht wirklich ein See, sondern ein Flusslauf, und an der Stelle, an der der Bus eingebrochen ist, gerade mal vier oder fünf Meter tief. Das Problem war eher, das schwere Bergungsfahrzeug dicht genug an die Einbruchstelle zu bekommen. Ohne die Hilfe der Armee hätten wir das nicht geschafft.«

Kristina deutete mit dem Finger auf eines der Fotos. Als Jan-Ole sich vorbeugte, konnte er jetzt deutlich die Konstruktion aus langen Metallschienen erkennen, die weit über die Ränder des Lochs hinausreichten und den Kranwagen abgesichert hatten.

»Am Samstag ist der Unfall passiert, nach den Aussagen der Zeugen, die wir haben, ziemlich exakt gegen Mittag kurz nach halb eins. Die ersten Rettungskräfte der Ambulanz waren eine halbe Stunde später da, konnten aber natürlich nichts machen. Irgendjemand auf dem zuständigen Polizeirevier in Evje hatte dann die schlaue Idee, das Militär anzurufen. Die Taucher mussten erst mit dem Hubschrauber von der nächsten Basis kommen, sind dann aber noch am Nachmittag bei Flutlicht runter und rein in den Bus. Vierzehn Tote, im eisigen Wasser ertrunken, nachdem der Wagen vollgelaufen war.« Wieder deutete sie auf ein Foto, diesmal von dem Bus. Die rechte Seite der geteilten Windschutzscheibe war gesplittert, alle anderen Fenster aber schienen intakt zu sein.

»Das verstehe ich nicht«, setzte Jan-Ole an. »Warum …«

»Die einzige Erklärung, die wir haben, ist, dass sie sich in Panik alle nach hinten gedrängt haben, als der Bus mit der Kühlerhaube voran ins Wasser gerutscht ist. Jedenfalls haben wir da auch die Leichen gefunden, alle im hinteren Bereich. Und der Bus ist alt, so was wie Notfallhämmer, um die Scheiben einzuschlagen, gab es bei diesen Modellen noch nicht. Wodurch die eine Hälfte der Windschutzscheibe gesplittert ist, wissen wir nicht, aber der Druck, mit dem das Wasser da reingeströmt ist, muss gewaltig gewesen sein. Außerdem ist der Bus mit dem Kühler zuerst eingetaucht, das ganze Ding war also wahrscheinlich steil nach vorne geneigt …«

»Das heißt, sie hätten nach unten tauchen müssen, um zu der kaputten Windschutzscheibe zu kommen.«

»Von wo ja aber das Wasser eingedrungen ist«, bestätigte Kristina. »Und frag nicht, was für ein Chaos aus irgendwelchen Theatersachen da im Innenraum herrschte! Sie hatten ihren ganzen Kram zwischen den Sitzbänken und im Mittelgang, die Koffer mit den Kostümen und ihre Requisiten und Scheinwerfer und Kabel und was weiß ich noch alles. Chaos! Und Panik …«

Jan-Ole schüttelte den Kopf.

»Okay«, sagte er dann und stieß die Luft aus. »Diese Theatergruppe, was genau waren das für Leute? Du hast gesagt …«

Kristina klickte ihren Computer an.

»Ich bin noch nicht dazu gekommen, die Fotos auszudrucken, aber hier hast du ihre Website. Und jetzt guck dir die Schauspieler an! Elsa Hellum hatte die Hauptrolle in dem Stück, mit dem sie auf Tournee waren.«

Auch ohne Kristinas Information hätte Jan-Ole Elsa auf dem Ensemblebild sofort erkannt, obwohl ihre Haare kurz geschnitten waren und ihr Gesicht älter wirkte, als er es in Erinnerung hatte. Sie stand rechts in der ersten Reihe, mit einem deutlichen Abstand zu den anderen, die breiten Schultern leicht nach vorne gebeugt, als wollte sie jeden Moment aus dem Bild treten.

Jan-Ole stellte irritiert fest, dass ihr Bild keinerlei Reaktion in ihm auslöste, er hatte mit Wut oder zumindest Schmerz gerechnet, aber da war nichts. Ihr Anblick berührte ihn nicht weiter, sie war nur eine von vierzehn Personen, die er zufällig kannte. Er überflog die Namen der anderen Theaterleute, ohne dass ihm einer bekannt vorkam.

»Gut, reden wir über Elsa. Ich verstehe noch nicht, wieso sie da mitgespielt hat. Ich dachte, sie wäre nach wie vor in der Klinik?«

»Ist sie auch. Die gesamte Theatergruppe besteht aus Psychiatrieerfahrenen.«

»Was?«

»Das ist die korrekte Bezeichnung, steht alles auf ihrer Seite, ich habe mich da heute Nacht in Ruhe durchgearbeitet. Also alles Leute, die früher in der Psychiatrie waren oder noch sind. Und in der Klinik, um die es geht, gibt es sowohl eine Rockband als auch eben diese Theatergruppe. Die Einzigen, die nicht zu den Patienten gehörten, waren der Busfahrer und der Regisseur, ein Psychologe. Das Stück, mit dem sie unterwegs waren, spielt übrigens auch in der Psychiatrie. Wenn ich es richtig verstanden habe, geht es bei dieser Form von Theater darum, dass die Beteiligten ihre eigenen Erfahrungen mit einbringen und damit an die Öffentlichkeit gehen, eine Art von Therapie, Psychodrama heißt das im Fachjargon …«

»Warte!« Jan-Ole stoppte Kristina mit einer kurzen Handbewegung. »Das ist mir im Moment zu viel an Informationen, das können wir später noch durchgehen. Aber du hast am Telefon gesagt, dass du glaubst, das Eis wäre präpariert gewesen, also das Ganze war kein Unfall, sondern …«

»Ich bin mir sicher«, unterbrach ihn Kristina. »Ich hatte gestern einen Spurensicherer mit draußen. Es ist schwierig, das konkret nachzuweisen, als der Bus eingebrochen ist, hat er alle möglicherweise vorhandenen Spuren zerstört. Aber das umliegende Eis ist durchweg mindestens dreißig Zentimeter stark, und es gibt auf der gesamten Fläche keine offenen oder nur geringer gefrorenen Stellen, noch nicht mal Risse! Wir sind den ganzen See abgefahren – nichts. Die Eisdecke ist geschlossen. Es bestand keinerlei Risiko, da irgendwo einzubrechen.«

»Ich verstehe langsam, was du meinst.« Jan-Ole trat an die Karte, die an die Wand geheftet war. Die Unglücksstelle war mit einem Kreuz markiert. »Wie breit ist der See da?«

»Zweihundert, dreihundert Meter.«

Jan-Ole schüttelte den Kopf.

»Wenn du recht hast, würde das bedeuten, dass wir von einer relativ kleinen Stelle reden, inmitten einer gigantischen Fläche, bei der schon ein paar Meter links oder rechts gereicht hätten, um das ... Loch problemlos zu passieren. Es sei denn ...«

»Der Busfahrer hat genau draufgehalten«, führte Kristina seinen Satz zu Ende. »Weil er wusste, wo die Stelle ist. Wir haben da übrigens eine Stange gefunden, die im Eis steckte. Eine Eisenstange, wie man sie zur Absperrung von Baustellen benutzt, du weißt schon, die Dinger, zwischen denen dann das Flatterband gespannt wird.«

»Wo genau war diese Stange?«

»Ziemlich genau zehn Meter von der Einbruchstelle entfernt.«

»Du meinst, die Stange könnte als Markierung gedient haben?«

»Das wäre zumindest eine Möglichkeit. Es gibt sonst

nur die Schneestangen an der Straße, aber das hier ist eine Eisenstange, wie gesagt, die da nicht hingehört. Das Ding ist jetzt in der KTU, aber ich fürchte, das wird uns nicht weiterhelfen.«

»Ich will mir das selber ansehen«, sagte Jan-Ole nach kurzem Zögern. »Den See, nicht die Stange.«

»Das hatte ich gehofft.« Kristina griff nach den beiden Thermoskannen und ihrem Parka. »Wir nehmen den Streifenwagen, der hat zumindest Vierradantrieb, den werden wir brauchen.«

Auf der Fahrt aus Kristiansand hinaus in Richtung Evje redeten sie nicht viel. Kristina hatte eine CD in den Player geschoben, »Fool's Paradise« von Dance with a Stranger, und sang leise mit: »We're trying our best to keep right from wrong, but flesh grows weak when temptation's strong, we bend the truth and we compromise, and we all go on livin' in a fool's paradise …«

Eine Weile beobachtete Jan-Ole amüsiert, wie sie jedes Mal, wenn ein langsameres Auto vor ihnen war, so dicht auffuhr, dass der Fahrer prompt die nächste Ausweichstelle nutzte, um sie vorbeizulassen.

»Klappt immer«, kommentierte sie ihren eigenwilligen Fahrstil, als sie Jan-Oles Blicke bemerkte. »Sowie sie einen Polizeiwagen im Rückspiegel haben, werden sie nervös.«

Erst als sie Mosby passiert hatten und Kristina auf der freien Strecke richtig Gas gab, schweiften Jan-Oles Gedanken zu Elsa ab. Elsa Hellum hatte unter einer schweren Form von Persönlichkeitsspaltung gelitten, und es war noch keine vier Monate her, seit sie Jan-Ole heimtückisch niedergeschlagen hatte. Fast hätte er den Überfall nicht überlebt, Merette hatte ihn in letzter Minute gefunden und ins Krankenhaus gebracht. Kristina war damals die ermittelnde Beamtin gewesen. Und nachdem Jan-Ole wieder aus dem Koma erwacht war, hatten sie lange gebraucht, bis sie überhaupt die Zusammenhänge begriffen, erst Elsas Sohn hatte sie auf die richtige Spur geführt. Als Elsa schließlich in ihrer Verzweiflung Merette entführt hatte, war der Unfall passiert. Merette hatte fliehen wollen und war rückwärts von einem Felsen gestürzt …

Auch im Nachhinein erschien Jan-Ole die ganze Geschichte immer noch so verworren, dass er unwillkürlich schlucken musste. Oft spielten unvorhersehbare Umstände in einem einzigen Moment zusammen und ließen eine Situation plötzlich eskalieren. Und selbst eine erfolgreiche Ermittlung vermochte häufig kaum mehr, als gerade mal an der Oberfläche zu kratzen. Die hinter irgendwelchen Zerrbildern von persönlichen Interessen und gesellschaftlichen Zusammenhängen verborgenen Motive blieben dabei nahezu völlig im Dunkeln, und für ihn als Ermittler bedeutete das immer auch das Gefühl, etwas übersehen zu haben, sich nicht genug auf einen Fall eingelassen zu haben, versagt zu haben. Bei der Geschichte mit Elsa kam noch hinzu, dass er sich die Schuld an Merettes Unfall gab. Er war es schließlich gewesen, der vollkommen verantwortungslos gehandelt hatte, als er sie diesem unkalkulierbaren Risiko aussetzte! Und er würde irgendwie damit leben müssen.

»Wie geht es Merette?«

Kristinas Frage kam so unvermittelt, dass Jan-Ole einen Moment brauchte, bis er leise antwortete: »Nicht besonders gut.«

Kristina nickte.

Ein Straßenschild kündigte die Abzweigung nach Tonstad an, kurz dahinter ging es links nach Dåsvassdalen. Erst als sie schon ein ganzes Stück auf der noch nicht geräumten Nebenstraße zurückgelegt hatten, stellte sie ihre nächste Frage: »Und dir?«

»Dito.«

Kristina schien keine andere Antwort erwartet zu haben. Aber sie schaltete den CD-Player aus, als wollte sie ihm damit zu verstehen geben, dass sie bereit war, ihm zuzuhören, falls er mehr sagen wollte.

»Ich möchte nicht drüber reden. Ist das der See da drüben?«

Er beugte sich in seinem Sitz vor, bis der Gurt sich straff über seiner Schulter spannte.

»Dåsvatn«, bestätigte Kristina. »Wie ich dir schon gesagt habe, eigentlich ist es eher ein Flusslauf, der hier zwischen der Halbinsel und den Felsen am anderen Ufer ein paar Buchten gebildet hat. Ganz schön eigentlich, im Sommer gibt es sogar ein paar sandige Badestellen.«

Sie verlangsamte jetzt das Tempo, deutlich konnte Jan-Ole die von den Bergungsfahrzeugen aufgewühlten Fahrspuren im Schnee erkennen, die an einem Bootssteg vorbei hinaus auf das Eis führten. Als Kristina von der Straße abbog, hatte der Volvo trotz des Vierradantriebs Mühe, sich in dem zerfurchten Schnee nicht festzufahren.

»Eine Sache verstehe ich nicht«, sagte Jan-Ole, während er versuchte, den weiteren Verlauf der Straße zu verfolgen. »Es sieht so aus, als würde die Straße parallel zum Ufer entlangführen, aber bis auf die kleine Bucht da vorne ist der See langgestreckt. Macht es da überhaupt irgendeinen Sinn, den Weg übers Eis zu nehmen?«

»Es ist keine Abkürzung, nicht wirklich jedenfalls, von der Bucht mal abgesehen.«

»Aber warum sollten sie dann mit dem Bus …?«

Bevor Kristina eine Antwort gab, stoppte sie den Wagen, als wollte sie sich ganz auf Jan-Oles Frage konzentrieren. Der Motor brummte leise im Leerlauf vor sich hin. Kristina nahm die Hände vom Lenkrad und drehte sich zu ihm.

»Es war ein absolutes Sauwetter, wir hatten einen Schneesturm, wie es ihn hier seit langem nicht gab. Ich schätze, dass man hier draußen kaum die Hand vor Augen sehen konnte! Aber wenn sie sich nicht auskannten, haben sie vielleicht gedacht, dass es eine geniale Idee ist, über den See zu fahren.«

»Moment, Kristina! Wenn sie sich nicht auskannten, würden sie doch erst recht versucht haben, auf der Straße zu bleiben!«

Kristina zuckte mit der Schulter. »Sagst du! Aber du hast recht, ich sehe das genauso«, gab sie dann zu. »Und ich habe mir die gleiche Frage auch schon gestellt.«

»Und?«

»Die einzige Erklärung, die mir einfallen will, ist, dass sie ganz gezielt auf den See abgebogen sind. Weil der Fahrer selber das Eis präpariert hat, um sich und die anderen umzubringen. Ich weiß, dass das weit hergeholt ist. Aber sonst bliebe nur noch die Möglichkeit, dass einer von den Theaterleuten ihn gezwungen hat, ich meine, wir reden immerhin von psychisch Kranken! Wir haben keine Ahnung, was sich da in dem Bus vielleicht abgespielt hat. Warte!«, sagte sie, als sie sah, dass Jan-Ole etwas einwenden wollte. »Wir sind noch dabei, den Fahrer zu überprüfen. Aber meine Theorie ergibt ohnehin keinen Sinn, weil sie am gleichen Morgen erst in Oslo gestartet sind, es hätte also auch keiner von ihnen die Chance gehabt, sich da vorher irgendwie am Eis zu schaffen zu machen. Mit anderen Worten: Ich weiß nicht, was passiert ist.«

»Du hast etwas von Zeugen gesagt, die ebenfalls auf dem Eis waren und das Ganze beobachtet haben.«

»Ein Staatssekretär.«

»Was?«

»Ein Staatssekretär des Ministeriums für Immigration und Integration mit seinem Fahrer auf dem Weg zu einer Diskussionsveranstaltung in Åseral. Es gibt da ein Skigebiet mit ein paar Hütten, und auf dem Gelände soll eine feste Flüchtlingsunterkunft eingerichtet werden, gegen die die Bevölkerung Sturm läuft.«

»Und aus welchem Grund sind die über den See gefahren? Dieser Staatssekretär und ...«

»Hast du schon mal versucht, so einen Typen persönlich ans Telefon zu kriegen? Das Einzige, was wir bislang haben, ist die dürftige Aussage, die er zu Protokoll gegeben hat, als die ersten Kollegen am Unglücksort eingetroffen sind. Er hat pinkeln müssen, deshalb haben sie gehalten. Und dann ist plötzlich der Bus aus dem Schneesturm aufgetaucht und vor ihren Augen im Eis eingebrochen. Der Staatssekretär selber hat dann den Notruf durchgegeben. Die Kollegen, die mit ihm gesprochen haben, konnten nur sagen, dass er völlig aus der Fassung war und kaum in der Lage, eine vernünftige Antwort zu geben. Das Gleiche gilt für seinen Fahrer. Was ich durchaus nachvollziehen kann, immerhin sind vor ihren Augen vierzehn Leute ertrunken. Und wenn der Bus nicht in das Loch gerauscht wäre, hätte es womöglich ihren eigenen Wagen erwischt.«

»Aber das heißt doch trotzdem, dass sie von der Straße runter sind! Ich fahre doch nicht extra aufs Eis raus, nur um zu pinkeln.«

»Der Fahrer soll noch irgendwas gesagt haben, dass sie mal sehen wollten, was ihr neuer Dienstwagen so drauf hat, ein Volvo SUV, das sie gerade erst als Sondermodell direkt vom Werk aus Göteborg bekommen haben. Es scheint so, als hätten sie ein bisschen Ralleyfahren gespielt, mal eben zum Schleudern aufs Eis, was weiß ich, wie solche Typen ticken.«

»Bei Schneesturm!« Jan-Ole tippte sich unwillig an die Stirn.

»Wann sonst?«, fragte Kristina.

Für den Bruchteil einer Sekunde hatte Jan-Ole den Eindruck, dass ihr solche Aktionen durchaus nicht fremd waren. Vielleicht nutzte sie selbst die eine oder andere Gelegenheit, um sich zu beweisen, dass sie ihren Wagen in jeder Situation im Griff hatte. Es würde zumindest zu ihrem Fahrstil passen, dachte er, bevor er sagte: »Bring mich da raus zu der Stelle, an der es passiert ist.«

Der Wind war immer noch eisig, aber die schweren Wolken hatten sich verzogen, die fahle Wintersonne tauchte den See in eine fast unwirkliche Helligkeit. Die Silhouette der Berge war so scharf konturiert, dass sie wie gemalt wirkte.

Die Unglücksstelle war weiträumig mit rot-weiß schraffierten Warnbaken abgesperrt, die aufgesetzten gelben Lampen blinkten hektisch, ohne sich auf einen gemeinsamen Takt einigen zu können.

Jan-Ole und Kristina bückten sich unter einer Bake hindurch und traten so dicht, wie sie es wagten, an die Einbruchkante. Die Oberfläche des Wassers war bereits wieder von einer Eisschicht überzogen und auf den ersten Blick nur daran zu erkennen, dass das Eis hier keine ebene Fläche bildete, sondern aus einer Vielzahl gezackter Schollen und Bruchstücke bestand. Direkt vor Jan-Oles Füßen presste sich der erstarrte Körper eines kleinen Fisches von unten gegen die Eisdecke, das Maul weit geöffnet, als hätte er noch verzweifelt versucht, nach Luft zu schnappen. Dicht neben dem Fisch war ein einzelner Frauenschuh festgefroren, goldene High Heels mit Riemchen, Jan-Ole nahm an, dass der Schuh zu den Theaterrequisiten gehört hatte. Gleich darauf wurde sein Blick von einem Eisbrocken abgelenkt, an dessen Kante sich deutlich die Frässpuren eines Bohrgewindes abzeichneten.

»Verdammt«, stieß Kristina hervor, als sie seinem Blick folgte. »Ich könnte sie lynchen, glaub's mir!«

»Wen?«, fragte Jan-Ole irritiert.

»Gunvald, diesen Vollpfosten, und sein ganzes verdammtes Team! Die Spurensicherung«, setzte sie hinzu, obwohl Jan-Ole sich den Zusammenhang inzwischen selber erschlossen hatte. »Frag nicht, wie sie sich jedes Mal aufspielen, als kämen sie direkt aus irgendeiner CSI-Folge, aber so was zu übersehen, ist nun wirklich der Höhepunkt ihrer Inkompetenz!«

»Was machst du?«, fragte Jan-Ole, als sie ohne weiteren Kommentar ihr Handy aus dem Parka nestelte.

»Ich beordere sie noch mal her, was sonst? Sie sollen das ganze Loch wieder aufhacken und jeden einzelnen Eisbrocken untersuchen. Und es ist mir vollkommen egal, wie sie das anstellen, sie können froh sein, wenn ich ihnen nicht eine Beschwerde anhänge.«

Jan-Ole nickte. Er ahnte, dass Kristina nicht nur auf die Spurensicherer sauer war, sondern sich selber Vorwürfe machte, nicht sorgfältig genug gewesen zu sein.

Während sie mit Gunvald sprach und ihre Anweisungen durchgab, wanderte er im großen Bogen um die Einbruchstelle herum. Die Spuren, die die Bergungsmannschaft hinterlassen hatten, waren überall deutlich zu sehen. Die Metallschienen, mit denen der Kranwagen abgesichert worden war, hatten scharfkantige Abdrücke im Eis hinterlassen, von denen sich strahlenförmige Risse ausbreiteten, ohne jedoch bis auf den Grund der Eisdecke zu reichen. Unter einem Pylon, der mit einer Kennziffer der Spurensicherung versehen war, entdeckte er ein knapp daumendickes, zehn Zentimeter tiefes Loch. Wahrscheinlich hatte hier die Eisenstange gesteckt, die nach Kristinas Theorie womöglich die präparierte Stelle im Eis markieren sollte. Als er einer imaginären Linie bis zur Abbruchkante folgte, fand er ein weiteres Loch, diesmal deutlich dicker, als er den angewehten Schnee aus der Öffnung kratzte, sah er wieder die Spuren eines Bohrgewindes.

Kristina kam auf ihn zu.

»Die Kollegen sind unterwegs«, informierte sie Jan-Ole, um gleich darauf hinzuzusetzen: »Sag nichts, ich weiß, dass ich selber auch geschlampt habe. Aber so, wie es aussieht, deutet ja wohl immer mehr darauf hin, dass ich mich nicht geirrt habe. Auch wenn wir deshalb noch immer nicht wissen, was sich hier wirklich abgespielt hat. Danke jedenfalls für deine Hilfe, Jan-Ole, ich bin froh, dass du da bist!«

»Apropos«, sagte Jan-Ole, während er sich aufrichtete, »warum hast du mich geholt? Und warum diese Geschichte, dass du mich unter meiner Dienstnummer nicht erreicht hättest? Du hast doch nie bei Beredskapstroppen in Oslo angerufen, sondern gleich meine Privatnummer gewählt. Aber woher wusstest du, dass ich zu Hause in Bergen bin?«

Kristina zögerte kurz, bevor sie antwortete.

»Okay, ich habe gelogen. Aber ich wollte dir nur das mit Elsa erzählen, das war alles. Ich dachte, das würde dich interessieren. Was? Was ist?«

Jan-Ole schüttelte den Kopf.

»Das war nicht alles. Also jetzt komm schon, Kristina! Ich will auch den Rest hören.«

»Warum fragst du noch? Du weißt es doch längst. Nenn es meinetwegen anmaßend, oder wirf mir vor, dass ich mich in etwas einmische, was mich nichts angeht. Aber die Gerüchteküche funktioniert sogar hier unten in Kristiansand erstaunlich gut! Und es ist ja wohl ein offenes Geheimnis, dass du seit ... der Sache mit Merette ziemlich neben der Spur bist und sie dich deshalb auch krankgeschrieben haben. Das Dumme ist nur, dass ich mich auf irgendeine Weise mitverantwortlich fühle, und als jetzt plötzlich Elsas Name auftauchte ...« Sie breitete in einer hilflosen Geste die Arme aus.

»Eine Art Therapie für mich also«, nickte Jan-Ole und grinste spöttisch, obwohl ihm nicht nach Grinsen zumute war.

Ohne ein weiteres Wort drehte er sich um und ging über das Eis davon. Er hörte, dass Kristina noch irgendetwas hinter ihm herrief, aber es interessierte ihn nicht. Im gleichen Moment kam er sich auch schon lächerlich vor wie ein kleiner Junge, der trotzig davonläuft, wenn er zur Rede gestellt werden soll.

Soweit ist es also schon, dachte er, während er unwillkürlich seine Schritte in Richtung der Halbinsel vor ihm lenkte, um wenigstens den Eindruck zu vermitteln, er hätte ein Ziel. Ich renne weg, weil ich es nicht ertragen kann, wenn mir jemand zu nahe kommt. Weil ich Angst davor habe, die Fassung zu verlieren. Weil Mitleid genau das ist, was ich am allerwenigsten gebrauchen kann. Natürlich wusste er, dass er Kristina unrecht tat. Selbst wenn ihr Anruf durch die fragwürdige Idee motiviert gewesen war, ihm aus seiner Depression helfen zu wollen, blieb da immer noch die Tatsache, dass es um einen Fall ging, der durchaus Verbindungen zu seiner Person aufwies. Das sollte reichen, um zumindest für den Moment jeden Verdacht einer Beschäftigungstherapie in den Hintergrund zu stellen und sich voll und ganz auf die Ermittlung zu konzentrieren. Wenn Kristina ihn tatsächlich dabeihaben wollte, würde er auch heute noch seinen Gruppenleiter anrufen und sich ganz offiziell für den Fall einsetzen lassen, sein Status als Sonderermittler erlaubte solche Aktionen. Vielleicht war es wirklich der richtige Weg, um endlich wieder zu sich selbst zu finden.

Mittlerweile hatte er die Halbinsel erreicht, ein rundgeschliffener Felsen ragte hoch vor ihm aus dem Eis, die Äste der Krüppelkiefern auf der oberen Kante bogen sich unter der Schneelast. Ein Blick über die Schulter zeigte ihm, dass Kristina mit verschränkten Armen an dem Polizeiwagen lehnte und ganz offensichtlich vorhatte, so lange auf ihn zu warten, bis er von sich aus zurückkam. Aber erst musste er pinkeln, und zwar ohne dass sie ihn dabei beobachtete. Er folgte der Felswand, bis sie jäh abbrach und den Blick auf eine vom Ufer her sanft ansteigende Wiese freigab, die jetzt unter meterhohem Schnee begraben lag, im Sommer aber zweifellos eine schöne Badestelle war, Kristina hatte ja vorhin auch von solchen Sandbuchten gesprochen. Erst jetzt bemerkte er die verfallene Hütte, die sich oberhalb der Wiese zwischen den Bäumen duckte. Mühsam bahnte er sich seinen Weg durch den unberührten Schnee vor ihm, mehrmals versank er bis über die Knie und musste mit rudernden Armbewegungen versuchen, das Gleichgewicht zu halten, während er die schweren Clogstiefel wieder aus dem Pulverschnee zog, um den nächsten Schritt zu wagen.

Direkt vor der Hütte dann hatte der Wind die Felsen freigelegt, Jan-Ole trat dicht an die Hauswand, um durch das eingeschlagene Fenster ins Innere zu blicken. Außer ein paar umgestürzten Stühlen und einem mit Mäuseköteln bedeckten Holztisch konnte er nichts erkennen, was darauf hindeutete, dass in letzter Zeit jemand hier gewesen war. Die Dielen des Fußbodens waren mit schwarzen Schimmelflecken übersät, von der unteren Kante der holzverkleideten Wände fraß sich dunkel die Feuchtigkeit nach oben.

Die Hütte musste schon lange leer stehen, vielleicht diente sie den Jugendlichen aus dem Dorf im Sommer als Treffpunkt für irgendwelche heimlichen Partys, Jan-Ole verzichtete jedoch darauf, auch noch einen Blick in die Schlafkammern zu werfen. Als er sich zur Seite drehte, stieß er mit dem Kopf gegen einen der langen Eiszapfen, die vom Dach herunterhingen. Knirschend löste sich der spitze Dolch aus Eis und zerbrach splitternd auf dem Felsen vor seinen Füßen. Jan-Ole trat an die Hausecke und vergewisserte sich noch mal, dass Kristina ihn nicht sehen konnte, bevor er seine Hose öffnete.

Noch während er sich erleichterte, weckte ein Stapel vermoderter Bretter dicht an der Hauswand sein Interesse. Es waren weniger die Bretter als vielmehr das, was er darunter zu erkennen glaubte. Er zog den Reißverschluss hoch und bückte sich. Er hatte sich nicht getäuscht. Nachdem er das Holz zur Seite gezogen hatte, sah er deutlich die rostigen Eisenstangen mit den rundgebogenen Haken am oberen Ende, durch die man das Flatterband ziehen konnte, um eine Baustelle abzusperren.

Er merkte, wie er unwillkürlich die Luft ausstieß, als er noch aus der Hocke heraus nach irgendeinem Hinweis suchte, dass eine der Stangen vor kurzem entfernt worden war. Aber als er die Bretter bewegt hatte, hatte er damit auch alle eventuellen Spuren zerstört. Und vorher hatte wahrscheinlich der Schneesturm schon ganze Arbeit geleistet, auch der Schnee auf dem Fahrweg, der zur Straße hinüberführte, schien vollkommen unberührt zu sein. Trotzdem, wenn hier jemand gewesen war, musste es eine Möglichkeit geben, zugewehte Fußspuren freizulegen – der Schnee unter der geschlossenen Decke musste an den Stellen, an denen ihn jemand betreten hatte, verdichtet sein. Aber das konnte er selber jetzt nicht herausfinden, das war eine weitere Aufgabe für die Kollegen aus Kristiansand, sowie sie damit fertig waren, ihre Proben von der Einbruchstelle auf dem Eis zu sammeln.

Jan-Ole beugte sich erneut nach vorne und zerrte eine der Eisenstangen aus dem Stapel, um sie in der KTU mit der Stange vergleichen zu lassen, die Kristina gefunden hatte. Obwohl er sich schon fast sicher war, dass beide Stangen identisch sein würden.

Auf dem Weg zurück zum Eis bemühte er sich, möglichst wieder in die Fußstapfen zu treten, die er auf dem Hinweg hinterlassen hatte. Er musste grinsen, als er sich dabei ertappte, wie er die Stange triumphierend in die Höhe hielt, kaum dass er wieder in Kristinas Sichtweite war.

MERETTE

Am nächsten Tag rollte Merette schon gegen vierzehn Uhr ungeduldig auf dem Gang vor dem Büro auf und ab, bis endlich die Sekretärin aus ihrer Mittagspause zurückkam. Kurz darauf war auch Ibu zur Stelle.

Merette hatte die ganze Nacht über kaum geschlafen, immer wieder waren ihre Gedanken um den gleichen Punkt gekreist – sie hatte dieses eine Mal in ihrem Leben etwas getan, von dem sie überzeugt gewesen war, dass jede Alternative schlimmer wäre. Inzwischen war sie sich nicht mehr sicher. Sie hatte damals eine Entscheidung getroffen, ohne sich wirklich über die Konsequenzen im Klaren zu sein. Sie hatte sich etwas angemaßt, was ihr nicht zustand, und dafür gab es keine Entschuldigung. Sie würde damit rechnen müssen, dass sie jetzt die Quittung für ihre Selbstgerechtigkeit erhielt. Was immer das bedeuten mochte …

In einer Art von Alptraum, aus dem sie im Morgengrauen hochgeschreckt war, hatte sie mehrmals ihren Vater gesehen. Es waren immer wieder die gleichen Bilder gewesen, so schnell aufeinanderfolgend, dass sie ihr wie eine fortlaufende Handlung erschienen, obwohl die einzelnen Situationen in keinerlei Zusammenhang zueinander standen. Seine Hand, die angstvoll zitternd auf etwas in der Zimmerecke deutete, was es nicht gab. Sein zahnlos mümmelnder Mund, als er die Kinderfotos von ihr zerkaute, die sie aus dem Album genommen hatte, um in die Dunkelheit vorzudringen, die ihm längst jede Erinnerung geraubt hatte. Die unzähligen Briefbögen und Zettel, die sie irgendwann, als er – schon längst weit weg von dieser Welt – im Pflegebett lag, in der sorgfältig verschlossenen Schreibtischschublade gefunden hatte. Mit den verzweifelten Versuchen, noch einmal seinen Namen zu schreiben, und dahinter dann, kaum zu entziffern, seinen Beruf: Kapitän zur See. Hilflose Groß- und Kleinbuchstaben, in wildem Gekrakel durcheinandergeworfen, und die Tinte von Tränen verwischt.

Weder die Mutter noch ihr Bruder waren in diesem Traum aufgetaucht, wohl aber Jan-Ole, der den Vater doch nie kennengelernt hatte, aber jetzt alleine mit ihm am sonntäglich gedeckten Kaffeetisch in dem schmalen Haus in Hamburg saß und bemüht war, sich nichts anmerken zu lassen, als der Vater den Kaffee nicht in die Tassen, sondern auf das Tischtuch goss. Und in ihrem Traum war es auch Jan-Ole, der sich schließlich über den in Fötushaltung zusammengekrümmten Körper mit dem viel zu groß gewordenen gestreiften Altmännerschlafanzug beugte, ihrem Vater die Finger an die Halsschlagader legte, ihm das spärliche Haar aus der Stirn strich und ihm mit einer sanften Bewegung die Augen schloss.

»Es ist vorbei, Merette. Er leidet nicht mehr. Alles ist gut.«

Merette schüttelte unwillig den Kopf, um die Erinnerung an den Traum loszuwerden, bevor sie sich wieder in irgendwelchen Erklärungsversuchen verlor. Die ja doch nur darauf hinauslaufen würden, dass sie sich offensichtlich wünschte, Jan-Ole würde ihr Geheimnis kennen, dachte sie. Und es wäre jetzt auch nicht Ibus Hand, die beruhigend ihre Schulter drückte, sondern Jan-Ole würde neben ihr stehen und wissen, was zu tun war.

Gleichzeitig war ihr vollkommen klar, dass Jan-Ole im Moment nicht in der Verfassung war, ihr zu helfen. Er machte sich Vorwürfe und glaubte, dafür verantwortlich zu sein, dass sie im Rollstuhl saß. Und er konnte nicht damit umgehen, dass es keine konkrete Prognose gab, wie ihre Therapie weiter verlaufen würde. Manchmal dachte sie, dass er mehr Angst vor dieser Ungewissheit hatte als sie selbst, aber sie hatte auch nicht die Kraft, sich um ihn zu kümmern. Sie war es schließlich, die mit aller Anstrengung versuchen musste, ihren Zustand zu akzeptieren und nicht einfach aufzugeben. Und mehr als alles andere fürchtete sie sich davor, ihm ausgerechnet jetzt etwas zu offenbaren, was sie die ganze Zeit für sich behalten hatte. Es würde ihm wie ein Verrat vorkommen!

Das verzweifelte Lächeln, das sie Ibu zuwarf, misslang ihr so vollkommen, dass Ibu erschrocken die Augen aufriss und irgendetwas in seiner Sprache hervorstieß, was sie nicht verstand. Noch während er zum Waschbecken lief, um ihr ein Glas Wasser zu holen, klingelte das Telefon.

Die Sekretärin nahm das Gespräch an, nickte und reichte Merette wortlos den Hörer, kaum dass der Anrufer sich gemeldet hatte.

Merette war überzeugt davon, Jakobs Stimme auch nach all den Jahren wiederzuerkennen. Ihre Hände waren schweißnass, gleichzeitig war ihr plötzlich so kalt, dass sie trotz des überheizten Büros am ganzen Körper zitterte.

Sie nahm einen hastigen Schluck Wasser aus dem Glas,

das Ibu ihr hinhielt, bevor sie sagte: »Ich bin selber dran. Was willst du?«

Einen Moment blieb es vollkommen still in der Leitung.

»Hör auf, irgendwelche Spielchen mit mir zu spielen«, bat Merette in dem Bemühen, ihre Stimme unter Kontrolle zu halten. »Wenn du mit mir reden willst, dann mach das auch gefälligst. Du weißt ja offensichtlich, wo ich bin, wir können uns also auch treffen. Allerdings müsstest du hierherkommen, ich selber bin ja gerade ... nicht so mobil. Aber auch das dürfte dir bekannt sein.«

Sie konnte ihn jetzt deutlich atmen hören. Aber erst als sie genervt hervorstieß: »Verdammt, was soll das?«, fing er endlich an zu reden. Seine Stimme klang verzerrt, dumpf, wie durch einen Lappen, ein Taschentuch, das er sich vor den Mund hielt.

»Ich muss dich sehen! Es gibt da etwas, worüber wir noch sprechen müssen. Ich glaube, du weißt ganz genau, was ich meine. Es ist eine Sache nur zwischen dir und mir, aber es ist an der Zeit, dass du endlich dazu stehst, was passiert ist.«

Bevor sie noch reagieren konnte, wurde die Verbindung unterbrochen. Nichts an der Stimme hatte sie an Jakob erinnert. Und sie war sich nicht mehr sicher, ob der Anrufer wirklich ihr Bruder gewesen war. Andererseits ergaben die Sätze, die er gesagt hatte, durchaus einen Sinn, wenn sie von Jakob waren!

KRISTINA

Als Jan-Ole über das Eis auf sie zukam und dabei diese Eisenstange schwenkte, musste Kristina unwillkürlich an den Hund denken, den sie als junges Mädchen gehabt hatte. Zwei- oder dreimal war es damals passiert, dass der Hund einem Hasen nachgesetzt war, wohl wissend, dass er dafür Ärger bekommen würde. Und nachdem sie lange hinter ihm hergerufen und gepfiffen hatte, tauchte er dann unvermittelt am Waldrand wieder auf und brachte schwanzwedelnd irgendein Stöckchen an, das er ihr – ganz die Unschuld selbst – vor die Füße legte, als hätte er nie was anderes vorgehabt, als mal eben ein Stück Holz zu suchen.

Kristina brauchte nur einen kurzen Blick auf die Eisenstange zu werfen, um Jan-Oles Vermutung bestätigen zu können.

»Ja, so sah die andere auch aus. Aber du willst mir jetzt nicht erzählen, dass das mehr war als ein Zufall, dass du das Ding gefunden hast, oder?«

Jan-Ole hob die Hände. »Okay, erwischt. Obwohl es mir lieber wäre, wenn du trotzdem ein bisschen … Hochachtung vor meinen Fähigkeiten zeigen würdest. Tu wenigstens so, als würdest du mich bewundern.«

Der ironische Tonfall, den Jan-Ole anschlug, ließ Kristina kurz lächeln. Offensichtlich war er bereit, über seinen

Schatten zu springen – und sie war froh, dass sie ihn dabeihatte.

»Ich bewundere dich, Jan-Ole«, ging sie auf seinen Ton ein. »Und wenn du mir bei Gelegenheit auch noch die Lösung für den ganzen Mist hier präsentierst, gebe ich dir sogar ein Bier aus. Oder lade dich ins Kino ein oder sonst irgendwas.«

»Ich komm drauf zurück«, sagte Jan-Ole grinsend. »Aber jetzt lass uns ins Büro fahren, es gibt genug Fragen, die wir klären müssen.«

Ganz kurz griff er nach ihrem Arm und drückte ihn, als wollte er ihr zu verstehen geben, dass er die Zusammenarbeit mit ihr nicht nur akzeptierte, sondern ihre Bitte um Hilfe sehr wohl zu schätzen wusste. Und das reichte ihr für den Moment vollkommen, wenn sie ehrlich war, hatte sie damit gerechnet, dass es schwieriger werden würde, ihn zu überzeugen.

Sie hielt Jan-Ole für einen der fähigsten Ermittler, mit denen sie jemals zu tun gehabt hatte. Und gleichgültig, in welcher Verfassung er war, konnte er wie kaum ein anderer selbst abwegige Hinweise zu einem sinnvollen Ganzen verknüpfen, das hatte er bei ihrem letzten gemeinsamen Fall deutlich bewiesen. Was sie aber mehr als alles andere an ihm schätzte, waren seine offen eingestandenen Probleme damit, dass er als Polizist immer nur einen Bruchteil der Wahrheit aufdecken konnte.

»Es gibt so viel Furcht und Elend auf der Welt, dass wir bestenfalls ein Pflaster auf die Schürfwunden kleben können, mehr nicht«, war einer der Sätze, die sie oft genug von ihm gehört hatte.

Das war eigentlich ein frustrierender Gedanke, der aber

zumindest half, nicht in die berufsbedingten Allmachtsphantasien abzurutschen, die so viele ihrer Kollegen leider deutlich zeigten.

Als sie jetzt neben ihm im Polizeiwagen saß und aus den Augenwinkeln sah, wie er abwesend durch die Scheibe starrte und im Kopf bereits vollkommen auf die Fragen konzentriert war, die sich ihnen zur Zeit stellten, war sie plötzlich versucht, nach seiner Hand zu greifen. Im gleichen Moment traf sie mit einem Schlag die Erkenntnis, dass da noch mehr war als nur ihre Bewunderung für seine ermittlerischen Fähigkeiten. Auch wenn sie es nicht wahrhaben wollte, musste sie sich eingestehen, dass sie sich zu ihm hingezogen fühlte. Und sie musste aufpassen, dass sie sich da nicht gerade in irgendetwas hineinmanövrierte, was alles andere als gut für die Situation wäre …

Kurz vor der Abzweigung nach Evje kam ihnen der graue Transporter der Spurensicherung entgegen. Kristina betätigte mehrmals hintereinander die Lichthupe. Als sie auf gleicher Höhe waren, hielten sie an und ließen die Seitenfenster herunter.

»Ihr wisst, was ihr diesmal zu tun habt?«

Gunvald verzog das Gesicht.

»Das ›diesmal‹ hättest du dir ruhig schenken können. Wir machen unsere Arbeit immer korrekt. Wenn du anderer Meinung bist, dann kannst du dich ja beschweren.«

»Vielleicht sollte ich das wirklich machen«, murmelte Kristina halblaut vor sich hin. Alleine schon der Tonfall in Gunvalds Stimme ließ sie augenblicklich auf Konfrontationskurs gehen.

Aber bevor Gunvald noch irgendetwas erwidern konnte, beugte sich Jan-Ole über sie hinweg zum Fenster.

»Schon klar«, sagte er in dem deutlichen Bemühen, die Schärfe aus dem Wortgeplänkel zu nehmen. »Aber wenn ihr auf dem Eis fertig seid, denkt bitte unbedingt daran, euch die Hütte da oben vorzunehmen. Kristina hat euch ja am Handy schon gesagt, worum es geht. Es muss irgendwelche Spuren unter dem Neuschnee geben, und wir brauchen möglichst schnell eure Ergebnisse.«

»Sagt wer?« Gunvald versuchte, in den Streifenwagen zu blicken, um Jan-Ole erkennen zu können.

»Sagt Kriminalhauptkommissar Andersen von Beredskapstroppen«, schaltete sich Kristina wieder ein. »Ich habe ihn zur Unterstützung angefordert, er gehört ab sofort zum Team.«

»'tschuldigung, dass ich mich nicht vorgestellt habe«, sagte Jan-Ole schnell. »Indirekt haben wir übrigens schon mal miteinander zu tun gehabt, wir haben uns allerdings nie kennengelernt. Aber du erinnerst dich bestimmt an die Sache bei dem alten Bauernhaus, drüben in Myglevatn. Ich bin der Bulle, der …«

»… eins über die Rübe gekriegt hat, ich weiß. Schön blöd, habe ich damals schon gedacht. Na, dann pass mal besser gut auf ihn auf«, setzte Gunvald an Kristina gewandt hinzu. »Der flotte Kollege scheint ja eher ein ausgemachter Pechvogel zu sein.«

Er lachte laut auf, als wäre ihm gerade ein besonders guter Witz gelungen. Seine Leute im Transporter lachten pflichtschuldig mit. Ohne ein weiteres Wort wuchtete Gunvald den Gang ins Getriebe und gab Gas.

»Was sollte das denn jetzt?«, regte sich Kristina auf, während sie im Außenspiegel beobachtete, wie sich der Transporter entfernte.

»Vergiss es einfach, Kristina! Ein aufgeblasener Wichtigtuer, das hattest du doch schon gesagt. Und jetzt hast du ihn auch noch vorgeführt, weil er seinen Job nicht im Griff hat. Vielleicht steht er auch ganz einfach auf dich und hat deshalb ein Problem mit mir!«

Kristina tippte sich unwillkürlich an die Stirn, bevor sie den Wagen wieder in Bewegung setzte. Sie merkte, dass sie sich eigentlich weniger über die dummen Sprüche des Spurensicherers ärgerte als vielmehr über sich selbst. Für einen kurzen Moment hatte sie tatsächlich erwartet, dass Jan-Ole die Gelegenheit nutzen würde, um ihr ein Kompliment zu machen. Als er gesagt hatte, dass Gunvald womöglich auf sie stand, hätte er nur hinzuzusetzen brauchen: »Was ja auch kein Wunder wäre. Und er wird nicht der Einzige sein, dem es so geht.« Irgendwas in dieser Art. Eine kleine Andeutung nur, dass er nicht abgeneigt war, wenigstens ein bisschen mit ihr zu flirten. Aber so was war absolut nicht Jan-Oles Ding, das hatte sie auch früher schon bemerkt.

Und er schien das kurze Zwischenspiel bereits vergessen zu haben, als er jetzt unvermittelt zu dem Baumarkt hinüberzeigte, dessen Parkplatz sie gerade passierten.

»Warte mal, halt mal bitte an! Ich will da kurz rein und was fragen.«

Entgegen jeder Vorschrift bog Kristina in die Ausfahrt ein, ein Pick-up, der ihnen entgegenkam, bremste abrupt, als Kristina kurz die Sirene aufheulen ließ.

Ohne Erklärung verschwand Jan-Ole im Laufschritt in dem flachen Gebäude, vor dem in langer Reihe grell orangefarben lackierte Schneepflüge und Schneefräsen ausgestellt waren. Die Preise waren niedriger, als Kristina erwartet hatte. Kurz war sie versucht, sich eine der Fräsen näher anzusehen, um sich endlich an den Nachbarn rächen zu können, die sie im Herbst jedes Wochenende mit ihren Laubbläsern genervt hatten, tat den Gedanken aber schon im nächsten Moment als vollkommen dämlich ab.

Sie schaltete die Standheizung ein und griff nach ihrem Notizbuch, das auf der Mittelkonsole lag. Wenigstens konnte sie die Zeit nutzen, um ein paar Fragen zu formulieren. Allerdings würde sie Jan-Ole darauf ansprechen müssen, dass es kaum ihrer Vorstellung von Zusammenarbeit entsprach, ohne Erklärung auf einem Parkplatz zurückgelassen zu werden. Sie war nicht sein Chauffeur, und was immer er gerade vorhatte, wollte sie in Zukunft zumindest darüber informiert sein.

Zehn Minuten später starrte sie ratlos auf die wenigen Notizen, die sie zustande gebracht hatte.

Wer hat das Eis präpariert? Warum hat der Theaterbus die Straße verlassen? Wer wusste davon, dass der Bus auf dieser Strecke unterwegs war? Was für ein Motiv kann es geben, um 14 Theaterleute umzubringen? Sollten alle von ihnen sterben oder ging es nur um ein bestimmtes Mitglied des Ensembles? Ist die Schauspieltruppe überhaupt das Ziel gewesen? Wem sonst könnte der Anschlag gegolten haben?

Unter den Fragen hatte sie noch ein paar Einzelpunkte notiert, eine Art To-do-Liste:

Die Hintergründe der einzelnen Mitglieder überprüfen. Insbesondere vom Busfahrer und vom Regisseur (Leiter der Theatergruppe). Dito die Zeugen (Staatssekretär und Fahrer).

Plötzlich kamen ihr die Eisenstangen wieder in den Sinn, die Jan-Ole an der Hütte gefunden hatte. Vielleicht hatte nicht nur die eine Stange als Markierung auf dem Eis gedient, sondern die Straße war mit weiteren Stangen oder Baustellenbaken abgesperrt gewesen, so dass der Bus deshalb auf den zugefrorenen See ausgewichen war!

Sie wollte gerade *Spusi* und *Straße* zu ihrer Liste hinzusetzen, als die Tür hinter ihr aufgerissen wurde. Jan-Ole war zurück und schob vorsichtig ein aus dünnen Birkenästen gezimmertes Vogelhaus auf die Sitzbank.

»Hä?«, machte Kristina verblüfft. »Darum ging es? Du hast ein Vogelhaus gekauft?«

»Nicht für mich. Ich erkläre es dir später.« Er schloss die Tür und stieg auf der Beifahrerseite wieder ein. »Aber es war auch nur Zufall, dass ich gleich eine ganze Kiste mit den Dingern direkt neben der Kasse entdeckt habe, als ich auf den Filialleiter warten musste. Ich hatte nämlich recht mit meiner Vermutung, dass das hier der einzige Baumarkt in der Umgebung ist.«

»Das hätte ich dir sagen können. Und? – Nein, warte! Du denkst, dass vielleicht jemand vor kurzem einen Eisbohrer hier gekauft haben könnte, genauer gesagt, am letzten Wochenende ...«

»Es ist eher unwahrscheinlich, das gebe ich zu, wenn das Eis von irgendeinem Bauern aus der Gegend präpariert wurde, dann hat er so einen Bohrer auch zu Hause gehabt, und das Ganze hilft uns kein Stück weiter.«

»Aber wenn es jemand war, der nicht von hier stammt und keine Möglichkeit hatte, das Ding im Auto mitzubringen ...«

»Eher unwahrscheinlich, sage ich ja. Aber zumindest wird der Filialleiter jetzt seinen Computer durchforsten und uns eventuelle Kunden mailen. Angeblich war das zu kompliziert, um es gleich zu machen, und ich wollte dich auch nicht unnötig hier draußen sitzen lassen.«

»Sehr aufmerksam, danke, du bist ein echter Freund«, konnte Kristina es nicht lassen anzubringen. Die Ironie in ihrer Stimme war nicht zu überhören. Irritiert blickte Jan-Ole sie an, im gleichen Moment klingelte sein Handy. Nach einem schnellen Blick auf das Display sagte er nur: »Entschuldigung, aber das muss ich annehmen. Das ist Merette.«

Mit dem Handy am Ohr drehte er sich zum Fenster und senkte seine Stimme, als er sich meldete. Kristina fand seinen halbherzigen Versuch, sie auf diese Weise nicht in seine privaten Angelegenheiten zu ziehen, eher albern und überlegte ernsthaft, ob sie aussteigen sollte, um ihm ein ungestörtes Gespräch zu ermöglichen. Aber draußen jagte gerade ein neuer Schneeschauer über den Parkplatz, und sie hatte wenig Lust, sich frierend die Beine in den Bauch zu stehen, während Jan-Ole telefonierte. Sie schob sich ein Lakritzbonbon in den Mund und griff wieder nach ihrem Notizbuch, konnte aber nicht überhören, dass Jan-Ole Merette mehrfach bat, ihm endlich zu sagen, worum es ging.

»Du hast doch irgendwas, Merette! Natürlich merke ich das, irgendwas stimmt nicht mit dir. Was? Ja, ich weiß, das war dumm, nichts ist in Ordnung, aber … Wo ich gerade bin?«

Kristina sah an seinen Schultern, wie er tief Luft holte, bevor er weitersprach.

»In Kristiansand, beziehungsweise gerade auf dem Parkplatz von einem Baumarkt kurz vor Evje. Ich hätte dich heute Abend sowieso angerufen, aber ich kann auch versuchen, das eben schnell zu erklären.«

In ein paar kurzen Sätzen fasste er zusammen, was passiert war, seit er das letzte Mal mit Merette gesprochen hatte. Er zögerte kurz, als er von der Theatergruppe sprach, die mit ihrem Bus im Eis eingebrochen und ertrunken war, nannte dann aber auch Elsas Namen. Wie auch immer Merettes Reaktion darauf war, Jan-Ole schien vermeiden zu wollen, dass sie weitere Fragen stellte, und fing übergangslos an, von dem Theaterprojekt der Psychiatrie zu berichten.

»Eine Art von Therapie, um das Selbstbewusstsein der Patienten wiederaufzubauen, im Fachjargon nennt sich das Ganze Psychodrama, aber das wirst du wahrscheinlich besser wissen als ich. Was sagst du? Eine der Koryphäen auf diesem Gebiet ist ein alter Kollege von dir? Nein, daran kann ich mich nicht erinnern, tut mir leid. Der Typ, der womöglich Aksels Vater war? Du redest von … Aksel? Sag den Namen von diesem Psychologen bitte noch mal. Alnæs? Ingvar Alnæs?«

Ruckartig drehte er sich zu Kristina, sie merkte, wie ihr eine Gänsehaut über den Rücken kroch, während sie nickte und den Namen wiederholte: »Ingvar Alnæs. Er steht auf der Liste, er gehörte zu den Theaterleuten. Der Regisseur.«

Jan-Ole nahm das Handy, das er bei ihrer Antwort gegen seine Jacke gedrückt hatte, wieder ans Ohr und sagte: »Merette? Ich hab gerade nachgefragt. Ich dachte, ich hätte den Namen im Zusammenhang mit den Theaterleuten gehört, aber da habe ich mich getäuscht. Trotzdem gut zu wissen, dass du dich da auskennst, falls ich noch Fragen zu diesem Psychodrama-Zeug habe. Ich rufe dich sowieso noch mal in Ruhe an, wenn ich mir erst mal ein Zimmer gesucht habe. Jaja, doch, ich bin ganz offiziell hier, es ist nur gerade ungünstig. Wie gesagt, ich stehe auf einem Parkplatz, und draußen tobt auch schon wieder ein Schneesturm. Wie ist es bei dir? Das Wetter, meine ich. Nein, ich lenke nicht vom Thema ab, ich will nur … Ja, okay, bis später also, tusen kyss.«

Kristina war überrascht, wie schnell er reagiert hatte, wenn sie sich auch nur schwer vorstellen konnte, dass Merette seine Ausflüchte nicht durchschaut haben sollte.

Für einen Moment starrte Jan-Ole sie abwesend an. Sie ahnte, was in seinem Kopf vor sich ging. Und sie war gerade genauso wie Jan-Ole zusammengezuckt, als Aksels Name gefallen war. Aksel, der Soziopath, der nach seinem spektakulären Ausbruch aus der Forensischen Psychiatrie Merette und ihre Familie bedroht hatte. Und der sich dann in einem verlassenen Bauernhaus in Mittelschweden bei einem Sturz von der Treppe das Genick gebrochen hatte.

Jan-Ole räusperte sich.

»Es gibt eine Verbindung zwischen diesem Alnæs von der Theatergruppe und … Aksel.«

»Ich hab's gehört. Und Alnæs …?« Kristina hob fragend die Hände.

Jan-Ole nickte. »Alnæs war damals in einem Heim tätig, in dem auch das Mädchen untergebracht war, das dann noch als Minderjährige schwanger wurde und Aksel zur Welt brachte. Der Fall ist nie weiter untersucht worden, aber wenn ich mich richtig erinnere, sprach einiges dafür, dass Alnæs tatsächlich der Vater war. Er war es übrigens auch, der durchgesetzt hat, dass Aksel in seine erste Pflegefamilie kam.«

»Das heißt, Aksel könnte womöglich noch eine Rechnung mit ihm offen haben.«

»Verdammt, Kristina, Aksel ist tot, das weißt du ebenso gut wie ich. Seine Leiche wurde von den schwedischen Kollegen eindeutig identifiziert. Du hast den Bericht selber in der Hand gehabt, hör bitte auf, da jetzt irgendwas zu konstruieren, was jeglicher Grundlage entbehrt! Was machst du?«, fragte er gleich darauf, als Kristina das Menü in ihrem Handy aufrief und durch das Adressbuch scrollte.

»Ich will noch mal persönlich von den Kollegen hören, dass sie sich wirklich sicher sind, Aksel begraben zu haben. Ohne irgendwelche Zweifel.«

»Das ist lächerlich«, stieß Jan-Ole hervor. Er presste die Lippen zusammen und trommelte mit den Fingern nervös auf dem Armaturenbrett.

Der schwedische Kommissar, dessen Nummer Kristina noch von dem Fall im letzten Jahr in ihrem Handy gespeichert hatte, nahm das Gespräch bereits nach dem zweiten Klingelton an. Kaum hatte sie sich mit Namen gemeldet, als er überrascht rief: »Kristina! Na, das nenne ich mal einen Fall von Gedankenübertragung! Ich hatte mir gerade die Akte vom Sommer rausgesucht und wollte dich heute oder morgen anrufen ...«

»Warum?«, unterbrach ihn Kristina, während sie den Lautsprecher einschaltete, damit Jan-Ole mithören konnte. »Was gibt es?«

»Du erinnerst dich doch noch an dieses verfallene Bauernhaus, in dem der Typ von euch sich verkrochen hatte, du weißt schon, der, den wir dann tot aufgefunden haben.«

»Aksel, ja.«

»Aksel, genau, den meine ich. Und jetzt halt dich fest, der hat hier vielleicht jemanden umgebracht, bevor er selber dann ...«

»Was? Wie kommt ihr darauf?«

»Okay, wir wissen es noch nicht genau, aber es deutet einiges darauf hin. Jedenfalls sind da vor kurzem die Erben von dem Bauern erschienen, weil sie die Ruine als Ferienhaus herrichten wollten, irgendein Sohn und seine Frau aus Göteborg, aber das ist ja auch egal, nur dass sie dann eine echte Überraschung erlebt haben, als sie dabei waren, die Bude zu entrümpeln. Der Leichnam war in einer alten Regentonne gleich neben der Hintertür, ziemlich brutal da reingequetscht, ein Arm im Schultergelenk ausgekugelt und am gesamten Körper deutliche Spuren von Misshandlung. Kein besonders erfreulicher Anblick für jemanden, der nur mal eben die Tonne auskippen will, vor allem nach den Monaten, die der Körper im Wasser gelegen hatte …«

Kristina musste mehrmals schlucken, bevor sie den schwedischen Kollegen erneut unterbrach.

»Eine Frau oder ein Mann? Könnt ihr schon mehr sagen?«

»Eine junge Frau. Identifizierung läuft noch, aber ziemlich sicher ist nach den ersten Untersuchungen schon mal, dass sie wahrscheinlich nicht mehr gelebt hat, als sie in die Tonne gestopft wurde. Der Todeszeitpunkt könnte ungefähr in den Zeitraum fallen, in dem sich euer Typ, Aksel, in dem Haus aufgehalten hat. Deshalb wollte ich dich ja auch anrufen, weil ich dachte, das solltest du erfahren.«

Jan-Ole streckte die Hand nach Kristinas Handy aus.

»Gib mir mal bitte, ich will selber mit ihm reden.«

Sein Gesicht war so bleich, dass es Kristina wie ein weißer Fleck im Dämmerlicht des Wageninneren erschien.

»Hier ist Jan-Ole, ich hatte auch mit dem Fall von Aksel zu tun. Ich erinnere mich nicht mehr genau, meine aber, dass ihr damals für die Identifizierung von Aksels Leiche auf eine DNA-Überprüfung verzichtet habt, stimmt das?«

Für einen Moment kam keine Antwort.

»Ihr hattet ein Fahndungsfoto«, versuchte Jan-Ole, den unausgesprochenen Vorwurf in seiner Frage abzuschwächen. »Und ihr habt ihn genau da gefunden, wo ihr ihn nach unseren Angaben gesucht habt ...«

»Wir hatten sein Fahndungsfoto«, bestätigte der schwedische Kollege jetzt. Seine Stimme klang zögerlich, als würde er sich unbewusst verteidigen wollen, aber gleichzeitig schon wissen, dass es umsonst war. »Und wir haben seinen Ausweis bei dem Toten gefunden«, setzte er noch hinzu. »Es passte alles zusammen. Allerdings hast du recht, wir haben nie eine DNA-Überprüfung vorgenommen. Es schien keinen Anlass dafür zu geben, verstehst du. Aber glaubst du wirklich ...«

»Ich weiß es nicht«, antwortete Jan-Ole. »Aber wir werden das rausfinden. Ich melde mich bei dir, sowie wir uns hier klar darüber geworden sind, wie wir vorgehen wollen.«

Der Schneeschauer war wieder in dichtes Gestöber übergegangen, das wie ein Vorhang jedes Licht außerhalb des Polizeiwagens verschluckte. Als Kristina den Scheibenwischer einschaltete, wünschte sie sich plötzlich weit weg, irgendwohin, wo immer die Sonne schien und alle Konturen scharf umrissen zu Tage traten. Ohne irgendwelche Zweifel, die in der Dunkelheit darauf lauerten, von einer Sekunde zur nächsten alles zunichte zu machen, was sicher gewesen zu sein schien.

ZWEITES BUCH

I never thought that it would come on down this way
(Dance with a Stranger)

Es gab keine Notbeleuchtung, es war stockdunkel. Das auf- und abschwellende Heulen des Alarmsignals schien das Trommelfell durchbohren zu wollen, wie Querschläger, die in unablässiger Folge durch seinen Schädel jagten. Mit vorgestreckten Armen tastete er sich weiter in die Finsternis, plötzlich blies ihm heißer Dampf ins Gesicht, so heiß, dass er unwillkürlich die Hände hochriss, um seine Augen zu schützen. Sein Atem ging keuchend, er war kurz davor, die Kontrolle zu verlieren, nur mit Mühe schaffte er es, die aufsteigende Panik zu unterdrücken.

Gleich darauf knallte er mit dem Kopf gegen eine gepolsterte Kante, der Aufprall war so heftig, dass er zurückgeworfen wurde und torkelnd auf die Knie stürzte. Er konnte sich gerade noch mit den bloßen Händen auf dem rutschigen Boden abfangen, bevor er lang hinschlug.

Dann endlich ertastete er die niedrige Luke in der Wand, mit zittrigen Fingern bekam er das Metallrad zu fassen, das die Verriegelung löste. Hastig kroch er in den Schutzraum, sein Verstand sagte ihm, dass er hier in Sicherheit war, aber sein ganzer Körper wehrte sich, wollte zurück, wieder raus aus diesem schwarzen Loch, das kaum genug Platz bot, um sich anders als in der Hocke gegen die Wand zu pressen, nachdem er die Luke hinter sich zugezogen hatte.

Die Sirene heulte immer noch, eine heisere Stimme aus dem Lautsprecher dicht über seinem Kopf brüllte Anweisungen in das Chaos, erst auf Norwegisch, dann auf Englisch. Das Blut schoss ihm ins Gehirn, die Panik war jetzt so groß, dass er sich die Hände auf die Ohren presste, in der Enge mit dem Oberkörper vor und zurück schaukelte, ein zitterndes Bündel, das nur noch einen Gedanken kannte: Lasst es vorbei sein, ich kann nicht mehr, hört auf, bitte!

Eine halbe Ewigkeit später flammte das Licht auf, so gleißend, dass er für einen Moment wie blind war. Rote Punkte tanzten vor seinen Augen. Erst als die Hände der Rettungsleute ihn raus auf den Gang zogen, bemerkte er, dass auch das Sirenengeheul verstummt war, trotzdem brauchte er noch eine Weile, bis er die Stimme des Sicherheitsingenieurs verstehen konnte, der die Katastrophenübung leitete: »Mann, Mann, du wirst es nie kapieren, oder? Was ist los mit dir? Wenn du es nicht schaffst, deine Panik in den Griff zu kriegen, hast du im Ernstfall keine Chance. Du warst jetzt gerade mal fünf Minuten da drin, du musst lernen, die Anweisungen zu beachten, sonst …«

»Ich weiß«, brachte er mühsam heraus. »Ich kann nichts dazu, es ist einfach …«

»Soll ich dir etwas zur Beruhigung geben, damit du wieder runterkommst?«

»Nein, danke, es geht schon wieder. Ich komme klar. Ich dusche und hau mich hin.«

Kopfschüttelnd beobachtete ihn der Ingenieur, als er sich zur Tür schleppte, um möglichst schnell von dem verhassten Katastrophenraum wegzukommen. Seine Beine fühlten sich immer noch an wie aus Gummi, seine Hände zitterten unkontrolliert. Es war nicht die erste Übung, die er mitgemacht hatte, und er war auch nicht der Einzige, der mit diesem Scheiß-Notfall-Szenario nicht klarkam, das wusste er, aber viel schlimmer war, dass er sich jedes Mal den anderen Männern gegenüber vollkommen ausgeliefert fühlte, dass sie ihn sahen, wenn er keinerlei Kontrolle mehr über sich hatte. Das war nicht gut. Das ließ ihn als Waschlappen dastehen, als jemanden, der nicht ernst zu nehmen war …

JAN-OLE

Sie waren unterwegs nach Schweden, um die Kollegen in Årjäng zu treffen und die Leiche exhumieren zu lassen, von der Jan-Ole mittlerweile überzeugt war, dass es nicht Aksels sein würde. Trotz der frühen Uhrzeit und des eher makabren Anlasses schien Kristina die Fahrt zu genießen, vor allem, wenn der Porsche beim kleinsten Druck aufs Gaspedal mit einem satten Röhren beschleunigte, um gleich darauf die anderen Wagen hinter sich im aufwirbelnden Schnee zurückzulassen. Der 911 war alles andere als ein Spielzeug. Und auch wenn Kristina ganz offensichtlich wusste, wie sie ihn zu handhaben hatte, wünschte sich Jan-Ole, nicht einfach zugestimmt zu haben, als sie vorschlug, ihren Privatwagen für die Fahrt zu benutzen. Als sie jetzt an einer Steigung das Heck ausbrechen ließ, um durch die nächste Kurve zu driften, stemmte er unwillkürlich die Füße gegen das Bodenblech und klammerte sich mit der rechten Hand an den Türgriff, während er gleichzeitig die Augen schloss, als könnte er auf diese Weise das Schicksal beschwören, ihn noch einmal mit dem Leben davonkommen zu lassen …

Nachdem Kristina gerade noch rechtzeitig vor einem entgegenkommenden LKW wieder eingeschert war, beugte Jan-Ole sich auf ihre Seite und warf einen Blick auf die Tachonadel, die sich leicht zitternd der hundertvierzig Stundenkilometermarke näherte.

»Wie alt ist dieses Auto überhaupt?«, fragte er in einem Tonfall, der deutlich machen sollte, dass er den Porsche keineswegs für geeignet hielt, um sich bei den winterlichen Straßenbedingungen und der Geschwindigkeit wirklich auf ihn zu verlassen.

»Das ist kein Auto«, erklärte Kristina lächelnd, ohne den Blick von der Fahrbahn zu nehmen, »es ist ein Porsche 911, das macht einen großen Unterschied! Baujahr 1986 übrigens, aber ich hab ihn erst seit etwas mehr als zehn Jahren.«

»Und wieso, ich meine …«

»Wieso eine kleine Provinzpolizistin aus Kristiansand einen Porsche fährt?«

»Wenn du es unbedingt so ausdrücken willst, ja. So ein Wagen ist verdammt teuer.«

»Nur, wenn man sich einen kauft. Aber ich hab ihn geschenkt bekommen.«

Jan-Ole stieß einen leisen Pfiff aus. »Nicht schlecht. Von einem reichen Verehrer?«

»Reich weiß ich nicht, Verehrer in jedem Fall. Willst du die Geschichte hören?«

»Nur, wenn du mir versprichst, dabei ein bisschen langsamer zu fahren, damit ich das Happy End mitkriege, ohne vorher an irgendeinem Felsen am Straßenrand zu landen.«

Kristina nickte und schaltete einen Gang zurück, bevor sie sagte: »Ich muss sowieso runter vom Gas, jetzt kommt ein langes Stück, das sie mit Radarkameras regelrecht zugepflastert haben.«

»Der norwegischen Kontrollwut sei dafür gedankt«, murmelte Jan-Ole. Aufatmend ließ er sich in seinem Sitz zurücksinken, als das erste Warnschild mit dem Bild einer stilisierten Kamera auftauchte und Kristina sich mit einem Blick auf den Tacho vergewisserte, dass sie die vorgeschriebene Geschwindigkeit einhielt.

»Ich wollte nicht immer Polizistin werden, ich habe erst Musik studiert, am Konservatorium in Oslo, nur drei Semester, dann war schon klar, dass das nicht mein Ding war. Aber in der Zeit hatte ich einen Freund, auch Musiker, und wir wollten gerne zusammenziehen, nur, dass du nicht so einfach was findest, wo du auch nachts um zwei noch Klavier und Trompete üben kannst. Und gerettet hat uns damals ausgerechnet ein Schrotthändler, der eine Hütte auf seinem Gelände hatte, die wir mieten konnten. Nicht unbedingt die schönste Szenerie, mit den Autowracks genau vorm Schlafzimmerfenster, aber frag nicht, was für Partys wir da gefeiert haben! Es hat ja niemanden gestört, und ich glaube, wir hatten manchmal so viele Gäste, dass es für ein ganzes Sinfonieorchester gereicht hätte. Leider hat sich der Schrotthändler dann ein bisschen zu sehr in mich verguckt und mir als Beweis seiner grenzenlosen Zuneigung den Porsche hier vermacht. Und das war's auch schon, das ist die ganze Geschichte.«

»Warum leider?«

»Was?«

»Du hast gesagt, er hätte sich leider in dich verguckt. Aber den Porsche hast du trotzdem genommen?«

»Na ja, ich meine ...«

Kristina nahm kurz die Hände vom Lenkrad und zuckte mit den Schultern.

»Vergiss es, Kristina«, sagte Jan-Ole grinsend. »Von deiner Geschichte ist kein Wort wahr!«

»He, jetzt warte aber mal! Willst du etwa behaupten, ich hätte das gerade erfunden?«

Kristina klang aufrichtig empört, allerdings vermied sie jeden Blickkontakt mit Jan-Ole und gab stattdessen vor, sich ganz auf den Verkehr konzentrieren zu müssen, obwohl sie jetzt mit gerade mal siebzig hinter einem Tanklastzug herkrochen.

»Also erstens«, setzte Jan-Ole an, »falls du wirklich Musik studiert hast, dann ganz bestimmt nicht Klavier!«

»Wieso nicht? Wie kommst du darauf?«

Jan-Ole bückte sich zu dem Schuhkarton, der vor seinem Sitz stand und in dem Kristina ihre CDs aufbewahrte, die sie während der Fahrt hörte.

»Muss ich dir jetzt wirklich die Bands vorlesen? Du stehst doch ganz eindeutig auf Rockmusik, und zwar alles mit viel Gitarren, sowohl die Sachen von früher wie Gary Moore oder Chrissie Hynde als auch Joe Bonamassa, Laura Cox Band oder diese vier Frauen von Lez Zeppelin! Hier gibt es jedenfalls keine einzige Klavieraufnahme, von Jazz und klassischer Musik mal ganz zu schweigen, weshalb ich auch nicht wirklich glaube, dass du überhaupt Musik studiert hast. Aber was mich im Moment viel mehr interessieren würde: Lebt dein Vater eigentlich noch?«

»Was? Wie bist du jetzt auf meinen Vater gekommen?«

Für einen Moment konnte Kristina ihre Verblüffung nur schwer verbergen, aber Jan-Ole schüttelte nur den Kopf und sagte: »Komm, Kristina, hör auf, mich so entgeistert anzustarren! Das hat nichts mit irgendeiner besonderen Fähigkeit zu tun, ich bin einfach nur schrecklich neugierig. Eine schlechte Angewohnheit, ich weiß, aber in unserem Beruf durchaus von Vorteil. Und als du vorhin beim Tanken reingegangen bist, um zu bezahlen, habe ich mir nicht nur deine CDs angesehen, sondern auch die Sonnenblende runtergeklappt. Ehrlich gesagt wollte ich nur wissen, wie ein echter Porsche-Schminkspiegel aussieht. Es war also eher Zufall, dass ich das Foto entdeckt habe, das du da als Glücksbringer hast, nehme ich mal an, oder auch nur zur Erinnerung. Aber jedenfalls mit genau diesem Auto drauf, Entschuldigung, mit diesem Porsche, einem Cabrio mit blauen Nebelscheinwerfern vorne an der Kühlerhaube. Und mit dir als kleinem Mädchen hinten auf dem Notsitz! Du bist gut zu erkennen, obwohl deine Haare ganz kurz geschnitten sind.«

»Ich war acht und wir hatten Läuse in der Schule. Vorher hatte ich Zöpfe bis weit über den Rücken, auf die ich sehr stolz war.«

»Ich hab mich schon gewundert, warum du so böse in die Kamera guckst. Aber der Mann hinter dem Lenkrad ist dein Vater, richtig? Und ich schätze mal, er hat dir den Porsche entweder vererbt oder er ist inzwischen zu alt, um noch selber zu fahren.«

»Es gibt noch eine dritte Möglichkeit …«

Jan-Ole zog kurz die Augenbrauen zusammen, bevor er sagte: »Mein Fehler, logisch, er hat sich ein anderes Auto gekauft. Vielleicht irgendwas Bequemeres. Oder ein neues Modell.«

Kristina zuckte nur mit der Schulter, als würde sich jede Bestätigung erübrigen. Jan-Ole wusste immer noch nicht, warum sie ihm diese löchrige Geschichte mit dem angeblichen Musikstudium und dem verliebten Schrotthändler überhaupt aufgetischt hatte, nahm aber an, dass er die Antwort früher oder später ohnehin erfahren würde. Und wie aufs Stichwort sagte Kristina jetzt: »Ich bin so oft nach dem Porsche gefragt worden, vor allem von den Kollegen, dass es irgendwann nur noch genervt hat, und ich dachte, ich schmück das mal ein bisschen aus. Aber du bist tatsächlich der Erste, der die Geschichte angezweifelt hat.«

»Was jetzt nicht unbedingt für mich, sondern eher gegen deine Kollegen spricht.«

»Ich nehme allerdings auch nicht jeden in meinem Wagen mit.« Kristina warf ihm einen schnellen Blick zu und lächelte. »Aber ich habe tatsächlich erst was anderes studiert, bevor ich mich entschlossen habe, zur Polizei zu gehen. Immerhin drei Semester Psychologie, in Leiden, das ist bei Amsterdam. Drei Semester nichts als Statistik, bis ich frustriert aufgegeben habe.«

»Und du hattest mal eine Affäre mit einem Schrotthändler!«

Kristina lachte.

»Nein, hatte ich nicht. Aber mit einem Oldtimer wie diesem lernst du in kurzer Zeit auf der Suche nach irgendwelchen Teilen jeden Schrottplatz kennen, glaub mir.«

Als sie kurz darauf unerwartet den Blinker setzte, um von der E 18 nach Tønsberg abzubiegen, fragte Jan-Ole: »Was ist los? Wo willst du hin?«

»Was essen. Und mit Kristiansand telefonieren, ob sie schon irgendwas Neues haben.«

Kristinas Entscheidung schien einleuchtend, Tønsberg war bekannt als Norwegens Stadt mit den meisten Kneipen, sicher würden sie hier auch bereits um diese Zeit ein Lokal finden, das geöffnet hatte.

»Wir nehmen den Parkplatz am Hafen«, erklärte Kristina. »Von da führt eine Fußgängerbrücke über den Kanal nach Kaldnes rüber, wo es ein schönes Café gibt, mit Quiche und ganz leckeren Suppen, und seit kurzem auch ein neues In-Lokal, die sogar so was wie Pommes mit Trüffeln auf der Karte haben, aber …«

»Aber?«

»Aber ich möchte eigentlich woanders mit dir hin und dich jemandem vorstellen, wenn du nichts dagegen hast. Außerdem wird er es zu schätzen wissen, wenn er eine Portion frische Krabben für uns pulen darf.«

Als sie den Wagen abstellten, wies Kristina auf eine Skulptur aus einem auffällig bläulichen Gestein, ein lächelnder Mann an einem Cafétisch, der auf den Hafen mit den nachgebauten Wikingerschiffen blickte.

»Jahn Teigen.«

»Der Schlagersänger? Der Typ mit … warte, ›Wunder der Liebe‹ oder so was?«

»Der Typ mit ›Wunder der Liebe‹, der es beim Grand Prix 1975 als erster Teilnehmer geschafft hat, null Punkte zu holen. Aber er hat auch noch andere Sachen gemacht, zum Beispiel einen Liedtext von Karl Marx übersetzt und aufgenommen, ›Teigen singt Marx‹, wusstest du das?«

»Nein, das ist mir neu …«

»Und er kommt aus Tønsberg!«

»Genau wie du?«, gab Jan-Ole einen Schuss ins Blaue ab.

»Genau wie ich.«

Noch während Kristina vor ihm her zum Hafenbecken lief, ahnte Jan-Ole, wer die Krabben für sie pulen würde. Aber dann war er doch überrascht, als Kristina vor einem liebevoll restaurierten Küstensegler stehenblieb und sagte: »Da hast du den Grund dafür, dass ich jetzt Porsche fahren darf. Mein Vater braucht kein Auto mehr, er ist voll und ganz zufrieden, in irgendeinem Hafen zu liegen und sich in seiner Kajüte vor der Welt zu verstecken. Nur für die Wintermonate ist er immer hier, und er liebt es, wenn ich dann alle paar Wochen mal vorbeikomme, um zu sehen, ob alles in Ordnung ist.«

Sie hatten noch kaum die verschneite Gangway betreten, als die rotgestrichene Tür mit dem messingumrandeten Bullauge aufflog. Auf den ersten Blick verkörperte Kristinas Vater so ziemlich alles, was sich Jan-Ole unter einem emeritierten Universitätsprofessor aus Oxford vorstellte – das schüttere, zur Seite gekämmte Haar, die goldgefasste Brille, die schmale Gestalt mit der gebügelten Jeans und dem etwas zu großen Norwegerpullover. Dass der Mann ganz sicher kein Universitätsprofessor gewesen war, verriet sein Händedruck, und seine Augen musterten Jan-Ole mit einer irritierenden Intensität, als Kristina sie einander vorstellte.

»Carl, mein Vater, und Jan-Ole, ein Kollege und … Freund. Wir sind auf dem Weg nach Schweden, und wir haben nicht viel Zeit, aber wir brauchen deine Hilfe, Papa. Funktioniert deine Internetverbindung?«

Carl nickte, ohne im Geringsten überrascht zu wirken, er schien solche Überfälle von seiner Tochter gewohnt zu sein.

»Gut«, erklärte Kristina. »Ich muss ein paar Telefonate führen und würde gern dein Skype benutzen. Ach ja, und ich habe Jan-Ole schon mehr oder weniger versprochen, dass du uns was zu essen machst. Hast du vielleicht …«

»Frische Krabben? Ihr habt Glück. Gestern ist ein Kutter reingekommen, und ich war gerade rechtzeitig da, bevor die Restaurants alles aufkaufen konnten. Ist keine Saison im Moment«, setzte er an Jan-Ole gewandt hinzu. »Im Winter verziehen sich die Krabben in tiefere Gewässer, wo das Wasser wärmer als an der Küste ist, aber das Wetter taugt dann auch nicht unbedingt dazu, um mit einem Kutter raus ins Skagerrak zu fahren.«

»Und Rührei dazu?«, unterbrach ihn Kristina, als hätte sie Sorge, dass ihr Vater sich in weiteren Erklärungen über die Hochseefischerei verlieren würde.

Carl grinste.

»Kommt rein, ich will sehen, was sich machen lässt. Wird schon reichen für euch beide.«

Die aufgestaute Wärme, die ihnen aus dem holzgetäfelten Niedergang entgegenschlug, vermittelte Jan-Ole augenblicklich ein Gefühl von Geborgenheit, eine Art häuslichen Frieden, den er so schon lange nicht mehr empfunden hatte. Aus einem flachen Lautsprecher unter der Decke klang leise Musik, Jan-Ole erkannte den Song schon, noch bevor Guro von Germetens auffällige Stimme das Akkordeon übertönte: »I'm throwing my head in a bucket, I'm screwing the Russian brigade, so drown me, sailor, drown me in the sea …«

Passt irgendwie zu diesem Schiff, dachte Jan-Ole unwillkürlich, besser jedenfalls als Jahn Teigen.

Der Wohnraum der Kajüte wirkte überraschend groß, jeder Zentimeter schien geschickt ausgenutzt und ganz dazu gedacht, auf kleinstem Raum Ordnung zu halten. Ein Blick in die angrenzende Pantry zeigte einen modernen Gasherd und ordentlich aufgereihte Töpfe und Pfannen, hinter zwei niedrigen Türen vermutete Jan-Ole das Bad und einen Schlafraum. Was ihm besonders gut gefiel, war der gänzliche Verzicht auf irgendwelche maritimen

Dekorationsstücke, wie er es von vergleichbaren Booten kannte, deren Eigner durchweg den Hang zu Positionslampen, Steuerrädern oder alten Fischernetzen als Wandschmuck hatten, ganz zu schweigen von antiken Seekarten oder präparierten Fischen in schweren Holzrahmen. Aber hier gab es als einziges Indiz für eine seefahrerische Vergangenheit den wuchtigen Kreiselkompass, der in die auf Hochglanz polierte Nussbaumplatte des Schreibtischs eingelassen war und neben der Computertastatur und dem Flachbildschirm seltsam fehl am Platz wirkte.

Während Carl sich mit Töpfen klappernd in der Pantry zu schaffen machte, zog Kristina einen zweiten Stuhl für Jan-Ole an den Schreibtisch und fuhr den Computer hoch, um die Skype-Verbindung nach Kristiansand herzustellen.

Ein junger Kollege mit auffälligen Dreadlocks, den Jan-Ole am Tag zuvor nur kurz gesehen hatte und an dessen Namen er sich nicht mehr erinnern konnte, schien bereits auf ihren Anruf gewartet zu haben.

»Es gibt jede Menge Neuigkeiten«, eröffnete er das Gespräch und schlug einen Schnellhefter auf, auf dessen Deckel neben dem Stempel der Spurensicherung der mit dickem Filzstift geschriebene Vermerk TOTE THEATERLEUTE prangte. Auch eine Art, sich von einem Fall zu distanzieren, dachte Jan-Ole, gib dem Verbrechen einen Namen, als wäre es nichts als der Titel für einen Kriminalroman. Wobei dieser Titel, für den wahrscheinlich Gunvald höchstpersönlich verantwortlich war, wohl eher zu einem absurden Kammerspiel passen würde – aber vielleicht war es auch genau das, ein absurdes Theaterstück, ohne nachvollziehbare Handlung und ohne klar erkennbares Motiv für die Tat …

Der Kollege in Kristiansand war eindeutig nervös, als er jetzt versuchte, die Ergebnisse der Spurensicherung in möglichst wenigen Sätzen zusammenzufassen. Dennoch wurde schnell deutlich, dass Gunvald und seine Mannschaft diesmal ordentliche Arbeit abgeliefert hatten. Die Frässpuren an den Eisbrocken stammten von einem motorgetriebenen Bohrer, wie er auch zum Eisfischen benutzt wurde, außerdem hatte Gunvald weitere Spuren gefunden, die auf den Einsatz einer Kettensäge hindeuteten, mit der das Bohrloch zu einer Rinne erweitert worden war.

»Und gerade ist ein Anruf reingekommen«, berichtete der Kollege weiter. »Ihr hattet ja noch mal einen Taucher rausgeschickt, und der hat zumindest den Bohrer im Schlick auf dem Seegrund gefunden. Wenn ich es richtig verstanden habe, meint er, dass auch die Motorsäge noch irgendwo da unten sein könnte, aber weil es ja eigentlich kein See, sondern ein Fluss ist, gibt es eine ziemlich starke Strömung, die sogar so ein schweres Teil mit sich reißen kann, und dann liegt es jetzt vielleicht schon ein ganzes Stück von der Einbruchstelle entfernt. Der Taucher will wissen, ob er trotzdem noch weitersuchen soll. Es wäre allerdings ein ziemlicher Aufwand, sagt er, und alleine schafft er das auch nicht, er braucht unbedingt Verstärkung, wenn er …«

Jan-Ole schüttelte den Kopf.

»Wer immer die Löcher gebohrt hat«, murmelte er anstelle einer Antwort vor sich hin, »ist wahrscheinlich davon ausgegangen, dass der Bus vor dem nächsten Sommer nicht gefunden wird, oder jedenfalls nicht, bevor der See wieder eisfrei ist, er konnte also sein Werkzeug ohne größeres Risiko gleich da verschwinden lassen. Selbst wenn die Sachen später durch Zufall entdeckt worden wären, würde kaum jemand einen Zusammenhang hergestellt haben – es wäre immer noch einfach nur um einen Bus gegangen, der im Winter im Eis eingebrochen war, ein tragischer Unfall, provoziert durch den Leichtsinn der Theaterleute, sonst nichts.« Er blickte hoch. »Entschuldigung, ich musste das nur eben für mich klarkriegen. Aber genauso wird es gewesen sein, da bin ich mir fast sicher. Der Taucher kann aufhören zu suchen, vielleicht hilft uns ja auch der Bohrer schon weiter. Hat dieser Baumarkt bei Evje sich immer noch nicht gemeldet? Evje Bygmakker, ich hatte darum gebeten, dass sie …«

»Doch, da ist eine Mail gekommen, das ist der nächste Punkt auf meiner Liste, ich war nur noch nicht so weit.«

»Und?«

»Es gab nur einen einzigen Kunden, dem sie in letzter Zeit einen Eisbohrer verkauft haben. Ein Bauer aus Kallhovd, das sind nur zwei oder drei Höfe …«

»An der Straße zum Dåsvatn«, mischte sich Kristina ein. »Ich erinnere mich an das Straßenschild.«

»Das heißt, wir haben einen Namen und eine Adresse?«, hakte Jan-Ole nach.

»Haben wir. Und ich habe auch gleich einen Kollegen aus Evje gebeten, da mal hinzufahren. Ich hoffe, das war richtig.«

»Das weiß ich noch nicht, aber erzähl erst mal weiter.«

»Der Bauer sagt, dass ihm das Ding noch am selben Tag, an dem er es gekauft hat, nachts von seinem Pick-up geklaut worden ist. Der Kollege aus Evje kennt den Bauern und meint, dass man ihm glauben kann. Und das Fabrikat des Bohrers ist identisch mit dem Bohrer aus dem See, das hat mir der Taucher schon bestätigt.«

Jan-Ole holte scharf Luft. »Von welchem Tag reden wir?«

»Freitag. Am Freitag um achtzehn Uhr dreiundzwanzig hat er den Bohrer laut Kassenbeleg des Baumarktes gekauft.«

»Passt«, kam es von Kristina. »Der Bus ist am Samstag eingebrochen, er kann also das Eis in der Nacht davor präpariert haben.«

»Aber wer?«, rief Jan-Ole laut. »Verdammt noch mal, das macht doch alles keinen Sinn! Dieser Bauer muss überprüft werden, klar, gibt es da irgendeine Verbindung zwischen ihm und einem der Theaterleute? Aber ich sehe das noch nicht, die Behauptung, dass man ihm den Bohrer geklaut hätte, ist so bescheuert, dass sie wahrscheinlich stimmt.«

»Bleibt also wieder nur …«, setzte Kristina an.

»Sag es nicht, bitte. Du hast ja recht, deshalb fahren wir ja auch nach Schweden, aber so lange wir das nicht mit Sicherheit wissen, dürfen wir uns da auch nicht in etwas verrennen, was vielleicht … völlig absurd ist!«

Der Polizist aus Kristiansand räusperte sich. »Soll ich mich jetzt darum kümmern, den Bauern zu überprüfen?«

»Bitte, ja, du weißt ja, worum es geht. Alles, was auf eine Verbindung zu der Theatergruppe hinweisen könnte. Auch zu dem Busfahrer.«

»Gut, mache ich. Aber ich hab da noch was, noch mal von der Spurensicherung. Es geht um diese verlassene Hütte am See. Gunvald lässt dir ausrichten, dass du beim nächsten Mal bitte darauf achten möchtest, ihm seine Arbeit nicht unnötig zu erschweren, indem du alles wie ein dämlicher Elchbulle zertrampelst. Seine Worte, nicht meine …«

»Was? Was soll ich? Ich bin nur vom See aus direkt zur Hütte hoch. Und dann auf meiner eigenen Spur wieder zurück.«

»Aber ziemlich genau unter deinen Fußstapfen hat Gunvald noch andere Spuren gefunden, nach der Größe der Abdrücke zu urteilen, ebenfalls von einem Mann, der vor dem Schneesturm den gleichen Weg genommen hat. Ebenfalls hin und zurück, nur wahrscheinlich in anderer Reihenfolge, meint Gunvald, also erst von der Hütte zum See. Es gibt nämlich auch Spuren, die von der Straße zur Hütte führen, und an der Straße hat eindeutig ein Auto gestanden! Gunvald will das noch genauer überprüfen, aber er hat Abdrücke vom Reifenprofil und glaubt, dass es sich entweder um einen Pick-up oder einen schweren Geländewagen gehandelt hat, ein SUV, zum Beispiel. Er meint, er kann das eventuell eingrenzen, wenn er das Reifenfabrikat bestimmt hat.«

»Gute Arbeit, Gunvald«, murmelte Jan-Ole. »Respekt! Ein Pick-up womöglich«, sagte er dann laut. »Also ist vielleicht doch der Bauer wieder im Spiel.«

»Oder ein SUV«, nickte Kristina, »der Volvo des Staatssekretärs?«

Im selben Moment meldete ihr Handy, dass eine neue Mitteilung eingegangen war.

»Aus Karlstad«, sagte sie nach einem Blick auf das Display und rief die Nachricht auf. Jan-Ole sah, wie sich eine steile Falte zwischen ihren Augenbrauen bildete, als sie den Text überflog. Sie schob Jan-Ole das Handy hinüber, während sie den Kollegen aus Kristiansand fragte: »Hast du noch irgendwas?«

»Nein, das war's.«

»Gut, okay, wir haben hier neue Infos aus Schweden. Ich melde mich wieder, sowie wir wissen, was wir damit anfangen sollen. Aber ruf mich unbedingt an, wenn du etwas Wichtiges herausfindest. Hei hei.«

Kristina unterbrach die Verbindung und beugte sich zu Jan-Ole, der immer noch auf die Textnachricht starrte.

Frauenleiche ident., hatte der verantwortliche Kriminalkommissar aus Karlstad über den Leichenfund in der Tonne geschrieben. *Inga Larsson, 24 Jahre, aus Jönköping. Vermisst seit letztem September. Soll zu einer Aussteigergruppe gehören. Evtl. Freund, ebenfalls vermisst. Wir sehen uns. Kolberg.*

»Ruf ihn an«, sagte Jan-Ole. »Jetzt gleich! Ich will mehr über diesen Freund wissen.«

Sie erreichten Kolberg im Auto, die Verbindung war trotz der Fahrgeräusche im Hintergrund erstaunlich gut.

»Hei du, hier ist wieder Jan-Ole. Ihr wart schnell mit der Identifizierung.«

»Ein Abgleich mit den Fotos vermisster Personen aus dem letzten Jahr hat den Treffer gebracht. Du weißt ja, dass Wasserleichen aufgrund irgendeiner chemischen Reaktion langsamer verwesen, unser Computerspezialist hat deshalb ziemlich schnell ein brauchbares Bild vom Gesicht erstellen können, das wir dann nur noch durch das entsprechende Programm jagen mussten.«

»Und ihr seid euch sicher, dass es diese Inga … Larsson ist?«

»Die Eltern kommen morgen für die endgültige Identifizierung hierher in die Gerichtsmedizin. Wird nicht ganz leicht, fürchte ich. Im Moment hoffe ich noch, dass wir ihnen den Gesamtzustand des Leichnams irgendwie ersparen können, indem wir ihnen nur das Gesicht zeigen. Aber ja, ich bin mir sicher, dass es Inga Larsson ist! Die Vermisstenmeldung damals war recht ausführlich, und die Eltern haben das jetzt auch alles noch mal bestätigt, ich habe selber mit ihnen gesprochen. Inga wohnte schon länger nicht mehr zu Hause, genauer gesagt, seit sie mit einer Ausbildung zur Hebamme fertig war, hat dann aber nicht gearbeitet, sondern sich einer Gruppe von jungen Leuten angeschlossen, die sich in leerstehenden Ferienhäusern einquartieren, eher selten in aufgegebenen Bauernhöfen, aber auch das kommt vor. Sie achten sogar darauf, nicht mehr kaputt zu machen, als unbedingt nötig, um in die Hütte zu kommen, und sägen dann zum Dank auch schon mal neues Feuerholz oder reparieren irgendwas, wenn Werkzeug da ist, aber sie bleiben nie länger als ein paar Tage am selben Ort, bevor sie weiterziehen. Ich hab ein bisschen recherchiert, das scheint tatsächlich so was wie eine ganz eigene Community zu sein, und gar nicht mal nur junge Leute, die die Schnauze gestrichen voll haben von dieser aufgeblasenen Wohlstandsgesellschaft, sondern auch alle möglichen anderen Aussteiger, alte Hippies und verkrachte Existenzen, natürlich auch ein paar Kleinkriminelle, die es vorziehen, für eine Weile unterzutauchen. Aber das Ganze funktioniert wie ein gut ausgebautes Netzwerk, sie haben Kontakt untereinander, und es gibt auch ein paar mehr oder weniger feste Anlaufstellen, an denen sie ihre Informationen austauschen. Übrigens scheint sich das nicht nur auf Schweden zu begrenzen, im Gegenteil, bei euch ist diese Szene offensichtlich auch recht aktiv.«

»Ja, ich weiß, ich habe schon davon gehört, aber was

mich jetzt vor allem interessiert, ist dieser Freund, den du in deiner Nachricht erwähnt hast.«

»Ich dachte mir schon, dass du danach fragen wirst. Also pass auf, Anfang September letzten Jahres hat Inga überraschenderweise ihre Eltern angerufen, um ihnen zu erzählen, dass sie sich verliebt hätte und mit ihrem neuen Freund zu Besuch kommen wollte, weil die Eltern ihn unbedingt kennenlernen sollten. Nur, dass sie dann eben nicht gekommen ist und sich auch nicht wieder gemeldet hat, weshalb die Eltern schließlich überzeugt waren, dass etwas passiert sein musste, und zur Polizei gegangen sind …«

»Merkwürdig genug«, warf Kristina ein. »Ich meine, sie haben doch vor diesem Anruf auch keinen Kontakt zu ihrer Tochter gehabt, warum kam ihnen das jetzt plötzlich so bedenklich vor?«

»Ich glaube, es ging darum, was Inga über diesen Mann erzählt hat«, antwortete Kolberg. »Die Mutter klang jetzt noch empört, als sie über ihn gesprochen hat.«

»Wieso?«, fragte Jan-Ole. »Was war mit dem Typen?«

»Ein Rigger von einer Bohrinsel, ich schätze mal, das sagt euch mehr als mir.«

»Ein Mann fürs Grobe«, nickte Kristina, »der ran muss, wenn schweres Gerät bewegt wird.«

»Und deutlich älter als Inga«, kam Kolbergs Stimme wieder aus dem Lautsprecher. »Aber vor allem fand Ingas Mutter es wohl unpassend, dass dieser Typ genug Geld verdient hatte, um sich problemlos Haus, Auto und Boot leisten zu können, aber es trotzdem geil fand – Originalton der Mutter –, mit Inga wie ein Penner durch die Gegend zu ziehen, wieder Originalton.«

»Aber wieso hast du geschrieben, dass er womöglich

ebenfalls vermisst wird? Wie kommst du darauf? Wir haben weder einen Namen von dem Typen noch irgendeine Idee, auf welcher Plattform er gearbeitet haben könnte, oder?«, fragte Jan-Ole.

»Doch, haben wir! Arne! Das soll so ungefähr jedes zweite Wort gewesen sein, das Inga in ihrer Verliebtheit vor sich hingeplappert hat. Und weil ich absolut nichts Besseres mit meiner Zeit anzufangen wusste, habe ich die Suchbegriffe ›Arne‹ und ›Bohrarbeiter‹ mal in unsere Vermisstenliste eingegeben – Arne Ingversson könnte passen, vermisst gemeldet von seiner Ehefrau in Malmö, und zwar im Oktober, als die Ölgesellschaft von ihr wissen wollte, wieso ihr Mann nicht turnusmäßig wieder an seiner Arbeitsstelle erschienen ist. Statoil, und die Plattform heißt Storefisk A, irgendwo bei euch, im Stavanger-Fjord …«

»Warte, nicht so schnell«, sagte Jan-Ole. »Ich schreibe gerade mit. Okay. Hast du auch eine genaue Personenbeschreibung, die du uns auf Kristinas Handy schicken kannst?«

»Das sollte machbar sein, obwohl es einfacher wäre, wenn ich sie dir nachher persönlich in die Hand drücke. Wir sehen uns doch sowieso in ein paar Stunden.«

»Ich würde jetzt schon gerne einen Blick drauf werfen.«

»Ich veranlasse das. Ein Kollege schickt euch das rüber. Du verfolgst gerade eine konkrete Idee, oder?«

»Nicht viel konkreter als das, was du dir auch zusammenreimen kannst. Aber lass uns nachher darüber reden, wenn wir definitiv wissen, wer bei euch im Sarg liegt. Und warte, noch was: Gute Arbeit, Kolberg, ich danke dir!«

Jan-Ole hatte kaum die Verbindung beendet, als Kristina sich zur Pantry umdrehte und rief: »Papa! Kannst du mal bitte kommen? Jan-Ole hat ein paar Fragen, die du ihm besser beantworten kannst als ich.«

»Gib mir noch zwei Minuten, euer Rührei ist gleich fertig!«

»Wieso?«, fragte Jan-Ole irritiert. »Ich verstehe nicht, was für Fragen soll ich an deinen Vater haben?«

»Er war Tiefseetaucher und hat sein halbes Leben auf irgendwelchen Bohrinseln zugebracht.«

Jan-Ole zögerte einen Moment, bevor er die Hände hob.

»Okay, das macht Sinn.«

»Sag ich doch.«

Kristina stand auf und klappte einen ausziehbaren Esstisch aus der Wandvertäfelung, der genügend Platz für drei Personen bot, die schlichten Teller, die sie dann aus dem offenen Schrankfach nahm, hatten einen schmalen, blauen Rand und erinnerten Jan-Ole an das Geschirr seiner Großeltern.

»Erst essen wir, dann kannst du deine Fragen stellen«, erklärte Carl, als er mit der Pfanne aus der Pantry kam.

Er verteilte großzügige Portionen, das Krabbenrührei war sicher mehrere Zentimeter dick, luftig und locker und lag auf selbstgebackenem Schwarzbrot, mit frischem Dill garniert. Erst jetzt merkte Jan-Ole, wie hungrig er war.

Dennoch musste er sich zwingen, mit seinen Fragen zu warten, bis sie endlich die leeren Teller beiseiteschoben und Carl ihm zunickte.

»Dein Essen war phantastisch«, setzte Jan-Ole an, »aber es hilft alles nichts, ich brauche tatsächlich ein paar Informationen von dir. Kristina sagt, du kennst dich auf Bohrinseln aus. Angenommen, ich würde jetzt auf so einer Plattform arbeiten wollen …«

Carl grinste.

»Mal davon abgesehen, dass du kein Ingenieur bist und für die meisten anderen Jobs leider schon ein bisschen zu alt, aber auf jeden Fall müsstest du bestimmte Voraussetzungen erfüllen: keine Alkohol-, Drogen- oder Medikamentenabhängigkeit, keine Krankheiten wie Diabetes, keine psychischen Angstzustände, keine ernstzunehmenden Hörbeschwerden. Das heißt, du brauchst ein Gesundheitszeugnis von irgendeinem Arzt, der das bestätigt.«

»Und welche Jobs …?«

»Als Hilfskraft für die echten Dreckarbeiten geht immer, Rost abkratzen, Streichen, Bereitstellen und Anreichen von Material, so was, ansonsten Elektriker, Schweißer, Mechaniker oder auch Köche, die werden eigentlich immer gesucht. Du musst dir das ein bisschen vorstellen wie bei einem guten Hotelbetrieb, vier Hauptmahlzeiten täglich, wenn das Essen nichts taugt, geht die Arbeitsmotivation runter und die Stimmung wird schlecht, das kann sich keine Bohrgesellschaft leisten, glaub mir!«

Jan-Ole blickte zu Kristina.

»Aksel ist gelernter Koch«, sagte er so leise, dass sie sich vorbeugen musste, um ihn zu verstehen. Gleich darauf schüttelte er den Kopf. »Aber das ist unmöglich, wenn er wirklich auf einer Plattform arbeitet, dann kann er nicht gleichzeitig den Bus versenkt haben. Mal eben von irgendeinem Ölfeld draußen in der Nordsee für ein paar Stunden aufs Festland, das haut nicht hin …«

»Papa!«, sagte Kristina nur, als würde sie die Antwort auf Jan-Oles Überlegung bereits kennen, aber sie zur Sicherheit noch mal von ihrem Vater hören wollen.

»Mal eben als Kurztrip sicher nicht, da hast du recht«, bestätigte Carl. »Aber du vergisst den üblichen Turnus, zwei Wochen Arbeit, vier Wochen frei! Jeder Arbeiter von einer Bohrinsel verbringt seinen Urlaub auf dem Festland.«

Jan-Ole rieb sich mit der Hand über die Bartstoppeln auf seinen Wangen und dem Kinn, bevor er seinen Stuhl zurückschob und im Aufstehen zu Kristina sagte: »Es bleibt dabei, wir müssen erst mal sehen, was die Exhumierung ergibt. Solange reden wir nur über Hirngespinste. – Danke fürs Essen und deine Gastfreundschaft, Carl, ich hab mich gefreut, dich kennenzulernen. Aber wir müssen jetzt los, so leid es mir tut. Wir haben noch eine lange Fahrt vor uns.«

Kristina stand ebenfalls auf, nur, um sich gleich darauf noch mal zu bücken und ihrem Vater einen Kuss auf die Wange zu geben.

»Ich melde mich, Papa. Vielleicht schaffen wir es ja auch auf dem Rückweg, wieder vorbeizukommen.«

»Ich bringe euch noch raus«, sagte Carl, kramte dann aber umständlich nach seiner Jacke und dem Schal, bis Kristina schon den Niedergang hinaufgestiegen war.

»Ich will gar nicht wissen, worum es geht«, sagte er und hielt Jan-Ole am Arm zurück. »Aber versprich mir, dass du auf sie aufpasst. Nicht nur bei diesem Fall, sondern auch danach.«

»Äh … wir sind nicht zusammen, falls du das glaubst«, erwiderte Jan-Ole verunsichert.

»Ich weiß, was ich weiß. Und ich habe gesehen, wie sie dich anguckt. Außerdem kann ich mich nicht erinnern, dass sie schon mal einen Kollegen mitgebracht hätte.«

Er drückte kurz Jan-Oles Schulter und schob ihn dann vor sich her die Stufen hoch ins Freie.

Kristina war bereits über die Gangway und stieg gerade in den Wagen. Aus einem Impuls heraus drehte Jan-Ole sich noch einmal um und schloss Carl wortlos in seine Arme, bevor er Kristina folgte.

Sie brauchten knapp eine halbe Stunde weniger bis Årjäng, als Jan-Oles Handy ausgerechnet hatte. Dennoch waren alle anderen schon auf dem kleinen Friedhof am Ortsausgang versammelt. Auf dem Parkplatz standen mehrere Streifenwagen und ein grauer Lieferwagen für den Abtransport der Leiche.

Im Gegensatz zu Norwegen hatte es in Mittelschweden in den letzten Tagen offensichtlich nicht geschneit, dafür aber umso mehr geregnet. Auch jetzt trieb ein feiner Nieselregen vom Seeufer herüber, der Matsch stand knöchelhoch zwischen den Gräbern, kleine Sturzbäche rannen von den aufgeworfenen Erdhügeln in die bereits geöffnete Grube.

Kolberg machte Jan-Ole und Kristina mit den Kollegen der örtlichen Polizei bekannt, dann mit dem Gerichtsmediziner und dem Staatsanwalt aus Karlstad. Die Begrüßung fiel angesichts der vor ihnen liegenden Aufgabe eher kurz aus.

»Gut. Schieben wir es nicht länger raus, los geht's, hoch mit dem Ding!«, wies Kolberg die uniformierten Polizisten aus Årjäng an, die mitgebrachten Seile unter dem Sarg hindurchzuziehen, um ihn aus der Grube hieven zu können.

Das billige Kiefernholz musste bei der Verarbeitung noch so frisch gewesen sein, dass das Harz an verschiedenen Stellen ausgetreten war und sich mit der Erde zu rissigen Narben und Klumpen verbunden hatte, zwischen denen weiße Schimmelflecken blühten.

Kristina beugte sich zu Jan-Ole und fragte flüsternd: »Wieso ist er überhaupt hier begraben worden, in Schweden? Ich meine, wenn sie doch davon ausgegangen sind, dass es sich um Aksel handelte …«

Jan-Ole zuckte mit der Schulter. »Er hatte keine Verwandten und war nirgends in Norwegen gemeldet«, erwiderte er ebenso leise. »Außerdem ist er hier aufgefunden worden, und der Gerichtsmediziner aus Karlstad hat den Totenschein ausgestellt. Keine Ahnung, wie das Prozedere in solchen Fällen ist, aber offensichtlich haben sich ja irgendwelche Behörden darauf geeinigt, vielleicht war es einfach auch bequemer so. Zumindest können wir noch froh sein, dass sie keine Feuerbestattung veranlasst haben.«

»Und wer hat die Friedhofsgebühren bezahlt?«

»Keine Ahnung«, wiederholte Jan-Ole leicht genervt, um gleich darauf einen Schritt nach vorne zu machen, als der Sarg mit einem leicht schmatzenden Geräusch auf dem Boden aufsetzte und einer der Polizisten mit der Brechstange begann, den Deckel aufzuhebeln. Das Holz war so modrig, dass es kaum splitterte, sondern sich eher wie faserige Pappe auseinanderdrücken ließ.

»Vorsicht jetzt!«, warnte der Gerichtsmediziner. »Der Leichnam ist noch nicht lange genug in der Erde, um sich bereits zersetzt zu haben, der Fäulnisgestank ist nicht ganz leicht zu ertragen.«

Er holte ein Riechfläschchen aus einer der Taschen seines Overalls und hielt es sich vorsorglich unter die Nase, während alle anderen hektisch anfingen, sich Taschentücher oder Schals vors Gesicht zu drücken, um sich vor dem Geruch zu schützen.

Nur Kolberg begnügte sich mit einem dünnen Streifen Snus, den er sich ungerührt unter die Oberlippe schob.

»Egal wie eklig es wird«, raunte Jan-Ole Kristina zu, »versuch gar nicht erst, möglichst flach zu atmen, mach genau das Gegenteil. Hol tief Luft, das funktioniert ungefähr wie eine spontane Desensibilisierung, glaub mir, ich weiß, wovon ich rede.«

Dennoch war die Wolke aus Ammoniak und Methangasen so gewaltig, dass auch Jan-Ole mehrfach heftig schlucken musste, bevor er sich über den Leichnam beugte. Der größte Teil der Kleidung schien unversehrt, die blonden Haare sahen aus wie angeklatscht, waren aber gut erhalten, auch die Gesichtshaut ließ noch deutliche Konturen erkennen. In der Mundhöhle, der Nase und den Ohren allerdings wimmelte es von Würmern und Asseln, die Augen schienen nahezu vollständig von irgendwelchen Larven bedeckt.

Die Körperstatur kam Jan-Ole breiter und gedrungener vor, als er Aksel in Erinnerung hatte, Kolberg und den anderen Kollegen aus Schweden war daraus sicher kein Vorwurf zu machen, sie hatten nur die Beschreibung aus der Fahndungsmeldung gehabt, und zumindest die Größe schien mit Aksels übereinzustimmen.

Jan-Oles Blick wanderte zu den Händen, die über der Brust gefaltet waren, die Finger hatten eine grünlich-weiße Färbung angenommen und wirkten dadurch wie marmoriert. Die Nägel waren so lang, dass sie an Krallen erinnerten.

Im gleichen Moment, in dem Kolberg neben ihm laut »Scheiße« sagte, hatte auch Jan-Ole entdeckt, wonach er suchte.

»Kannst du mir bitte noch mal die Personenbeschreibung dieses Typen von der Bohrinsel vorlesen?«, wandte er sich an Kristina. »Die Stelle mit den besonderen Kennzeichen!«

»Das muss ich dir nicht erst vorlesen, ich hab's mir genauso wie du gemerkt. Besondere Kennzeichen«, referierte Kristina aus dem Gedächtnis, »eine circa zehn Zentimeter lange Narbe am linken Knie, die von einer Meniskusoperation stammt, und ...«

»Ja, jetzt komm schon!«

»Ein abgetrennter Mittelfinger an der rechten Hand, nach Aussage seiner Ehefrau von einem Unfall auf der Bohrinsel.«

»Scheiße!«, wiederholte Kolberg laut.

Als er die Tür zu seiner Kabine öffnete, schaffte er es gerade noch bis zum Klo, bevor er sich übergeben musste. Danach fühlte er sich ein bisschen besser, lange hielt er die Handgelenke unter das laufende Wasser aus dem Hahn, bis sich auch sein Kreislauf wieder stabilisiert hatte. Er zog sich das durchgeschwitzte T-Shirt über den Kopf und ließ es achtlos zu Boden fallen. Erst als er schon auf dem Bett saß und sich die Jeans von den Beinen zerrte, sah er das Kaugummi auf dem fleckigen Teppich.

Durch die verdammte Katastrophenübung hatte er seinen kleinen Trick völlig vergessen. Aber das Kaugummi war der Beweis, dass der Engländer tatsächlich an seinem Spind gewesen war! Er hatte ihn schon länger in Verdacht, dass er heimlich seine Klamotten durchwühlte, wenn er sie nicht wegschloss. Aber erst gestern war er auf die Idee gekommen, Steven eine Falle zu stellen. Vor seiner Schicht hatte er ganz einfach den Schlüssel stecken lassen, aber das alte Kaugummi unter die Tür geklebt, die leicht klemmte. Und eben dieses Kaugummi lag jetzt als zerdrückter Klumpen vor dem Spind.

Sonst deutete nichts darauf hin, dass sich jemand an seinen Sachen zu schaffen gemacht hatte, der Engländer hatte offensichtlich darauf geachtet, keine Spuren zu hinterlassen. Und viel gab es da ohnehin nicht zu finden, jedenfalls nichts, womit irgendein Fremder etwas anfangen konnte. Trotzdem war es gut, jetzt Bescheid zu wissen. Er konnte Steven auf keinen Fall trauen, vielleicht musste er noch vorsichtiger sein als bisher schon.

Sie teilten sich die Kabine, das war üblich so, zumindest solange man nicht Bohrleiter oder einer der verantwortlichen Ingenieure war. Zwei Mann in einer winzigen Kabine, in die kaum die beiden Betten passten, mit plastikverkleideten Wänden und einer Sanitärzelle, in der man die Knie unter das Waschbecken pressen musste, wenn man auf dem Klo saß.

»Der Platz reicht vollkommen«, hatte der Plattformchef ihm bei der Begrüßung aufmunternd erklärt. »Einer kann schlafen, während der andere Schicht hat, und ansonsten gibt es immer noch den Aufenthaltsraum oder das Fitnessstudio oder das Kino, falls du so was wie Abwechslung brauchst. Du wirst schon klarkommen, man gewöhnt sich schnell an die Enge.«

Die Klimaanlage lief Tag und Nacht, wurde aber meistens ohnehin von den Vibrationen des Bohrkerns übertönt, wenn sich das Gestänge in die Tiefe des Meeresbodens fraß. Und tatsächlich nahm er die permanente Geräuschkulisse schon nach wenigen Tagen kaum noch zur Kenntnis, wenn er aus der Küche zurückkam, war er meistens so erschöpft, dass er gerade mal ein paar Worte mit Steven wechselte und dann wie tot auf sein Kissen fiel.

Aber jetzt nach der Sache mit dem Spind schien Steven zunehmend zu einem ernsthaften Problem zu werden. Obwohl ihm ja schon bei den wenigen Malen, die sie am Anfang noch zusammen vor dem Fernseher im Aufenthaltsraum gehockt hatten, klargeworden war, dass der Engländer keine Ruhe geben würde, bevor er nicht mindestens seine halbe Lebensgeschichte erfahren hätte.

Er hatte sich alle Mühe gegeben, dem anderen wenigstens

ein paar Erlebnisse aufzutischen, die seine Neugier befriedigen sollten. Ausnahmslos erfundene Geschichten, von seiner angeblichen Kindheit als Sohn des Leiters einer psychiatrischen Anstalt, von Verrückten, die sich die Schädeldecke aufkratzten, um sich dann alkoholgetränkte Tampons auf die blutende Stelle zu drücken, von seiner Zeit als einziger Punk auf dem Elite-Internat, als er sich mit ebendiesem Trick selber mehr als nur einmal weggeschossen hatte, von der Psychologin, die weder Büstenhalter noch Slip unter ihrem eng anliegenden Kostüm trug und ihn während eines von der Internatsleitung angeordneten Beratungsgesprächs auf ihrem Schreibtisch entjungfert hatte.

Aber er hatte Steven unterschätzt. Steven hatte ihm kein Wort geglaubt, sondern stattdessen kichernd erklärt: »Ey, das ist echt cool, Mann! Du hast ja ganz gefährlich einen an der Waffel. Ich wette, du bist ein Kiffer, gib's zu, Alter! Aber das macht nichts, das ist okay, dann sind wir schon zu zweit. Wenn wir das nächste Mal an Land sind, ziehen wir zusammen einen durch, abgemacht? Ich kenne da ein paar Leute, die haben so guten Stoff, dass es dir glatt die Beine weghaut. Und dann erzählst du aber mal, wo du wirklich herkommst, ohne irgendwelchen Scheiß!«

Er mochte es nicht, wenn ihm jemand sagte, dass er nicht ganz normal im Kopf wäre. Er wusste selber am besten, was mit ihm los war. Er war deutlich intelligenter als die meisten anderen, das war sein Problem, und sonst gar nichts! Aber das konnte irgendein abgefuckter Kiffer aus England natürlich nicht kapieren.

Was immer sich Steven davon versprochen hatte, war er dann mit seinem vorgeblichen Wissen über ihn ausgerechnet zum Chefkoch gelatscht. Den er im Übrigen deutlich besser zu kennen schien, als er ihm gegenüber behauptet hatte. Auch so ein

Typ, der sich für was Besonderes hielt. Pavlos, ein muskelbepackter, glatzköpfiger Grieche, mit Tattoos bis unter die Kinnspitze, der angeblich früher für irgendwelche Rockbands auf Tournee gekocht hatte. Für Metallica und Rammstein. Und im Gegensatz zu Steven war dieser Pavlos alles andere als ein zugekiffter Spinner und hatte ihn von Anfang an schon argwöhnisch beobachtet. Als würde er bezweifeln, dass er irgendwas von seiner Arbeit verstand.

Nachdem Steven ihn angeschwärzt hatte, wurde die Stimmung zwischen ihm und dem Chef noch mal deutlich schlechter. Pavlos ließ keine Gelegenheit aus, um ihn zu schikanieren – und dazu bot die Küche, die die fast vierhundert Männer rund um die Uhr versorgen musste, reichlich Möglichkeiten. Vor allem aber gab Pavlos ihm ganz bewusst Anweisungen, die er später einfach leugnete. Angeblich mochten die Männer plötzlich keine Rote Bete mehr in ihrem Labskaus, oder die Fischfrikadellen sollten unbedingt wie Kjøttboller gekocht statt gebraten werden. Aber als sich die Arbeiter dann lautstark beschwerten, war er schuld, weil er das traditionelle Fischgericht versaut hatte oder sogar zu blöd war, um ein ordentliches Labskaus zu servieren.

Gestern war die Situation dann endgültig eskaliert, als die italienischen Vorspeisen für das Buffet auf Pavlos' Verlangen hin ausschließlich vegetarisch gewesen waren und die Männer regelrecht meuterten und das von ihm liebevoll panierte Gemüse als Wurfgeschosse in Richtung Essensausgabe benutzten.

»Sorry, Leute, aber unser Hirni hat mal wieder Mist gebaut«, war Pavlos' Entschuldigung an die versammelte Mannschaft in der Kantine gewesen. »Wird nicht noch mal vorkommen, ihr habt mein Wort drauf. Ab sofort lasse ich den Penner nur noch Kartoffeln schälen, aber beschwert euch nicht, wenn

von den Dingern dann nicht viel mehr übrigbleibt als ein paar kleine eckige Würfel!«

Unter dem lauten Gelächter der Männer war er wieder in die Küche gekommen. Hatte grinsend einen Topf mit kochendem Wasser vom Herd genommen und ihm in einem langen Schwall direkt über die Turnschuhe gekippt, bevor er überhaupt reagieren und zurückspringen konnte.

»Oh, Mist, das tut mir aber leid, da ist mir der Topf doch glatt aus der Hand gerutscht! Na ja, musst du eben noch mal neues Wasser kochen, aber das kannst du ja zumindest.«

Obwohl er die verbrühten Stellen auf seinen Füßen und an den Schienbeinen dick mit Brandsalbe eingeschmiert hatte, waren die Schmerzen über Nacht eher stärker geworden, die Haut um die wässrigen Blasen war dunkelrot und gespannt.

Er hasste Pavlos. Und er würde es ihm heimzahlen, noch bevor er die Plattform verließ. Genauso wie Steven, der ihn von Tag zu Tag mehr an eine Ratte erinnerte, die heimtückisch nur darauf wartete, ihm an die Kehle zu springen, sowie er sich die geringste Blöße gab.

Im Grunde war die Sache schon länger klar, dachte er, auch wenn es ihm erst jetzt richtig bewusst wurde. Seine Zeit auf der Bohrinsel war endgültig abgelaufen. Er musste runter von diesem stählernen Ungetüm mitten im Meer. Mit jeder Stunde, die er länger auf der verdammten Plattform blieb, wurde das Gefühl stärker, dass er in einer Falle saß. Aber wenn er nicht riskieren wollte, unnötig aufzufallen, musste er noch fünf Tage durchhalten.

Zwei Wochen Arbeit am Stück, dann vier Wochen Freizeit an Land, das war der übliche Rhythmus, der sich nicht einfach so durchbrechen ließ. Es sei denn, er würde ernsthaft krank und mit dem Hubschrauber zurück an Land geflogen werden. Aber genau das wollte er vermeiden, er konnte es sich nicht leisten, dass irgendjemand Fragen stellen würde. Es grenzte ohnehin schon fast an ein Wunder, dass er bislang ohne Probleme mit den gefälschten Papieren durchgekommen war.

Es war ein Fehler gewesen, nach dem letzten Urlaub überhaupt noch mal zurückzukommen, das wusste er jetzt. Aber das Geld hatte ihn gelockt, er verdiente über dreitausend Euro im Monat – als Hilfskoch! Und Unterkunft und Verpflegung waren auch noch umsonst. Als er sich für den Job beworben und ihn wider Erwarten sofort bekommen hatte, war es ihm wie eine Fügung des Schicksals erschienen, genau im richtigen Moment eine Lösung für seine Probleme gefunden zu haben.

Die Arbeit in den Zwölf-Stunden-Schichten war mehr als hart gewesen, nicht zuletzt wegen Pavlos und Steven. Aber selbst als die Winterstürme einsetzten und jede herbeigesehnte Pause im Freien zu einem persönlichen Kampf mit dem peitschenden Eisregen wurde, war die Plattform doch so was wie ein Zuhause für ihn gewesen. Und kaum war er wieder an Land, sehnte er sich jedes Mal fast augenblicklich zurück nach diesem Kosmos aus Wohnturm, Küche und Aufenthaltsraum, der ihm eine Sicherheit versprach, die ihm keines der verlassenen Ferienhäuser an der Küste bieten konnte, in denen er sich in der Zeit bis zum nächsten Turnus verkroch.

Er hatte jetzt Geld, mehr Geld als jemals zuvor, er hätte sich jedes Hotel leisten können, aber er war auch immer noch auf der Flucht. Er konnte sich nicht sicher sein, ob die Polizei nicht doch nach ihm suchen würde. Er hatte in Panik gehandelt, als er aus Schweden verschwinden musste. Er hatte zu wenig Zeit gehabt, um einen ausgefeilten Plan zu machen. Die spontane Idee, seinen eigenen Tod zu fingieren, war gut gewesen, aber er hätte die Leiche des Mädchens woanders als ausgerechnet in der Regentonne verstecken sollen. Irgendwann würden sie ihre Leiche finden, würden eine Verbindung zu dem Typen herstellen, der von der Treppe gestürzt war, würden herausbekommen, dass der Tote eben nicht er selber war, würden begreifen, was wirklich passiert war. Sowie sie in Erfahrung gebracht hätten, dass der Typ auf einer Bohrinsel gearbeitet hatte, war es nur allzu wahrscheinlich, dass sie diese Spur weiterverfolgen würden.

Noch hatte er in den Zeitungen nichts gefunden, was darauf schließen ließ, dass sie das Mädchen entdeckt hatten. Aber das hatte nichts zu bedeuten, vielleicht hatten sie die Presse ganz bewusst nicht informiert, um ihn in Sicherheit zu wiegen. Er hatte keine Ahnung, warum er ausgerechnet jetzt anfing, sich wie in einer Falle zu fühlen, aber er hatte auch keinen anderen Plan, als sich so schnell wie möglich von diesem Job auf der Plattform zu verabschieden, dann würde er weitersehen. Er musste jede Panik vermeiden, auch wenn es ihm schwerfiel. Vielleicht war es ein Trugschluss gewesen zu denken, dass er die Vergangenheit hinter sich lassen könnte. Untertauchen. Einfach so von der Bildfläche verschwinden. Abwarten, bis Gras über die ganze Sache gewachsen war. Vielleicht war es an der Zeit, die Fäden wieder selbst in die Hand zu nehmen, nicht länger auf eine höhere Macht zu vertrauen, die alles für ihn regeln würde.

Als er den Spind krachend ins Schloss warf und noch einmal mit der Faust dagegen schlug, wusste er plötzlich ganz genau, was zu tun war.

Pavlos stand ganz oben auf seiner Liste. Aber Pavlos war nicht mehr als ein ärgerlicher Nebenschauplatz, um den er sich nur kümmern musste, um seine Selbstachtung wiederzufinden. Wirklich von Bedeutung war vielmehr die Person, die ihm das alles hier überhaupt erst eingebrockt hatte. Ohne die er nie in diese Situation geraten wäre, die ganz alleine die Schuld daran trug, dass sein Leben im Moment vollständig aus den Fugen geraten zu sein schien. Und er hatte nicht umsonst immer wieder im Netz recherchiert. Er wusste, dass die Psychoschlampe einen Unfall gehabt hatte, kurze Zeit nachdem er aus Schweden verschwunden war. Er wusste nicht genau, was damals mit ihr passiert war. Aber in einer der Zeitungen hatte der Name der Rehaklinik gestanden, in der sie sich immer noch aufhielt.

MERETTE

Als Jan-Ole sie mitten in der Nacht endlich zurückrief, dachte Merette im ersten Moment, dass er betrunken war, seine Stimme klang zu aufgekratzt für das, was er ihr in einem hektischen Wortschwall mitzuteilen versuchte. Als hätte er sich Mut angetrunken und würde sein schlechtes Gewissen jetzt mit einer forcierten Begeisterung überspielen, für die es keinen Grund gab, egal wie oft er auch beteuerte, dass er auf eine solche Gelegenheit schon lange gewartet hätte.

»Natürlich weiß ich, dass das blöd ist, gerade jetzt, und weil es ja auch ein besonderer Geburtstag ist, aber du musst das verstehen, und es ist auch schon alles festgelegt, da kann ich jetzt gar nichts mehr ändern. Es ist ein offizieller Einsatz von meiner Einheit, im Grunde nur eine Personenüberprüfung, also ohne jedes Risiko. Ich kann den Hubschrauberflug einfach genießen und sehe dann aber endlich mal so eine Bohrinsel aus der Nähe, du weißt ja, dass ich schon als Junge davon geträumt habe, einer von den ganz harten Männern zu sein. Der Zeitpunkt passt nicht, schon klar, aber wir holen das alles nach, versprochen, sei mir nicht böse, ja? Sowie ich zurück bin, stehe ich bei dir vor der Tür, mit Geschenk und allem! Und du bist ja auch nicht alleine, du hast ja Julia. Ich habe ihr schon eine SMS geschickt, dass ich sie nicht abholen kann in Rygge, aber das sollte kein Problem sein, es gibt eine Expressbusverbindung nach Stavanger, die über Lyngdal führt, und von da kann sie ein Taxi nehmen. Ich habe ihr alles aufgeschrieben, ihr werdet bestimmt eine gute Zeit miteinander haben. Außerdem melde ich mich sowieso noch mal, immer vorausgesetzt natürlich, dass es mit der Verbindung klappt, aber das wird schon, das kriegen wir alles hin, mach dir keine Sorgen deshalb! Ich umarme dich!«

»Ich dich auch, pass auf dich auf, Jan-Ole.«

Erst als das Gespräch beendet war, realisierte Merette, dass sie Jan-Ole immer noch nichts von den anonymen Anrufen gesagt hatte. Ebenso wenig wie von dem Telefonat mit Julia, die sich schon kurz vor Jan-Ole gemeldet hatte, heulend und kaum zu verstehen: »Papa ist so ein Arsch! Schickt mir einfach nur eine blöde Nachricht, dass er nicht kommen kann, und natürlich geht es wieder mal nur um seinen Scheißberuf, was anderes interessiert ihn überhaupt nicht. Aber es ist alles noch viel schlimmer, ich schaffe es nämlich vielleicht auch nicht rechtzeitig! Ich habe den ganzen Abend vor dem Computer gehangen, und jetzt ist es definitiv: Hier ist ab heute Nacht um vier Uhr ein Fluglotsenstreik, da geht gar nichts, alle Flüge nach Skandinavien sind gecancelt. Und die Zugverbindungen, die über Kopenhagen gehen, sind auch eingestellt. Irgendwas wegen dem Wetter, weil die Fähre nach Dänemark nicht fährt. Ich habe schon zigmal da angerufen, vielleicht komme ich morgen doch noch weg, aber vielleicht auch nicht, und dann … weiß ich nicht, was ich machen soll! Du hast doch Geburtstag und keiner ist da und …«

Merette würde an ihrem Geburtstag also wahrscheinlich alleine sein, aber vielleicht war das auch ganz okay so, dachte sie, während sie den Rollstuhl zum Fenster drehte und in die Dunkelheit hinausstarrte, wenigstens musste sie dann niemandem etwas vorspielen, wozu sie sich ohnehin kaum in der Lage fühlte.

Dennoch kannte sie Jan-Ole viel zu gut, um nicht zu wissen, dass irgendwas passiert sein musste, was ihn völlig aus dem Konzept gebracht hatte. Dass er mit ihrer Situation nicht zurechtkam und sich die ganze Zeit schon vor diesem Geburtstag von ihr gefürchtet hatte, war eine Sache, aber dass er regelrecht die Flucht ergriff und sogar auf das Zusammensein mit Julia verzichtete, passte nicht zu ihm. Ganz davon abgesehen, dass er noch niemals zuvor etwas von seinem angeblichen Jungentraum, ausgerechnet auf einer Bohrinsel zu arbeiten, erwähnt hatte. Irgendetwas an seiner Geschichte stimmte nicht.

Merette rollte vor das kleine Schreibpult und klappte ihren Laptop auf. Sie brauchte keine zehn Minuten, um bei den Zeitungsmeldungen der letzten Tage die Nachricht von dem Theaterbus zu entdecken, der bei Evje im Eis eingebrochen war. In der Meldung war nur von vierzehn Toten die Rede, ohne dass Namen genannt wurden. Aber die Theatergruppe hatte eine eigene Homepage, und da war Ingvar Alnæs als Leiter und Regisseur angeführt. Jan-Ole hatte also gelogen, als er behauptete, Alnæs hätte nichts damit zu tun gehabt. Aber warum? Warum wollte er nicht, dass sie von Alnæs' Tod erfuhr? Jan-Ole hatte ja auch Elsas Namen genannt, und er wusste, dass sie mit Alnæs keinerlei Gefühle verband, ganz im Gegensatz zu Elsa! Aber Alnæs war tatsächlich nur ein ehemaliger Kollege, mit dem sie vor langer Zeit mal Probleme gehabt hatte und der dann später im Zusammenhang mit Aksel wieder aufgetaucht war …

Merettes Gedanken überschlugen sich. Aksel! Sollte Jan-Ole womöglich den Verdacht haben, dass Aksel etwas mit dem Unfall zu tun hatte? Weil er sich an Alnæs rächen wollte? Weil er herausgefunden hatte, dass Alnæs sein leiblicher Vater war und ihm die Schuld für sein verpatztes Leben gab?

Hör auf mit dem Quatsch, rief Merette sich selber zur Ordnung, du weißt genau, dass Aksel tot ist! Die Idee war vollkommen idiotisch! Und Jan-Ole weiß es auch. Er ist die Treppe runtergefallen. Er hat sich das Genick gebrochen. Er ist begraben. Es gibt ihn nicht mehr.

»Hör auf mit dem Quatsch!«, wiederholte sie laut in die Stille des Zimmers hinein, während sich bereits ein neuer Gedanke in ihr Gehirn schlich, der so absonderlich war, dass ihr unwillkürlich der Atem stockte. Die anonymen Anrufe! Die Sätze, die die verzerrte Männerstimme gesagt hatte: »Es ist eine Sache zwischen dir und mir …«

Jemand, der wusste, wo sie war. Jemand, der ihre Geschichte kannte, der ihr Angst machen wollte, indem er sich nicht zu erkennen gab. Genauso würde Aksel sich verhalten, wenn er den Auftakt zu einem neuen Machtspiel mit ihr plante.

Wütend über sich selbst schlug Merette den Deckel des Laptops zu und stieß den Rollstuhl zum Badezimmer, um sich am Waschbecken ein Glas Wasser zu nehmen. Der Impuls, mit dem Fuß nach irgendetwas zu treten, nach der Schranktür, dem Heizkörper, oder wenigstens den Papierkorb umzuwerfen, war so stark, dass sie erst wieder an ihren Zustand erinnert wurde, als die Beine ihr den Dienst versagten. Wie zwei leblose Stecken, dachte sie und ließ aufschluchzend den Kopf auf den Rand des Waschbeckens sinken. Die Kühle des Porzellans tat gut auf der erhitzten Haut, leise wimmernd schloss sie die Augen.

Als sie noch ein Kind war, hatte ihr Vater ein festes Ritual für ihre Geburtstage gehabt. Noch bevor es hell wurde, weckte er sie mit seiner dröhnenden Stimme: »Alle Mann an Deck! Toppen besetzen! Großsegel klar machen zum Aufziehen! Wir legen ab!« Und wenn sie dann die Augen öffnete, stand da schon das kleine Segelschiff auf dem Teppich und lockte sie wie von Geisterhand gezogen hinaus in den Flur, während der Vater aus seinem Versteck hinter der Tür brüllte: »Zweiter Mann ans Steuerrad! Der Kahn holt ganz schön über! Nordnordwest, Stärke acht bis neun, und nimmt zu, Segel klar zum Reffen und fünf Mann an die Pumpen, und pumpt, ihr Täubchen, ihr Himmelhunde, ihr verfluchten Dorschköpfe, ihr Lämmerschwänze, pumpt!«

Die Stelle mit den verfluchten Dorschköpfen und den Lämmerschwänzen gefiel ihr immer besonders gut. Manchmal kamen auch noch die Huren von Nagasaki und die Flittchen von San Francisco hinzu, bevor das Segelschiff auf einer selbstgebauten Konstruktion die Treppe des schmalen Kapitänshauses in Hamburg-Horn hinunterrutschte, wo die Mutter sie bereits mit ihrem Lieblingskuchen erwartete, auf dem die Geburtstagskerzen flackerten, immer exakt so viele, wie sie gerade alt geworden war. Sie konnte sich nicht mehr erinnern, ab wann das Ritual ihr schließlich peinlich geworden war, weil sie kein Kind mehr sein und lieber zu Diskomusik aufwachen wollte, aber das Schiff stand noch auf dem Kaminsims im Wohnzimmer, als der Vater schon lange im Pflegeheim war. Und soweit sie wusste, hatte ihr Bruder niemals die Sturmfahrt mit den verfluchten Dorschköpfen erlebt, das war etwas nur zwischen ihr und ihrem Vater gewesen …

Und da war er wieder, der Gedanke an ihren Bruder. Alles, was sie sich vorhin mit Aksel zusammengereimt hatte, war nichts als ein Hirngespinst. Aksel war tot. Aber ihr Bruder lebte.

Merette musste für einen Moment eingenickt sein, als sie aus ihrer verkrümmten Haltung hochschreckte, wusste sie im ersten Augenblick nicht, wo sie war. Draußen hatte es wieder zu schneien begonnen, mehr Regen als Schnee, schwer klatschten die nassen Flocken gegen die Scheibe. Merette rollte zum Bett und hatte es kaum geschafft, aus dem Rollstuhl hochzukommen und mit allen Klamotten unter die Decke zu kriechen, als sie auch schon wieder eingeschlafen war.

Das nächste Mal wurde sie wach, als Ibu an die Tür klopfte.

»Lass mich bitte in Ruhe, ich will nur schlafen!«

»Aber du hast Geburtstag! Und ich habe eine Überraschung für dich.«

Merette gab keine Antwort, sondern wartete mit angehaltenem Atem, bis sie hörte, wie sich seine Schritte wieder entfernten.

Von weit weg drangen die üblichen Geräusche an ihr Ohr, die anzeigten, dass die Klinik langsam zum Leben erwachte. Stimmen und entfernte Rufe. Das Rauschen der Wasserspülung im Zimmer nebenan. Das Klappern von Geschirr aus dem Frühstücksraum unter ihr. Und dann war da plötzlich noch ein anderes Geräusch. Wie ein dumpfer Aufprall. Und gleich darauf ein Schatten vor ihrem Fenster! Nur für den Bruchteil einer Sekunde und wie verwischt vor dem stumpfen Grau des Himmels, aber er war da gewesen. Jemand versuchte, über den Balkon in ihr Zimmer zu gelangen. Und sie hatte die Tür nicht abgeschlossen!

Merette griff nach dem erstbesten Gegenstand, der ihr in die Finger kam. Aber der Radiowecker würde reichen, um ihn mit aller Kraft dem Unbekannten entgegenzuschleudern …

Erst als sie sah, wie der Türgriff sich bewegte, wurde ihr bewusst, dass sie mitten im Zimmer stand. Sie stand! Ohne den Rollstuhl, ihre Beine trugen sie! Es war wie ein Schock, ihr Gehirn hatte Mühe, die Information zu verarbeiten, schwer atmend versuchte sie, das Gleichgewicht zu halten.

Wie in Zeitlupe ging die Tür auf, ein überdimensionaler Blumenstrauß wurde ihr entgegengestreckt, hinter den bunten Blüten erschien Ibus lachendes Gesicht.

»Wenn du mich nicht reinlassen willst, komme ich über den Balkon, wie bei Romeo und Julia! Herzlichen Glückwunsch zum Geburtstag, Merette!«

Im nächsten Augenblick fing der Blumenstrauß an zu zittern, Ibus Augen weiteten sich vor Überraschung.

»Aber … du stehst ja! Merette! Du stehst!«

Achtlos ließ er die Blumen auf den Boden fallen und konnte sie gerade noch am Ellbogen fassen, bevor sie sich zitternd an ihn klammerte. Mit einem Schlag schien alle Kraft sie verlassen zu haben. Behutsam führte Ibu sie zurück zum Bett, während er immer wieder stammelte: »Du stehst! Du läufst! Das ist gut, Merette, das ist … gewaltig gut!«

»Wir sagen es noch niemandem, okay?«, flüsterte Merette. »Ich muss es erst noch ein paarmal versuchen, bevor ich es wirklich glauben kann. Und jetzt stell aber schnell die Blumen ins Wasser, ja? Ich danke dir für den schönen Strauß.«

»Brauchen kein Wasser. Sind aus Plastik.«

»Was?«

»Plastik«, kicherte Ibu. »Brauchen kein Wasser, können nicht verwelken, musst du nur manchmal den Staub abputzen.«

Merettes Lachanfall kam so plötzlich, dass sie selbst fast erschrak. Und dann lachten sie beide, haltlos, wie Kinder, bis sie kaum noch Luft bekamen und Merette die Tränen über die Wangen liefen.

»Was ist?«, fragte Ibu sofort besorgt. »Tut dir was weh? Was hast du?«

»Mir tut alles weh, aber es ist gut so. Ich danke dir, Ibu … Romeo!«

Nachdem Ibu verschwunden war, um ihr das Frühstück aufs Zimmer zu bringen, zog Merette sich um. Jeder Schritt zwischen Bett und Kleiderschrank schien unendlich viel Kraft und Zeit zu kosten, aber sie schaffte es sogar, sich aufrecht stehend vor dem Spiegel im Badezimmer ihr Gesicht zu schminken. Als sie schließlich wieder im Rollstuhl saß, war sie vollkommen erledigt. Und gleichzeitig so froh, dass für den Moment alle Gedanken der letzten Nacht in den Hintergrund rückten. Bis sie unter Ibus wachsamen Blick zwei Scheiben Toast und ein Ei gegessen und mit einem Glas Sekt mit ihm auf ihren Geburtstag angestoßen hatte – und er dann plötzlich leise sagte: »Ich habe nachgedacht,

Merette. Du musst einen Plan machen. Wenn dieser Mann wieder anruft, musst du eine Falle basteln. Wie ein Bauer, der den Schakal fangen will, der ihm die Hühner klaut.«

»Und wie stellst du dir das vor?«

»Ich erkläre es dir. Und ich helfe dir natürlich dabei, pass auf …«

Im ersten Moment klang Ibus Plan eher verworren, aber es war zumindest eine Möglichkeit, auf die Merette alleine sicher nicht gekommen wäre. Und es konnte vielleicht sogar funktionieren!

Der große Vorteil an seiner Idee war, dass sie dabei nicht die Polizei einzuschalten brauchten – Merette würde also auch keine Erklärungen abgeben müssen, was das mögliche Motiv des Anrufers betraf. Und falls es sich tatsächlich um ihren Bruder handeln sollte, war ihr das nur mehr als recht.

Der Anruf kam wieder pünktlich um vierzehn Uhr. Die Sekretärin reichte Merette den Hörer weiter und verließ den Raum, während Ibu bereits den Lautsprecher einschaltete.

Diesmal wartete Merette nicht darauf, dass der andere den Anfang machen würde, sondern kam gleich zur Sache: »Ich habe keine Ahnung, ob du weißt, dass ich heute Geburtstag habe, ich nehme es aber an. Und ich bin ganz alleine hier. Also besuch mich! Mein Geburtstag ist eine gute Gelegenheit, um über alles zu reden.«

Ibu hob den Daumen und nickte ihr zu. Es dauerte eine Weile, bevor die Stimme am anderen Ende antwortete. Merette meinte, im Hintergrund das Geräusch eines Kopierapparates oder vielleicht eines Faxgerätes zu hören, außerdem blubberte eine Kaffeemaschine.

»Heute kann ich nicht. Es tut mir leid, aber ... es geht wirklich nicht. Morgen! Morgen würde ich es schaffen.«

»Dann morgen«, ließ Merette sich nach kurzem Zögern auf den Vorschlag ein. »Morgen ist auch gut. Ich bin ja sowieso hier. Aber ich schätze mal, du möchtest eher nicht, dass uns irgendwelche Leute zusammen sehen, die es nicht unbedingt zu interessieren braucht, wer du bist oder was wir zu besprechen haben. Im Park gibt es einen kleinen Pavillon, der sogar beheizt ist. Wenn wir uns dort gegen fünfzehn Uhr treffen, sind alle anderen beim Kaffeetrinken ... Also morgen, ja? Fünfzehn Uhr? Der Pavillon ist leicht zu finden, du brauchst nur vom Parkplatz aus Richtung Meer zu laufen.«

Der Anrufer gab keine Antwort. Die Verbindung brach mit einem leisen Knacken ab. Merette blickte fragend zu Ibu.

»Wir fangen ihn, den Schakal, und spießen ihn auf angespitzte Stöcke, bis er wimmelt.«

»Wimmert, meinst du, nicht wimmelt.«

»Wimmert, nicht wimmelt«, grinste Ibu zuversichtlich.

Vielleicht war es der Blick auf das endlos erscheinende Meer, der Merette eine halbe Stunde später wieder an Jan-Ole und diese Geschichte mit der Bohrinsel denken ließ. Und plötzlich ergab sein Verhalten Sinn! Als er sie in der vergangenen Nacht angerufen hatte, war er mit Kristina unterwegs gewesen. Er hatte nicht mehr darüber erzählen wollen, als dass es nach wie vor um den Fall mit den ertrunkenen Theaterleuten ging und dass er deshalb auch auf die Plattform musste. Aber er war tatsächlich auf der Flucht, und zwar nicht nur vor ihr und diesem verdammten Geburtstag. Es gab noch einen ganz anderen Grund, warum er ihr im Moment auf keinen Fall begegnen wollte und deshalb die Chance genutzt hatte, einfach erst mal zu verschwinden. Was immer da zwischen ihm und Kristina genau passiert sein mochte – Jan-Ole wollte so schnell wie möglich Abstand gewinnen, darum ging es. Und Merette hatte also noch ein neues Problem, mit dem sie fertig werden musste …

Als sie ihr Handy unter dem Rentierfell hervorholte und die Nummer aufrief, die sie vom letzten Jahr immer noch gespeichert hatte, war sie so ruhig wie schon lange nicht mehr. Aber es war keine gute Ruhe.

KRISTINA

Als Merette angerufen hatte, war Kristina so überrascht gewesen, dass sie ohne lange zu überlegen eingewilligt hatte zu kommen. Viel zu schnell, das musste auch Merette gemerkt haben. Und ohne eine einzige Frage zu stellen, worum es überhaupt ging.

»Kristina? Merette hier. Ich hoffe, du erinnerst dich an mich. Ich brauche deine Hilfe, und da ich zurzeit eher nicht so beweglich bin und das Ganze aber nicht am Telefon besprechen möchte, wäre es schön, wenn du mich für ein paar Stunden besuchen würdest. Ich bin in Farsund, so weit von dir entfernt ist das ja nicht.«

»Gut. Das kriege ich hin. Schick mir die Adresse aufs Handy und sag mir, wann ich da sein soll.«

Kristina machte sich nichts vor, ihre Reaktion war einzig und allein durch das schlechte Gewissen bestimmt, das sie Merette gegenüber hatte. Und als sie jetzt vor ihr stand, genügten schon die ersten Blicke, um ihr deutlich zu machen, dass Merette Bescheid wusste.

Für einen Moment war sie versucht, Merette den Wind aus den Segeln zu nehmen, indem sie einfach alles zugab, sich entschuldigte und so schnell wie möglich wieder verschwand, bevor es endgültig peinlich wurde. Aber nicht nur die Situation war völlig neu für sie, sondern Merette saß im Rollstuhl – und hatte damit eine Art unsichtbare Linie zwischen sie beide gezogen, ihr Handicap war eine Hemmschwelle, die sich nicht so ohne Weiteres übertreten ließ.

Während sie Merette zu dem kleinen Tisch am Fenster folgte, dachte sie, dass sie eigentlich nie so richtig warm mit ihr geworden war. Sie hatte von Anfang an den Eindruck gehabt, dass die Ältere sie als mögliche Konkurrentin sah – und fatalerweise musste sie sich eingestehen, dass Merettes Befürchtung offensichtlich nicht ganz ungerechtfertigt gewesen war. Schon im letzten Spätsommer hatte es etwas zwischen ihr und Jan-Ole gegeben, das deutlich über die bei einer Ermittlung zwangsläufige Nähe unter Kollegen hinausging. Und diese Spannung war auch jetzt wieder spürbar gewesen, kaum dass sie sich am ersten Tag im Kommissariat in Kristiansand begegnet waren. Was dann allerdings passiert war, hatte Kristina mehr oder weniger alleine zu verantworten, und sie konnte es auch nicht wirklich erklären, selbst wenn sie gewollt hätte. Es war passiert, und sie konnte es nicht ungeschehen machen. Auch wenn das keine Entschuldigung war, aber sicher hatte die ganze Situation dazu beigetragen – der Schock, dass der Tote im Sarg nicht Aksel war, die hektischen Telefonate, die sie dann stundenlang Seite an Seite führten, um die nächsten Schritte zu planen, nachdem sicher war, wo sich Aksel zur Zeit aufhielt. Und nicht zu vergessen schließlich Kolbergs Einladung zu ihm nach Hause, die unerwartet in ein mittleres Besäufnis ausgeartet war. Immerhin hatte sich im Hotel noch jeder in sein eigenes Zimmer verabschiedet, nur dass Kristina dann kaum im Bett lag, als sie sich auch schon in diesen Traum verstrickte, der mit dem Wort erotisch noch eher ungenügend beschrieben war – und in dem Jan-Ole gewissermaßen die Hauptrolle gespielt hatte.

Nur in die Bettdecke gewickelt war sie in sein Zimmer auf der anderen Flurseite geschlüpft, er hatte noch das Licht angehabt und schien in keiner Weise verwundert, als sie die Decke von der Schulter rutschen ließ und sagte: »Lass es uns wenigstens einmal miteinander machen, damit wir nicht ständig daran denken müssen.«

Erst als Merette den Tee einschenkte und ihr die Tasse hinschob, wurde ihr bewusst, dass ihre Gastgeberin sie schon länger beobachtete.

»Wo warst du gerade in deinen Gedanken?«

»Nichts, nur etwas … von früher«, verhedderte sich Kristina bei ihrer Antwort. »Lange her, es spielt keine Rolle. Danke für den Tee. Den kann ich wirklich gut gebrauchen nach der Fahrt hierher. Worüber wolltest du mit mir sprechen?«

Merettes spöttisches Lächeln war nicht zu übersehen, aber ihre nächste Frage erschien Kristina im ersten Moment vollkommen absurd.

»Warum wollte mir Jan-Ole nicht sagen, dass Ingvar Alnæs zu den Toten im Bus gehört?«

»Was?«

»Dieser Unfall mit der Theatergruppe, die im Eis eingebrochen ist …«

»Darum geht es? Deshalb hast du mich hergeholt?«

Merette zuckte mit der Schulter.

»Dachtest du an irgendetwas anderes, was ich von dir wissen wollte?«

»Nein, also doch, ich meine … Vergiss es.«

»Ingvar Alnæs ist aller Wahrscheinlichkeit nach der Vater von Aksel, über den du ja einiges weißt, seit er mich und meine Familie letztes Jahr bedroht hat. Es gibt also eine Verbindung zwischen Alnæs und Aksel, aber Aksel ist tot, und deshalb verstehe ich nicht …«

»Aksel lebt!«, rutschte es Kristina heraus. Im selben Augenblick hätte sie sich schon ohrfeigen können. Das war eine laufende Ermittlung, von der sie hier sprach, und ausgerechnet Aksel bedeutete für Merette viel mehr als nur irgendeinen Fall, mit dem sie mal zu tun hatte, das war Kristina klar.

Entsprechend war auch Merettes Reaktion. Von einem Moment auf den anderen schien alles Blut aus ihrem Gesicht zu weichen, ihre Lippen fingen an zu zittern. Klirrend setzte sie die Teetasse ab.

»Sag, dass das nicht wahr ist, dass du mich nur vorführen willst!«

»Es tut mir leid, Merette, aber es ist wahr. Aksel war nicht der Tote in diesem Bauernhaus in Schweden, in dem er sich versteckt hatte, um deine Tochter und ihre Freundin zu beobachten. Wir gehen im Moment davon aus, dass er dort von einem Pärchen überrascht worden ist, das einen Schlafplatz gesucht hat – es geht da um so eine Art Community von Leuten, die keinen festen Wohnsitz haben und von einem Platz zum anderen ziehen. Wahrscheinlich hat Aksel den Mann die Treppe hinuntergestoßen und dann alles so aussehen lassen, als wäre er es selber, Körpergröße und Haarfarbe passten, außerdem hat er ihm seinen eigenen Ausweis in die Tasche geschoben. Für die Kollegen in Schweden schien alles zu passen …«

»Du hast gesagt, es war ein Paar?«

»Die junge Frau hat er ebenfalls umgebracht. Durch sie

ist das Ganze überhaupt erst ins Rollen gekommen, nachdem ihre Leiche gefunden worden ist.«

»Wie hat er sie umgebracht?«

»In einer Regentonne ertränkt. Oder zumindest dort … versteckt, sozusagen.«

Merette stieß die Luft aus, dann nickte sie.

»Wasser! Das passt zu ihm. Und jetzt?«

»Nach der gerichtsmedizinischen Untersuchung des Leichnams, den wir in Schweden exhumiert haben, wissen wir inzwischen definitiv, wer der Tote ist. Er war Bohrarbeiter auf einer Plattform in der Nordsee, und es sieht so aus, als hätte sich Aksel nach dem Mord eben dahin abgesetzt. Nach den beiden Morden«, korrigierte sich Kristina. »Jedenfalls passt der Zeitpunkt, zu dem auf genau dieser Bohrinsel ein neuer Koch angefangen hat, unter anderem Namen natürlich, aber nach der Personenbeschreibung ist es ziemlich sicher, dass es sich um Aksel handelt.«

»Er hat Koch gelernt«, bestätigte Merette, was Kristina bereits von Jan-Ole wusste.

Kristina zögerte kurz, bevor sie hinzusetzte: »Und Jan-Ole ist gerade mit dem Hubschrauber auf dem Weg dahin.«

»Ich weiß, er hat es mir gesagt. Als er angerufen hat, um mir zu erklären, dass er mich nicht besuchen wird.«

»Das tut mir leid«, stammelte Kristina und merkte, wie ihr eine plötzliche Hitzewelle vom Hals ins Gesicht stieg.

»Das muss dir nicht leid tun«, tat Merette ihren Einwurf ab. Kristina war sich nicht sicher, ob sie sich die Betonung auf dem »das« nur einbildete, aber Merette redete schon weiter.

»Ihr geht also davon aus, dass Aksel auf dieser Bohrinsel

ist. Und ihr habt den Verdacht, dass er auch irgendetwas mit dem Tod von Alnæs zu tun haben könnte, aber wie passt das zusammen? Ich meine …«

»Wir haben seine Turns überprüft. Als der Unfall auf dem Eis passiert ist, hatte Aksel frei.«

Irritiert bemerkte Kristina, wie Merette plötzlich nervös begann, mit den Fingern an der Bernsteinkette um ihren Hals zu zupfen. Sie war sich sicher, dass es um die Erwähnung des Arbeitsturnus' von Aksel ging, konnte dann aber mit Merettes Frage, die sie gleich darauf stellte, zunächst nichts anfangen.

»Kann man von einer Bohrinsel problemlos telefonieren?«

»Schon, allerdings nicht mit dem Handy, soweit ich weiß. Handys sind auf den Plattformen verboten. Aber es gibt natürlich Telefone für die Mitarbeiter, die müssen ja auch mit ihren Familien sprechen.«

»Du meinst, im Büro oder wie immer man das da nennt?«

»Zum Beispiel. Oder im Aufenthaltsraum, was weiß ich.«

»Da waren Geräusche im Hintergrund.« Merette sprach so leise, dass Kristina sie kaum verstand. »Wie von einem Kopierer. Und von einer Kaffeemaschine!« Sie blickte Kristina direkt ins Gesicht und sagte jetzt laut und deutlich: »Ich glaube, er hat mich angerufen.«

»Wer?«

»Aksel.«

In ein paar kurzen Sätzen berichtete Merette von den anonymen Anrufen, die sie erhalten hatte. Kristina hatte das undeutliche Gefühl, dass sie nicht alles erzählte, und wollte gerade nachhaken, als Merette sagte: »Ich hatte sogar schon an Aksel gedacht, aber ich bin ja davon ausgegangen, dass er tot ist, es ergab also keinen Sinn. Aber jetzt … und ich habe mich mit ihm verabredet.«

»Was? Du hast was gemacht?«

»Er kommt hierher, heute, um halb vier.«

Kristina brauchte keine zwei Sekunden, um die Information als das einzuschätzen, was sie war: Unmöglich! Aksel war auf der Bohrinsel, das hatten sie überprüft, und der Plattformchef hatte strikte Anweisungen, bis zu Jan-Oles Eintreffen jede Bewegung von Aksel unauffällig zu überwachen, ganz davon abgesehen, dass es ohnehin kaum eine Chance gab, anders als mit den regulären Hubschrauberflügen von der Bohrinsel runterzukommen. Wahrscheinlich war ja auch Jan-Ole längst da …

»Unmöglich«, sagte Kristina kopfschüttelnd. »Keine Ahnung, mit wem du dich da verabredet hast, aber Aksel kann es auf keinen Fall sein.«

»Das haben wir bei Aksel schon öfter gedacht, oder?«

»Okay, Jan-Ole hat sich noch nicht wieder gemeldet, aber ich rufe ihn jetzt an. Ich versuche es zumindest, vielleicht haben wir ja Glück.«

Noch während sie wählte, schob sie ihren Stuhl zurück, um sich mit dem Handy zum Fenster zu drehen. Wenigstens wollte sie vermeiden, dass Merette mehr sah als nur ihren Rücken, wenn sie gleich mit ihm reden würde.

Jan-Oles Stimme war kaum zu verstehen.

»Wir sind jetzt erst auf dem Weg zur Plattform!«, brüllte er gegen den Rotorenlärm im Hintergrund an. »Der Einsatz hat sich verzögert, wir haben das absolute Sauwetter hier. Aber wir sind gleich da.«

»Ist es sicher, dass Aksel auf der Bohrinsel ist?«

»Natürlich, warum fragst du? Wenn dieser Koch, den wir uns gleich schnappen werden, tatsächlich Aksel ist, dann fängt er jetzt mit seiner neuen Schicht an. Ich habe gerade vorhin noch mal mit dem Plattformchef gesprochen. Warum fragst du?«, wiederholte er.

Im gleichen Moment brach die Verbindung ab.

Kristina schob das Handy zurück in ihre Tasche und drehte sich zu Merette. »Er ist auf der Plattform. Er kann dich nicht besuchen. Und jetzt erzähl mir bitte mal ein bisschen mehr über diese Anrufe! Und vor allem, wie du dir das mit deiner Verabredung vorstellst, das ist doch vollkommen idiotisch, entschuldige, aber du sitzt im Rollstuhl!«

»Danke, dass du mich daran erinnerst.«

»So habe ich das nicht gemeint, aber es ist ganz einfach zu gefährlich! Was willst du alleine gegen jemanden ausrichten, von dem du weder weißt, wer er ist, noch, was er überhaupt von dir will?«

»Du kannst ja hierbleiben und auf mich aufpassen, wenn es dir dann besser geht.«

Merettes Gesicht wirkte wie eine Maske, vollkommen ausdruckslos, als wäre sie in ihren Gedanken ganz woanders.

Erst als Kristina sagte: »Ich rufe die zuständige Polizeistation hier an, dass sie einen Streifenwagen schicken.«

»Nein, das tust du bitte nicht.«

»Aber es geht um deine Sicherheit, Merette! Ich kann nicht einfach …«

»Doch, das kannst du. Und das wirst du auch! Oder muss ich dich erst daran erinnern, dass du mir noch was schuldig bist? Ich glaube, du weißt genau, wovon ich rede.« Als wäre das Thema damit erledigt, blickte Merette auf ihre Uhr. »Ibu wird jeden Moment kommen. Ein Pfleger, der sich um mich kümmert. Und der Bescheid weiß, worum es geht.«

Mit einer hilflosen Geste setzte sich Kristina wieder auf ihren Stuhl, sie verspürte ein Gefühl völliger Leere, als würde sie ohne eigenen Willen reagieren.

Als der Pfleger erschien, musterte er Kristina mit einem Blick, der deutlich zum Ausdruck brachte, dass er ihr nicht traute. Erst nachdem Merette ihm beruhigend zugenickt hatte, sagte er ein paar Sätze auf Deutsch, von denen Kristina nur einzelne Worte verstand, sich aber den Sinn in etwa zusammenreimen konnte. Merette schien dieses ominöse Treffen besser vorbereitet zu haben, als sie erwartet hatte, der Pfleger hatte gerade ganz sicher von irgendwelchen Kollegen gesprochen, die bereits warteten.

Er half Merette in eine dunkelrote Outdoorjacke und hüllte ihre Beine sorgfältig in ein Rentierfell, bevor er den Rollstuhl zur Tür schob. Kristina vergewisserte sich, dass ihre Waffe griffbereit im Schulterhalfter steckte, und folgte ihnen auf den Flur hinaus.

Weder im Fahrstuhl noch in der Eingangshalle begegnete ihnen irgendjemand, offensichtlich waren alle Bewohner der Klinik zum Kaffeetrinken im Speisesaal, aus dem gedämpftes Stimmengewirr und Musik durch die Türen drang. Kristina meinte, einen alten Schlager zu erkennen, womöglich war es sogar Jahn Teigen, der da sang.

Der Wind hatte nachgelassen, der Schneeregen war dichtem Nebel gewichen, der sich wie eine diffuse Wand vom Meer her zwischen den Bäumen in den Park schob.

Schwere, fast schwarz wirkende Wolken reduzierten das Tageslicht auf ein Minimum, dennoch konnte Kristina mehrere Männer ausmachen, die sich an verschiedenen Stellen der Parkwege hinter den schneebedeckten Rhododendronbüschen verbargen. Wenn sie richtig zählte, waren es mindestens sechs Leute, die auf diese Weise sowohl den Weg vom Parkplatz als auch vom Meer her kontrollierten. Kristina tippte auf andere Pfleger, wenigstens zwei von ihnen waren ebenfalls Afrikaner.

Kurz bevor sie eine Art Pavillon mit geschlossenen Wänden und verglasten Fensteröffnungen erreichten, klingelte Merettes Handy.

Kristina sah, wie sie den Anruf hastig wegdrücken wollte, sich aber nach einem Blick auf das Display anders entschied.

»Du bist es«, sagte Merette. »Kann ich dich später zurückrufen? Es ist gerade … nicht gut. Was? Ach so, verstehe, dann habe ich wohl Pech gehabt. Nein, mach dir keine Gedanken deshalb. Komm einfach, wenn es passt. Ich umarme dich, kys kys!«

Sie blickte zu Ibu und sagte etwas zu ihm, wieder auf Deutsch. Ibu wischte sich mit dem Zeigefinger über die Augen, als wollte er zeigen, wie traurig ihn die Nachricht machte, die Merette gerade bekommen hatte.

»Das war Julia, meine Tochter«, wandte sich Merette an Kristina, als müsste sie zumindest Ibus Reaktion erklären. »Sie wollte mich besuchen, aber daraus wird nichts, weil die Fluglotsen streiken.«

»Verstehe«, sagte Kristina und nickte. Im gleichen Augenblick kam ihr ihre Antwort vollkommen idiotisch vor, aber Merette stieß den Rollstuhl schon weiter in Richtung

Pavillon. Als Ibu ihr helfen wollte, winkte sie ihn ärgerlich zurück.

»Den Rest schaffe ich alleine. Und schnappt ihn euch, sobald er auftaucht!«

Ibu murmelte etwas von angespitzten Stöcken, Kristina war sich nicht sicher, ob sie ihn richtig verstanden hatte. Sie deutete mit dem Kopf zu einem Geräteschuppen, der nicht allzu weit vom Pavillon entfernt stand und dessen Seite vom Weg her nicht einzusehen war. Ibu nickte und folgte ihr.

Während sie sich nebeneinander an die raue Bretterwand drückten, beobachteten sie, wie Merette die Tür des Pavillons öffnete und mit dem Rollstuhl im Inneren verschwand. Kristina hoffte inständig, dass die anderen Pfleger daran gedacht hatten, den Raum zu überprüfen, bevor sie ihre Positionen einnahmen.

Der Pavillon hatte offensichtlich einen Stromanschluss, als das Licht aufflammte, zeichnete sich Merettes Gestalt deutlich hinter den Fenstern ab. Wie eine Zielscheibe, dachte Kristina unwillkürlich und spürte, wie ihr eine Gänsehaut über den Rücken lief. Als sie ihre Waffe zog, wich Ibu erschrocken ein Stück zur Seite.

»Alles okay«, signalisierte sie ihm und zwang sich, ihre Atemzüge zu verlangsamen, während sie sich bereits vorsichtig nach vorne schob, um den Weg überblicken zu können. Der Nebel bedeckte jetzt fast den gesamten Park hinter ihnen, die Sicht betrug kaum mehr als zehn, vielleicht fünfzehn Meter, immer wieder lösten sich einzelne Schwaden aus der Nebelwand, verharrten kurz und trieben weiter.

Es war niemand zu sehen. Ein leises Hüsteln links von

ihr verriet einen Wachposten, Kristina hatte die verschiedenen Positionen wie auf einer Karte in ihrem Kopf abgespeichert. Ein Blick zurück zum Pavillon zeigte Merette, die den Kopf starr zum Fenster gewandt hielt, ohne irgendeine Bewegung, wie eine Puppe im erleuchteten Schaufenster eines Kaufhauses. Das schwache Rauschen der Brandung schien von allen Seiten zu kommen, der Nebel machte eine genaue Orientierung unmöglich, wenn Kristina es nicht besser gewusst hätte, würde sie das Meer da vermuten, wo der Parkplatz sein musste.

Erst als Ibu plötzlich anfing, mit wilden Gesten zu einem der kaum noch erkennbaren Bäume hinüberzuwinken, sah auch Kristina plötzlich die Glut einer Zigarette aufglimmen. Gleich darauf nahm sie den Geruch des Rauchs wahr, Position drei, dachte sie, einer der beiden anderen Afrikaner!

Kurzentschlossen trat Kristina aus dem Schatten des Schuppens heraus.

»Es reicht«, sagte sie laut, während sie die Waffe zurück ins Halfter schob und auf den Pavillon zulief. »Hört auf mit dem Unsinn, Leute! So helft ihr Merette ganz sicher nicht, sondern bringt euch nur alle selbst in Gefahr. Ich bin von der Polizei, ich weiß, wovon ich rede. Und wir beenden das Ganze jetzt …«

»Nein!«, rief Ibu und versuchte, ihr den Weg zu verstellen. »Warum tust du das? Wir müssen den bösen Mann fangen!«

»Das werden wir auch, aber nicht auf eure Art.«

Im selben Moment, in dem sie die Hand ausstreckte, um Ibu zur Seite zu schieben, ertönte von irgendwoher ein leises Handysignal. Wieder war es der Nebel, der eine Ortung fast unmöglich machte, aber Kristina hatte den Klingelton bereits erkannt. Die Melodie war dieselbe wie vorhin, als Merette den Anruf von Julia erhalten hatte.

Als sie die Tür zum Pavillon aufstieß, hatte Merette das Gespräch schon wieder beendet.

»Und?«

»Er war es. Nur drei Sätze: ›Wir müssen ein neues Treffen ausmachen. Ich kann hier nicht weg. Ich melde mich wieder!‹ Was soll das? Meinst du, er hat was gemerkt? Aber woher hat er überhaupt meine Handynummer? Ich meine, warum hat er dann vorher immer in der Klinik angerufen? Das macht keinen Sinn, oder?«

»Ich hab ja deine Nummer ebenfalls, damit können wir morgen versuchen, den Anruf zurückzuverfolgen. Bei welchem Anbieter bist du?«

»Scanphone.«

»Gut. Aber noch eine Frage: Hast du wieder irgendwelche Hintergrundgeräusche gehört?«

»Nein. Es ging auch viel zu schnell! Aber du denkst jetzt auch, dass es vielleicht doch … Aksel sein könnte?«

»Und er hat womöglich nur geblufft, als er sich auf das Treffen mit dir eingelassen hat«, nickte Kristina.

»Er hat bei seinem letzten Anruf nicht bestätigt, dass er kommt, sondern nur die Verbindung unterbrochen.«

»Weil ihm entweder klar war, dass er es ohnehin nicht schafft, von der Bohrinsel runterzukommen, oder weil er tatsächlich irgendeinen Plan hatte, aus dem dann aber nichts geworden ist.«

Kristina beendete ihren Satz nicht, sondern zog wieder ihr eigenes Handy hervor und drückte auf Wahlwiederholung.

Aber diesmal meldete sich nur die automatische Ansage, dass Jan-Ole zurzeit nicht erreichbar war. Und die Nummer der Bohrinsel hatte sie nicht eingespeichert, sondern im Büro in Kristiansand liegen. Das jetzt allerdings auch nicht mehr besetzt war …

Ein plötzliches Frösteln ließ sie unwillkürlich die Schultern hochziehen. Der Pavillon war geheizt, dennoch spürte Kristina die Kälte, die wie eine Faust nach ihr griff.

Obwohl die Absauganlage auf höchster Stufe lief, war die Luft unter den gleißend hellen Neonröhren in der Küche stickig und durchsetzt mit dem Geruch nach Fisch und heißem Bratfett. Die Köche der letzten Schicht hatten erst vor wenigen Minuten den Raum verlassen, ohne mehr zu machen, als ihm nur gerade so eben zuzunicken. Zwölf Stunden Arbeit am Stück forderten ihren Tribut, er wusste, wovon er sprach. Er griff nach der Sprühflasche mit dem Reinigungsmittel und fing an, die Wanne der Fritteuse von den eingebrannten Ölresten zu säubern, das kratzende Geräusch des Spachtels hatte etwas Beruhigendes. Jeden Moment würde Pavlos auftauchen. Der Grieche hatte es sich zur Gewohnheit gemacht, bereits eine halbe Stunde, bevor die neue Schicht begann, sein Reich zu inspizieren und die Aufgabenzettel für die Kollegen an den verschiedenen Arbeitsplätzen auszuhängen.

Aber die Zeit, die sie gleich alleine in der Küche wären, würde allemal reichen, um mit Pavlos abzurechnen. Er war vorbereitet und Pavlos viel zu überheblich, um auch nur einen Gedanken daran zu verschwenden, dass vielleicht irgendetwas anders laufen könnte, als er es wollte.

Als er die Tür hinter sich hörte, beugte er sich noch tiefer über die Wanne und gab vor, voll und ganz mit seiner Arbeit beschäftigt zu sein. Er musste Pavlos so dicht wie möglich an sich herankommen lassen, um ihn zu überrumpeln. Er hatte allerdings nicht erwartet, dass der Grieche ohne zu zögern hinter ihn treten und ihm die Hand in den Nacken legen würde, noch bevor er sich aufrichten konnte. Als Pavlos Daumen und Zeigefinger zusammenpresste, biss er sich auf die Unterlippe, um nicht vor Schmerz aufzuschreien. Unerbittlich schob Pavlos seinen Kopf noch weiter nach vorne, bis er mit dem Gesicht den hochgeklappten Gitterrost vor sich berührte.

Er versuchte, sich aus dem Griff zu winden, aber Pavlos war zu stark für ihn. Gleich darauf spürte er die Speicheltropfen auf der Haut, als Pavlos' verhasste Stimme dicht an seinem Ohr flüsterte: »Na, Küchenjunge, so früh schon bei der Arbeit? Und machen wir das auch ordentlich hier? Oder muss der Chef erst wieder mit dir schimpfen?«

Statt einer Antwort riss er jetzt seinen Fuß hoch und trat mit der Ferse nach Pavlos' Knie. Überrascht sprang der Grieche zurück, aber der kurze Moment hatte gereicht, um sich aus dem Griff zu befreien. Noch im Umdrehen bekam er die Sprühflasche zu fassen und drückte den Hebel bis zum Anschlag durch. Schon der erste Sprühstoß erwischte Pavlos im Gesicht, der zweite traf direkt in seine Augen. Pavlos stieß einen Fluch aus und schlug ihm mit einer schnellen Bewegung die Flasche aus der Hand, bevor er die Augen zusammenkniff und hilflos nach der Arbeitsplatte hinter sich tastete. Aber er hatte vorgesorgt, da gab es nichts, was als Waffe zu gebrauchen war, kein Messer, keine Pfanne, noch nicht mal irgendeinen Topf, er hatte alles sorgfältig außer Reichweite gebracht.

Pavlos presste jetzt die Fäuste auf seine Augen und brüllte vor Wut und Schmerzen. Die Schlagader an seinem Hals trat heftig pochend hervor, die Oberarmmuskeln unter dem weißen T-Shirt zitterten vor Anspannung.

»Rechts von dir ist die Spüle. Wasch deine Augen mit Wasser aus, das hilft.«

Er beobachtete aufmerksam, wie Pavlos sich zur Spüle bückte und sein Gesicht unter den Hahn hielt. Lange. Zu lange. So dass er auch nicht überrascht war, als der Grieche plötzlich herumfuhr und ihm den Kopf in den Bauch rammen wollte. Die schmale Klinge des Filetiermessers, das er schon bereithielt, verfehlte Pavlos' Hals nur um Zentimeter, durchtrennte das T-Shirt und riss ihm die Haut an der Schulter auf. Pavlos wich keuchend zurück, seine Augen waren stark gerötet und so zugequollen, dass er wahrscheinlich Mühe hatte, das Messer überhaupt zu erkennen. Als er sich mit der Hand an die Schulter fasste, starrte er gleich darauf entgeistert auf das Blut an seinen Fingern.

»Dafür kriege ich dich dran! Das ist Meuterei, damit kommst du nicht durch, Mann!«

»Ich will nur mit dir reden, sonst nichts. Aber es liegt an dir, wie das hier ausgeht.«

Er grinste, während er zufrieden registrierte, dass seine Hand mit dem vorgestreckten Messer vollkommen ruhig war, ohne das geringste Zittern.

Natürlich war ihm klar, dass er in einem Zweikampf keine Chance gegen den Griechen haben würde, noch nicht mal mit dem Messer. Wenn auch nur ein Bruchteil der Geschichten stimmte, die Steven ihm erzählt hatte, dann war Pavlos ein völlig skrupelloser Gegner, den er nicht unterschätzen durfte. Aber für den Moment lief es besser, als er zu hoffen gewagt hatte. Allerdings wurde die Zeit langsam knapp, er konnte nicht riskieren, dass sie von einem der Kollegen überrascht wurden. Er machte sich nichts vor, seine Stellung war nicht so, dass er irgendeine Unterstützung von den anderen erwarten konnte und schon gar nicht in einer Hierarchie, wie sie auf der Bohrinsel herrschte! Egal wie verhasst Pavlos auch bei anderen Köchen sein mochte, würde es doch niemand wagen, sich offen gegen ihn zu stellen. Er musste die Sache hier also schnell zu Ende bringen …

»Kann ich rauchen?«, fragte Pavlos unvermittelt.

Rauchen war in nahezu allen Bereichen der Plattform strikt untersagt, auch oder gerade im Freien, das Risiko, dass sich eventuell ausströmendes Gas durch den Funken einer brennenden Zigarette entzünden konnte, war zu groß. Es gab zwei oder drei spezielle Raucherlounges für die absolut Süchtigen, zu denen auch Pavlos gehörte, das wusste er.

Er nickte. Wenn der Grieche jetzt rauchen wollte, war das nicht sein Problem, und die Brandmelder in der Küche würden auf den Qualm einer einzelnen Zigarette gar nicht reagieren.

Pavlos nestelte eine zerdrückte Packung Petterøs unter dem Ärmel seines T-Shirts hervor. Seine Augen nahmen langsam wieder die normale Größe an, das Spülen mit Wasser hatte besser geholfen, als er erwartet hatte. Die Wunde an Pavlos' Schulter hatte aufgehört zu bluten.

Der Grieche benutzte eine der Herdplatten, um seine Zigarette anzuzünden. Mit der qualmenden Kippe im Mundwinkel lehnte er sich zurück und verschränkte die Arme vor der Brust. Er wirkte jetzt vollkommen gelassen, als würde das Messer, das auf ihn gerichtet war, nicht existieren.

»Also, was willst du?«

»Was hast du gegen mich? Warum versuchst du ständig, mich reinzulegen? Ich habe dir nichts getan, Mann! Ich mache hier nur meine Arbeit, genauso wie jeder andere auch. Warum lässt du mich nicht einfach in Ruhe?«

Es waren zu viele Fragen, das war ihm schon klar, während

er sie noch aussprach. Er klang wie ein aufgeregter Schüler, der sich bei seinem Lehrer über irgendeine Ungerechtigkeit beschweren wollte.

Pavlos grinste. Als er antwortete, wippte die Zigarette bei jedem Wort auf und ab.

»Steven glaubt, dass du nicht der bist, für den du dich ausgibst.«

Steven! Er hatte es gewusst. Aber Steven konnte unmöglich mehr als nur einen vagen Verdacht haben. Er war vorsichtig gewesen, es gab nichts Konkretes, was der Engländer gegen ihn verwenden konnte.

»Und wer soll ich dann sein?«, fragte er zurück und bemühte sich, einen Tonfall anzuschlagen, der deutlich zeigen sollte, wie lächerlich er das Ganze fand.

»Jemand, der Dreck am Stecken hat.«

»Sagt Steven?« Er lachte spöttisch auf. »Der dämliche Dauerkiffer, der sich heimlich Kekse mit dem Zeug backt, um nicht mit einem Joint erwischt zu werden?«

»Sage ich. Und ich sag noch mehr! Ich will dich hier nicht haben, ich mag solche Typen wie dich nicht. Du spielst uns allen irgendwas vor, aber in Wirklichkeit halte ich dich für eine tickende Zeitbombe, und ich habe keine Lust zu warten, bis du irgendwann ausflippst. Das, was du hier gerade abziehst, ist doch auch nur Show!« Mit einer schnellen Bewegung wischte er sich die Kippe aus dem Mund und warf sie hinter sich in die Spüle. Dann hob er die Hände. »Okay, du hast recht, ich wäre eben fast auf deine Nummer reingefallen, aber du bist niemand, der einen anderen mit dem Messer absticht. Ich kann es an deinen Augen sehen. Du hast Schiss! Also, wie kommen wir beide jetzt hier raus aus der Sache?«

Keine schlechte Analyse, dachte er, wenn es ihn auch ärgerte, dass Pavlos seine Selbstsicherheit wiedergefunden hatte und die Situation damit plötzlich eine Wendung zu nehmen schien, die ihm nicht gefallen wollte.

Pavlos war eindeutig intelligenter, als er gedacht hatte. Und für einen kurzen Moment spürte er fast so etwas wie Sympathie für den Griechen. Aber er durfte sich jetzt nicht einwickeln lassen. Dazu stand zu viel auf dem Spiel! Und er konnte Pavlos ganz sicher nicht trauen.

»Ich schlag dir einen Deal vor«, sagte er.

»Ich höre.«

»Ich reiße nur noch die letzten Tage von meinem Turnus hier runter, und dann bin ich weg. Du siehst mich nie wieder. Aber dafür hörst du gefälligst auf, mich zu behandeln wie Scheiße, ist das klar?«

»Und das ist alles?«

»Das ist alles.«

Der Grieche fing an zu lachen. Als hätte er ihm gerade einen besonders guten Witz erzählt. Er merkte, wie er wieder wütend wurde. Jetzt kam es darauf an, ihm endgültig zu zeigen, wer von ihnen beiden die Kontrolle hatte.

Pavlos lachte immer noch.

»Schön, dass du dich so freust«, stieß er zwischen den Lippen hervor. »Dann sollten wir jetzt vielleicht auch Steven eine Freude machen, bevor es zu spät ist.«

Pavlos' Kopf ruckte hoch. »Was?«

»Steven, deinem Kumpel. Ich habe keine Ahnung, wie lange er noch durchhält. Das Thermostat steht auf minus zwanzig Grad, ich glaube nicht, dass …«

»Das Thermostat? Willst du sagen, du hast … er ist …«

Pavlos' Blick ging unwillkürlich zur Tür des Kühlraums.

»Was denn? Du hast doch nicht ernsthaft geglaubt, dass ich

Steven einfach so davonkommen lasse, nachdem er nichts Besseres zu tun hatte, als dummes Zeug zu quatschen? Er brauchte eine kleine Verwarnung, so ist das eben. Aber ich denke, jetzt reicht es auch, er wird es inzwischen ja wohl kapiert haben. Also, was meinst du, wollen wir … «

Ohne seinen Satz zu beenden, deutete er mit dem Kopf zum Kühlraum hinüber.

Pavlos stieß sich von der Arbeitsplatte ab und fing an zu rennen. Sein Fluchen hallte laut von den aluminiumverkleideten Wänden wider und übertönte mühelos den Lärm der Absauganlage.

»Verdammte Scheiße! Du bist doch völlig bescheuert, Mann! Ich habe es gewusst, du gehörst in die nächste Klapse, aber nicht auf eine Bohrinsel! Und schon gar nicht in meine Küche!«

Er blieb so dicht hinter dem Griechen, dass er deutlich die Mischung aus Schweiß und einem Männerdeo riechen konnte, die Pavlos' T-Shirt ausströmte.

Pavlos klatschte mit der flachen Hand auf den runden Türöffner. Mit einem fauchenden Geräusch fuhr die schwere Schiebetür auf. Ein Schwall eisiger Luft schlug ihnen entgegen.

Pavlos' Blick irrte suchend über die von der Kälte beschlagenen Regalwände.

»Wo, verdammt noch mal … «

Jetzt, dachte er. Du hast es nicht anders gewollt!

Er stieß ihm die geballte Faust in den Rücken und schob ihm gleichzeitig den Fuß zwischen die Beine. Mit hilflos rudernden Armbewegungen ging der Grieche zu Boden. Das Letzte, was er von ihm sah, war der Ausdruck vollkommener Verblüffung, mit dem er ihn noch anstarrte, als sich die Schiebetür schon wieder schloss.

Keuchend lehnte er sich für einen Moment an die Wand.

Sein Bluff hatte funktioniert, genau wie er es geplant hatte. Die Tür schloss den Kühlraum hermetisch ab, niemand würde Pavlos' Rufen oder Klopfen hören. Und den Notrufknopf innen an der Wand hatte er mit Sekundenkleber unbrauchbar gemacht. Im Netz hatte er gelesen, dass ein Mensch ohne Schutzkleidung bei minus zwanzig Grad maximal eine halbe Stunde überstehen konnte, bevor die Unterkühlung lebensgefährlich wurde. Genau so lange wollte er abwarten. Und Pavlos dann ganz zufällig finden, wenn er etwas aus dem Kühlraum holen musste. Weil die tiefgefrorenen Pommes nicht ausreichten, die heute für die Steak frites auf dem Speiseplan standen, und die er wie üblich schon zum Auftauen bereitgelegt hatte. Irgend so was, er würde das schon überzeugend genug rüberbringen. Und Pavlos würde die Warnung verstehen – wenn er überhaupt in der Lage sein sollte, die nächsten Tage seine Arbeit zu machen. Das Gleiche galt für Steven. Keiner von beiden würde es wagen, ihm noch mal in die Quere zu kommen, bis er endgültig den Abflug machen konnte.

Als kurz darauf die Kollegen seiner Schicht in die Küche kamen, nickte er ihnen nur flüchtig zu.

»Keine Ahnung, wieso Pavlos noch nicht da ist, aber ich hab schon mal alles vorbereitet. Und ich mach heute die Soße! Ich hab da ein geiles Rezept …«

Weiter kam er nicht, weil ihn einer der Köche unterbrach.

»Hast du gar nicht mitgekriegt, was draußen los ist?«

»Nein, wieso? Ich bin schon bestimmt zwanzig Minuten hier, um die Scheiß-Fritteuse sauber zu kriegen, aber … was ist los, was meinst du?«

»Wir bekommen Besuch! Ein Heli setzt gerade zur Landung an. Ein Polizeihubschrauber, ich hab die Aufschrift ganz deutlich sehen können, Beredskapstroppen, du weißt schon, diese

Sondereinheit zur Terrorbekämpfung. Keine Ahnung, was die Typen bei uns wollen.«

Er merkte, wie ihm der Schweiß ausbrach. Dann war es jetzt also soweit, der Besuch galt ohne Zweifel ihm. Er musste runter von der Bohrinsel, bevor sie hier alles auf den Kopf stellten, um ihn zu finden.

Sein erster Gedanke war das Schiff, das sich immer in der Nähe der Plattform aufhielt, um bei einem Notfall schnell die Crew retten zu können. Aber er würde kaum eine Chance haben, das Schiff unbemerkt zu erreichen. Sein zweiter Gedanke war besser! Unauffällig schob er sich das Filetiermesser in den Ärmel seines Sweatshirts.

»Was sollen sie schon wollen? Ist doch egal, geht uns nichts an, oder? Ich geh nur eben schnell noch mal pinkeln, bin gleich zurück«, setzte er wie beiläufig hinzu. »Aber denkt dran, die Soße heute ist meine Abteilung, da pfuscht mir keiner von euch rein!«

Ohne eine Antwort abzuwarten, drückte er sich an den anderen vorbei aus der Tür. Er musste improvisieren, und das Risiko, das er dabei einging, war hoch. Aber es war seine einzige Möglichkeit.

JAN-OLE

Jan-Ole beugte sich gespannt vor, als sich der stählerne Koloss aus dem Nebel schälte. Ein echtes Monster, dachte er, wie eine Raumstation aus einem Science-Fiction-Film, vier mächtige Betonstelzen, gut fünfzig Meter über der gischtenden und wogenden Nordsee, eine eigene Welt aus Unterkünften, Büros, Rohren, Kesseln und dem alles überragenden Bohrturm. Ohne jede Frage ein beeindruckendes Bild, zumal die gesamte Plattform so hell wie ein Fußballfeld erleuchtet war – und doch auch gespenstisch, fast schon bedrohlich in der absoluten Autarkie, die das Ungetüm auszustrahlen schien, als wollte es jedem Unbefugten den Zutritt verwehren.

Es war bereits der zweite Versuch, den sie unternahmen, um mit dem Hubschrauber auf die Bohrinsel zu gelangen. Gestern Nachmittag hatten sie wegen einer Schlechtwetterfront mit schwerem Sturm auf halber Strecke umkehren und zurück nach Stavanger fliegen müssen. Und dann hatten sie die Wartezeit zunächst im Hotel mit unzähligen Espressos totgeschlagen, später, als klar war, dass sie über Nacht bleiben mussten, auch in einer Bar am alten Hafen mit Bier und Aquavit. Jan-Ole hatte die betäubende Wirkung des Alkohols regelrecht herbeigesehnt, erst als er genug intus hatte, um kaum noch stehen zu können, waren auch die Bilder langsam verblichen, die ihn bereits den ganzen Tag über verfolgt hatten. Irgendwann hatte er schließlich weder an Merette noch an Kristina gedacht – es war ihm wie eine Erlösung vorgekommen, auch wenn er sich am Morgen nur zu deutlich wieder darüber klar gewesen war, dass er sich selbst etwas vorgemacht hatte. So einfach ließ sich das Problem, das er sich da eingehandelt hatte, nicht aus der Welt schaffen. Aber zumindest würde der Flug zur Bohrinsel ihm noch mal eine Art Aufschub gewähren …

Sie waren erst am späten Mittag, als die Wettervorhersage es endlich erlaubte, aus Stavanger weggekommen, und der Flug war alles andere als ein Vergnügen gewesen – eineinhalb Stunden im steifen Ganzkörperanzug, mit Schwimmweste und Schutzhelm eingezwängt in die enge Kabine, während der Hubschrauber über der aufgewühlten See immer wieder von heftigen Turbulenzen geschüttelt wurde. Und im Moment sehnte sich Jan-Ole mehr als alles andere danach, endlich wieder festen Boden unter den Füßen zu haben und mit einem heißen Becher Kaffee seine Kopfschmerzen bekämpfen zu können. Aber er wusste, dass zumindest aus dem Kaffee so bald nichts werden würde, nicht, bevor er Aksel aufgespürt und ihn – hoffentlich ohne dass die Situation eskalierte – festgesetzt hatte.

Er blickte auf seine Uhr. Das Timing war gut, nach der telefonischen Auskunft des Plattformchefs würde Aksel gerade mit seiner Schicht in der Küche begonnen haben.

»Ich gehe jetzt runter«, drang Svendsons Stimme über die Sprechverbindung im Helm an sein Ohr. »Verdammt viele Böen hier über der Plattform, halt dich besser fest!«

Svendson war kein Mann großer Worte, auch gestern im Hotel und in der Bar hatten sie kaum mehr als das Notwendigste miteinander geredet.

»Du bist also nicht mehr krankgeschrieben?«

»Nicht mehr, nein.«

»Aber das Ganze hier ist nicht unbedingt eine offizielle Aktion von Beredskapstroppen, wenn ich das richtig verstanden habe?«

»Richtig. Ich bin sozusagen freigestellt, solange nicht irgendwas anderes anliegt. Und ich kann auch nur bedingt auf die Infrastruktur zugreifen. Aber ich wollte dich als Pilot.«

»Dann nehme ich das mal als Kompliment.«

»So ist es auch gemeint.«

»Und unser kleiner Ausflug hat etwas mit einem alten Fall von dir zu tun?«

»Ein alter Fall, der zu einer verdammt persönlichen Sache geworden ist, ja.«

»Schöne Scheiße.«

»Schöne Scheiße, du sagst es.«

So ungefähr war ihr Gespräch verlaufen. Mehr hatte Svendson nicht wissen wollen, und Jan-Ole hatte sich damit begnügt, ihn nur noch zu informieren, dass sie auf dem Rückflug einen unfreiwilligen Gast dabei haben würden. Danach hatten sie nur noch getrunken.

Trotz der heftigen Windböen, die sie immer wieder hin und her warfen, setzte Svendson den Hubschrauber fast unmerklich auf der Plattform auf, exakt auf dem Querbalken des weißgetünchten H, mit dem der Landeplatz markiert war.

»Brauchst du Hilfe?«, fragte Svendson, während die

flappenden Rotorblätter über ihnen bereits langsamer kreisten und schließlich zum Stillstand kamen.

»Ich will so wenig Aufsehen wie möglich erregen, also ist die Antwort nein, obwohl ich zugeben muss, dass mir nicht ganz wohl dabei ist. Aber lass mich erst mal die Situation checken, ich hab ja mein Handy dabei, falls ich es mir anders überlege.«

»Deine Waffe?«

Jan-Ole klopfte sich auf die Stelle unter dem Arm, wo das Schulterhalfter saß. »Ich hoffe, dass ich sie nicht brauche. Der Überraschungseffekt und die Kabelbinder sollten völlig ausreichen.«

»Sieh zu, dass du dich beeilst. Ich habe kein gutes Gefühl, was das Wetter angeht. Wir sollten so schnell wie möglich wieder weg hier.«

Zwei Männer, die von Kopf bis Fuß in Ölzeug gehüllt waren, hatten mittlerweile die Kufen des Hubschraubers mit schweren Eisenketten in den dafür vorgesehenen Ringen am Boden festgezurrt. Jan-Ole nahm an, dass es sich bei den Typen um zwei sogenannte Roustabouts handelte, Deckarbeiter, wie sie auf jeder Bohrinsel zu finden waren. Der eine von ihnen hielt den hochgereckten Daumen in Richtung Pilotenkanzel, bevor sie eilig verschwanden, um sich vor dem erneut einsetzenden Eisregen in Sicherheit zu bringen.

Wie sie es per Skype abgesprochen hatten, stand jetzt nur noch der Plattformchef wartend am Niedergang zu den Unterkünften. Jan-Ole erkannte ihn sofort an seinem üppig wuchernden Vollbart wieder. Er schälte sich aus der Schwimmweste und nahm den Helm ab, dann sprang er aus dem Hubschrauber und lief geduckt über das Deck, auf dem die Eiskörner bereits eine rutschige Schicht bildeten, die bei jedem Schritt unter seinen Stiefeln knirschte. Der Plattformleiter hob grüßend die Hand und zog ihn in den Windschatten einer vorspringenden Stahlwand.

»Schaltest du bitte als Erstes gleich mal dein Handy aus?«, sagte er dann, kaum dass sie sich kurz vorgestellt hatten. »Erdgas ist leider vollkommen geruchlos, deshalb tragen die Männer hier Messgeräte am Anzug, um ein mögliches Ausströmen rechtzeitig zu bemerken. Und damit diese Messgeräte nicht beeinträchtigt werden, sind Handys auf der Plattform strikt verboten.«

Jan-Ole nickte und folgte der Anweisung, während der Plattformchef schon weiterredete.

»Die beiden Männer, die gerade euren Hubschrauber abgesichert haben, sind informiert und werden den Mund halten, aber ich kann natürlich nicht versprechen, dass sonst keiner von meinen Leuten irgendwas von eurer Ankunft mitgekriegt hat, immerhin haben wir hier ja auch ein paar Fenster. Es ist also durchaus möglich, dass die Neuigkeit schon ihren Weg in die Küche gefunden hat. Aber dein Mann ist zumindest genau dort! Bevor ich hier hochgekommen bin, habe ich zur Sicherheit noch mal sein Zimmer gecheckt, da ist nur der Kollege, mit dem er sich die Kabine teilt. Also, wie willst du vorgehen?«

»Kannst du mir, bevor du mich zur Küche bringst, so einen Overall leihen, wie ihr ihn hier alle tragt?«, fragte Jan-Ole aus einem spontanen Entschluss heraus. »Mit der Aufschrift der Ölfirma, meine ich. Und vielleicht auch einen entsprechenden Helm?«

»Verstehe, kein Problem. Und den Helm hätte ich dir sowieso verpasst, ist Vorschrift. Die Helme für Besucher hängen innen neben der Tür, da kannst du dir gleich einen nehmen.«

»Heißt das, die Besucherhelme sehen anders aus als eure?«

»Andere Farbe, ja natürlich, wir müssen die Leute, die nicht hier arbeiten, sofort erkennen können.« Er hatte seinen Satz noch kaum zu Ende gebracht, als er sich mit der flachen Hand vor die Stirn schlug. »Sag nichts, schon klar, genau das willst du ja vermeiden! Schön blöd von mir, sorry. Komm mit, ich besorg dir die Sachen, die du brauchst.«

Er wollte sich eben umdrehen, als die Tür in seinem Rücken aufging. Auf den ersten Blick sah Jan-Ole nur einen der Plattformmitarbeiter, in das übliche Ölzeug gehüllt und mit dem gleichen blauen Helm, den auch der Chef trug, der jetzt eine abwehrende Handbewegung machte, um den Arbeiter zurückzuscheuchen.

»Der Bereich ist zurzeit gesperrt, unten hängt ein Schild. Was ist, kannst du nicht lesen?«

Noch bevor der Arbeiter antwortete, war es sein Grinsen, das ihn verriet. Obwohl er deutlich zugenommen hatte und jetzt einen schmalen Oberlippenbart trug, erkannte Jan-Ole das Grinsen sofort. Das Grinsen und die immer noch stechend wirkenden Augen, die ihn über die Schulter des Plattformchefs hinweg fixierten. Als würde es nur um sie beide gehen. Und als hätte er mich erwartet, dachte Jan-Ole und wusste im gleichen Moment, dass ihm Aksel bereits einen Schritt voraus war, sein Plan, das hier ohne Gewalt hinter sich zu bringen, würde nicht mehr funktionieren.

Er versuchte noch, mit der Hand an die Waffe unter dem Schutzanzug zu kommen, hatte aber noch nicht mal den Reißverschluss aufgezogen, als Aksel in einer einzigen fließenden Bewegung das Messer zog und dem Plattformchef an den Hals drückte. Eine schmale, rasiermesserscharfe Klinge, die jetzt genau vor seinem Kehlkopf lag. Ein abgetrenntes Büschel Barthaare wurde vom Wind davongetragen, die Augen des Ingenieurs schienen fast aus seinem Kopf zu treten, sein Atem pfiff hörbar, als er nach Luft schnappte, quoll ein Blutstropfen unter dem Bart hervor und tropfte wie in Zeitlupe auf den Kragen der Jacke.

Jan-Ole wich ein Stück zurück, um klarzumachen, dass er Aksel nicht zu nahe kommen würde.

»Hör auf mit dem Quatsch«, stieß er hastig hervor, während er gleichzeitig versuchte, sich möglichst unauffällig einen Überblick über die Situation zu verschaffen. Sie waren alleine auf dem Landedeck, und die Stahlwand, hinter der sie Schutz vor dem Wetter gesucht hatten, versperrte die Sicht auf den Hubschrauber, also konnte Svendson auch gar nicht mitkriegen, was gerade passierte. Aber als Jan-Ole wie zufällig zwei Schritte zur Seite machte, um in Svendsons Blickfeld zu gelangen, reagierte Aksel sofort.

»Stopp! Bleib, wo du bist! Sonst …«

Wieder drückte er das Messer in die Haut, wieder quoll Blut hervor. Aksel hatte nichts zu verlieren, und er würde nicht aufgeben, davon war Jan-Ole überzeugt. Er würde dem Plattformchef ohne zu zögern den Hals aufschlitzen, wenn er keinen anderen Ausweg fand.

»Pass auf, ich sag dir, was wir machen«, setzte er so ruhig wie möglich an. »Nimm mich als Geisel, ich versichere dir, dass ich keine Tricks versuchen werde. Im Hubschrauber ist nur der Pilot. Er wird uns alle drei zurückfliegen, das ist die einzige Möglichkeit für dich, um von der Bohrinsel runterzukommen. Du weißt, dass die Beredskapstroppen mit einem Spezialkommando hier auftauchen wird, sowie jemand merkt, was los ist, und Alarm schlägt. Und dann ist Krieg hier! Also nimm meinen Vorschlag an. Wenn wir auf dem Festland sind, hast du vielleicht eine Chance, ohne dass ein Unschuldiger mit in die Sache hineingezogen wird und vielleicht sterben muss. Ich geb dir einen Vorsprung, bevor ich die Meldung mache, darauf hast du mein Wort. Nimm mich als Geisel«, wiederholte er. »Der Plattformchef soll die Verzurrung des Hubschraubers lösen und dann lässt du ihn laufen. Ich ziehe jetzt ganz langsam meine Waffe aus dem Halfter und schiebe sie dir rüber. Ohne Tricks, versprochen.«

Er sah, wie Aksel seine Möglichkeiten gegeneinander abwog. Als er endlich nickte, griff Jan-Ole in den Schutzanzug und zog die Waffe hervor, hielt sie am Lauf in die Höhe und ging langsam in die Knie, bevor er sie auf den Boden legte und zu Aksel hinüberstieß.

Das Geräusch, mit dem sie über die Metallnieten rutschte, kam ihm unnatürlich laut vor. Wie eine letzte Warnung, dass er gerade unwiderruflich jede Chance zur Gegenwehr verspielt hatte. Aber das Risiko musste er eingehen, um zunächst wenigstens den Ingenieur aus der Gefahrenzone zu kriegen.

Was mit ihm selber oder Svendson geschehen würde, spielte im Moment keine Rolle. Sie waren Profis, die genau wussten, dass ihr eigenes Leben in solchen Fällen ohne jede Bedeutung sein musste. Und vor allem würde er erst mal Zeit gewinnen! Was auch immer er Aksel gerade zugesichert hatte, war hinfällig. Es gab keinerlei Verpflichtung für ihn, sich an sein Wort zu halten. Aksel war ein Mörder,

der gestoppt werden musste, um nichts anderes ging es. Er hoffte nur, dass Aksel im Moment nicht in der Lage war, das zu erkennen.

Aksel zwang den Plattformchef auf die Knie, bevor er sich bückte, um nach Jan-Oles Waffe zu greifen. Erst dann nahm er das Messer vom Hals des Ingenieurs und stieß ihn brutal zur Seite, so dass er mit dem Kopf gegen die Wand krachte.

Die Heckler & Koch MP5 blieb auf Jan-Oles Stirn gerichtet, während Aksel seine Anweisungen gab. Benommen richtete der Ingenieur sich auf und durchsuchte Jan-Oles Taschen, bis er die Kabelbinder gefunden hatte.

»Schön, dass du an alles gedacht hast«, nickte Aksel spöttisch. »Es ist immer gut, mit einem Profi zusammenzuarbeiten. Dann weißt du ja auch, was jetzt als Nächstes kommt.«

Jan-Ole streckte die Hände vor, Aksel ließ den Ingenieur die Plastikstreifen so fest zusammenziehen, dass sie schmerzhaft in die Haut über den Handgelenken schnitten.

»Und los geht's, immer schön langsam, wir wollen ja nicht, dass einer von uns stolpert, oder?«

Der Tritt mit dem schweren Arbeitsstiefel gegen Jan-Oles Kniescheibe kam so unerwartet, dass er mit schmerzverzerrtem Gesicht zur Seite knickte, direkt in die Klinge des Messers, die ihm mit zwei schnellen Schnitten die Haut der Wangen auftrennte, noch bevor er sich außer Reichweite bringen konnte. Zwei Schnitte, die präzise dort angesetzt waren, wo die Haut über den Knochen spannte, wie von einem Chirurgen – oder einem Koch!

Schon als er die gefesselten Hände zum Gesicht riss, um sie auf die sofort heftig blutenden Wunden zu pressen, wusste er, was Aksels Absicht war: Die Schnitte waren nicht wirklich gefährlich, aber sie bluteten stark. Bei Boxkämpfen wurde häufig der gleiche Trick benutzt, mit einem gezielten Schlag, der die dünne Haut platzen ließ. Wenn diese Cuts nicht umgehend geklammert wurden, sorgte der Blutverlust dafür, dass der Gegner zunehmend geschwächt wurde. Und genau darum ging es Aksel.

»Nimm die Hände da weg, lass es bluten! Na los, über den Kopf damit!«

Aksel war jetzt hinter ihm, deutlich spürte Jan-Ole die Mündung der Waffe in seinem Rücken. Der Ingenieur an seiner Seite schnappte bei jedem Schritt keuchend nach Luft, als stünde er kurz vor einem Infarkt.

Sie waren kaum im Blickfeld des Hubschraubers, als Jan-Ole sah, wie Svendson zusammenzuckte und in einer automatischen Reaktion den Gurt lösen wollte, um freien Bewegungsspielraum zu bekommen.

Jan-Ole schüttelte heftig den Kopf und versuchte, Svendson auf Aksel hinter sich aufmerksam zu machen. Als Svendson gleich darauf ebenfalls die Hände hochnahm, sagte Aksel nur trocken: »Schön, wie ihr euch versteht. Scheint so, als ob ihr ein eingespieltes Team seid. Ist auch besser so für euch, glaub mir.«

Der Plattformchef warf einen nervös flackernden Blick zu Jan-Ole, seine Haut war wächsern, auf seiner Stirn standen dicke Schweißperlen. Der Mann stand unter Schock, so viel war klar. Als Jan Ole sagte: »Es ist okay, mach es, und dann sieh zu, dass du hier wegkommst«, lief er schwankend zu den Kufen des Hubschraubers, um die Eisenketten zu lösen.

Der Moment, in dem sie nacheinander in den Hubschrauber klettern mussten, war ein Risiko für Aksel, aber das schien ihm klar zu sein, er blieb einen Schritt zurück und wartete, bis Jan-Ole sich durch die Tür geschwungen hatte, erst dann folgte er ihm. Vielleicht hätte der kurze Augenblick, in dem Aksel unmöglich alle drei Männer kontrollieren konnte, für jemanden mit einer entsprechenden Ausbildung gereicht, um zu reagieren, dachte Jan-Ole, aber der Plattformchef war ausschließlich auf die Ketten konzentriert, die sich mit den bloßen Händen bei der Kälte nur schwer aus der Verankerung zerren ließen. Vielleicht war es besser so.

Aksel presste die Heckler & Koch jetzt gegen Jan-Oles Schläfe, während er Svendson aufforderte, ihm auch seine Waffe auszuhändigen.

»Geht doch. Und jetzt starte das Ding und ab!«

Dröhnend nahmen die Rotorblätter ihre Arbeit auf. Als der Hubschrauber abhob, sah Jan-Ole aus den Augenwinkeln nochmals kurz den Plattformchef auf dem Landedeck. Er hatte die Schultern hochgezogen und die Arme ausgebreitet, als würde er deutlich machen wollen, dass er keine Ahnung hatte, was jetzt passieren sollte. Jan-Ole hoffte, dass er wenigstens in der Lage sein würde, auf das Naheliegendste zu kommen und von der Schaltzentrale aus das Festland anzurufen.

Svendson hatte bislang keinerlei Kommentar abgegeben, erst als er den Hubschrauber in einer engen Kurve in die Richtung gedreht hatte, die die Instrumente ihm vorgaben, brüllte er Jan-Ole über den Lärm der Maschine hinweg zu: »Tut mir leid, ich war nicht darauf vorbereitet, dass du so schnell zurückkommst! Und das Ganze scheint leider ein bisschen anders abzulaufen, als du dir das gedacht hast, was? Aber was soll's, so ist der Job nun mal. Wohin geht die Reise, wenn ich fragen darf?«, wandte er sich jetzt zu Aksel, immer noch laut brüllend.

»Zurück zum Strand!«

Aksel hatte unwillkürlich die Bezeichnung gewählt, die alle Bohrleute benutzten, wenn sie untereinander vom Festland sprachen. Mit einem trockenen Lachen griff Svendson die Formulierung auf.

»Strand! Planst du einen kleinen Badeausflug, oder was? Dann hoffe ich mal für dich, dass du nicht nur meine und Jan-Oles Waffe hast, sondern auch deine Badehose!«

»Festland, du Pfeife!«

»Festland, ist klar. Mein Sprit reicht bis Stavanger, können wir uns darauf einigen? Anderthalb Stunden bei dem Scheißwetter, mindestens, das heißt, gegen siebzehn Uhr sollten wir da sein, plus minus. Und jetzt nimm endlich mal die Waffe von Jan-Oles Kopf, das macht mich nämlich verdammt nervös, wenn ich damit rechnen muss, dass dir bei der nächsten ordentlichen Böe der Finger abrutscht.«

»Mann, hör mal wieder auf zu labern! Und vor allem sag mir nicht, was ich tun soll! Bist du bescheuert oder raffst du es echt nicht?«

»Komisch, genau das wollte ich dich auch gerade fragen! Okay, du hältst Jan-Ole eine Waffe an den Kopf, aber ich bin es immer noch, der das Ding hier fliegen muss, damit du schön pünktlich in Stavanger ankommst. Also wirst du dich auch damit anfreunden müssen, dass ich gerne vor mich hinlabere, vor allem, wenn ich nervös bin. Und ich bin nervös!«

Svendson war der Einzige von ihnen, der seinen Helm mit dem Mikrofon trug. Als Jan-Ole die grüne Lampe zwischen den Kippschaltern auf der Instrumententafel blinken sah, wusste er plötzlich, warum der Pilot ganz entgegen seiner sonstigen Gewohnheit immer weiterredete. Die Sprechverbindung war offen! Die Kollegen in der Einsatzzentrale müssten jeden Satz gehört haben …

Aber sein kurzer Blick war Aksel offensichtlich nicht entgangen. Er beugte sich nach vorne, bis er die Beschriftung unter der Lampe lesen konnte.

»Du Arsch!«, stieß er hervor und schlug Svendson die Waffe gegen den Helm, während er mit der anderen Hand gleichzeitig den Schalter nach unten klickte.

»Einen Versuch war's wert«, bemerkte Svendson trocken, als das Licht von Grün auf Rot wechselte.

Aksel zog sich eine Luftfahrtkarte heran, die in der Ablage über ihren Köpfen steckte. Eine Weile studierte er aufmerksam die eingezeichnete Küstenlinie.

»Kleine Korrektur«, sagte er dann und hielt die Karte vor Svendson, um mit dem Finger auf das Gewirr der Inseln nördlich des Stavangerfjords zu tippen. »Da hin. Welche Insel genau, sage ich dir, wenn es soweit ist.«

»He, hörst du nicht zu? Ich habe gesagt, der Sprit reicht gerade mal bis Stavanger!«

»Und genau das glaube ich dir nicht. Aber selbst wenn, es sind ja genug Inseln da, dann nehmen wir eben eine gleich bei Skudeneshavn oder Haugesund, ein Hubschrauber kann überall landen, kein Problem, würde ich sagen. Und jetzt lenkst du die Mühle hier mal schön weit runter, bis dicht übers Wasser, kapiert?«

Jan-Ole nahm an, dass es Aksel darum ging, unter dem Radar der Küstenstationen zu bleiben, womit es unmöglich sein würde, ihren Weg zu verfolgen.

»Du hast zu viele schlechte Filme gesehen«, knurrte Svendson, drückte aber die Nase des Hubschraubers nach unten, ohne Aksels Anweisung noch mal zu diskutieren.

»Noch weiter!«, verlangte Aksel. »Ich will, dass wir mit den Kufen fast die Wellen berühren!«

Das Bild der sich hoch auftürmenden Wogen vor ihnen hatte etwas unmittelbar Bedrohliches. Mit jedem Windstoß wurden lange Gischtfahnen von den Wellenkämmen gerissen, der Scheibenwischer des Hubschraubers schaffte es kaum, für mehr als jeweils wenige Sekunden eine freie Sicht zu ermöglichen.

»Das ist Wahnsinn, Mann!«, stieß Svendson zwischen den vor Anspannung zusammengepressten Lippen hervor. »Ich kann die Kiste auf der geringen Höhe nicht ausreichend stabilisieren!«

»Dann pass mal lieber gut auf, dass du keinen Fehler machst«, gab Aksel zur Antwort, schien dann aber die Gefahr selbst zu erkennen und widersprach nicht, als Svendson den Abstand zum Wasser wieder vergrößerte.

Jan-Ole hatte während des Manövers unwillkürlich den Atem angehalten und stieß jetzt heftig die Luft aus. Svendson warf einen besorgten Blick auf das Wetterradar, sagte aber nichts. Bei jedem neuen Windstoß schüttelte er unwillig den Kopf. Das Meer unter ihnen war ein einziges Chaos aus kreuz und quer laufenden Wellen, die sich haushoch auftürmten, gegeneinander anrannten, in gischtenden Fontänen brachen und erneut Anlauf nahmen. Für einen kurzen Moment schob sich ein Fischkutter in ihr Blickfeld, schwer stampfend und unter den anrollenden Wassermassen immer wieder fast begraben. Jan-Ole meinte, eine kyrillische Aufschrift am Heck zu erkennen. Gleich darauf wurde er von Aksel abgelenkt, der sich mit zwei Fingern die Stirn massierte, während er mehrmals hintereinander gähnte.

Jan-Ole sah, dass seine Augen rot unterlaufen waren und tränten. Ganz offensichtlich kämpfte er gegen die Müdigkeit an, die jetzt als typische Reaktion auf den Adrenalinschub einsetzte, unter dem er bislang gehandelt hatte. Plötzlich sackte sein Kopf nach vorne, er hatte die Augen geschlossen, die Hand mit der Heckler & Koch fiel gegen die Jacke und rutschte wie in Zeitlupe in seinen Schoß.

Auch Svendson hatte bemerkt, dass Aksel eingeschlafen war, und nahm die rechte Hand von der Steuerung. Mit ausgestrecktem Arm würde er über Jan-Oles Beine hinweg gerade so eben die Waffe zu fassen bekommen.

Jan-Ole ballte die gefesselten Hände zu einer Faust, um sie in dem Moment, in dem Svendson nach der Waffe griff, gegen Aksels Schläfe zu schmettern.

Eine erneute Böe machte ihren Plan zunichte, der Hubschrauber wurde heftig nach oben gerissen und schien im nächsten Augenblick schon wieder in ein Loch zu stürzen, Svendson konnte ihn gerade noch abfangen, bevor die Kufen in die Wellen eintauchten.

Aksel zeigte mit keiner Reaktion, dass er kurz weggewesen war, er richtete nur die Heckler & Koch wieder auf Jan-Ole, bevor er die freie Hand in die Jackentasche schob und einen Stanniolstreifen mit irgendwelchen Pillen zutage förderte, von denen er zwei mit den Zähnen herausdrückte und sofort zerkaute. Jan-Ole tippte auf Captagon oder ein ähnliches Aufputschmittel.

»Hat einer von euch eine Zigarette?«, fragte er dann und schwenkte die Waffe zwischen Jan-Ole und Svendson hin und her, als wollte er damit deutlich machen, dass die Frage an sie beide gerichtet war.

»Wozu?«, kam es von Svendson.

»Na, was glaubst du wohl? Weil ich rauchen will, natürlich!«

»Siehst du hier irgendwo einen Landeplatz, an dem wir mal eben eine Zigarettenpause einlegen könnten? Mann, was glaubst du eigentlich, wo du hier bist? Das ist ein Hubschrauber, hier kannst du nicht einfach rauchen. Der kleinste Funke reicht, um das Ding abzufackeln!«

Aksel grinste.

»Danke für die Info, das war alles, was ich wissen wollte.«

Jan-Ole hatte das ungute Gefühl, dass Aksel Svendsons Antwort bewusst provoziert hatte, konnte aber nicht einschätzen, worauf das Ganze hinauslaufen sollte. Der Blutverlust durch die Schnitte auf seinen Wangen begann, genau die Wirkung zu zeigen, auf die es Aksel angelegt hatte. Jan-Ole fühlte sich zunehmend schläfrig und benommen, und das Brennen der Wunden verstärkte noch seinen Kopfschmerz.

Aksel griff wieder nach der Flugkarte.

»Bömlo«, las er den Namen einer Insel vor der Küste ab, »sagt dir das was?«

»Zu weit nördlich. Ich hab's dir doch erklärt, dafür reicht der Sprit nicht.«

»Ach nein? Und warum steht die Anzeige dann noch fast auf halbvoll?« Aksel tippte auf die Tankanzeige. »Du hältst mich wohl wirklich für blöd, was? Und jetzt erzähl mir am besten noch, dass die Anzeige kaputt ist, damit ich dir endlich eine reinhauen kann.«

»Gute Idee, mach mal! Ich nehme an, du weißt, wie man

einen Hubschrauber fliegt, ja? Wenn du mir nämlich eine reinhaust, solltest du möglichst schnell ...«

»Jaja, reg dich ab, Alter! Ich sag dir was, ich hau dir keine rein, und aus lauter Dankbarkeit fliegst du mich nach Bömlo, alles klar? Guck mal, das Wetter wird schon besser, regnet auch kaum noch. Und da vorne sehe ich was, was du nicht siehst! Aber mach mal die Augen richtig auf, das ist doch die Küste, Mann! Also, alles kein Problem, sag ich doch, ab geht's nach Bömlo.«

Aksel hatte tatsächlich recht. Schräg voraus schälten sich die ersten Felsen als verschwommene Linie aus dem stumpfen Grau. Der Sturm hatte unvermittelt nachgelassen, die Schlechtwetterfront schien sich auf das offene Meer zu beschränken, der Hubschrauber lag jetzt relativ ruhig in der Luft. Ohne weiteren Kommentar zog Svendson ihn in eine lange Linkskurve, um der Küstenlinie in Richtung Norden zu folgen.

Kurz darauf passierten sie ein automatisches Leuchtfeuer, zwischen den schneebedeckten Felsen wechselten sich Sommerhütten und verwaiste Bootsanleger ab. Die Lichter vereinzelter Bauernhöfe wischten wie auf einem Filmstreifen unter ihnen vorbei, dann eine weißgetünchte Holzkirche, ein winziger Hafen mit zwei Fischkuttern, die hinter der Kaimauer Schutz gesucht hatten.

Svendson deutete auf die nächste Insel, die aus der jetzt schnell einsetzenden Dämmerung auftauchte. »Wir sind da. Das ist Bömlo. Wo soll ich runtergehen?«

»Gar nicht«, sagte Aksel. »Ich hab's mir gerade anders überlegt. Wir fliegen weiter. Ich will nach Sotra!«

»Sotra? Das ist kurz vor Bergen, du Spinner! Mindestens noch mal eine halbe Stunde ...«

»Na und? Wir haben doch Zeit! Ist doch auch ganz gemütlich hier in der Mühle, also laber nicht, flieg einfach weiter.«

Aksel musste inzwischen einen mehr oder weniger konkreten Plan haben, davon war Jan-Ole überzeugt. Sotra war die Insel, auf der Aksel sich auskannte. Er hatte als Junge seine Ferien dort verbracht, und auf Sotra war auch der Bootsunfall passiert, bei dem seine kleine Schwester ertrunken war – und mit dem Aksels Weg in die psychische Deformation überhaupt erst begonnen hatte.

Svendsons Zeitschätzung war ziemlich exakt gewesen, eine halbe Stunde später passierten sie die verlassen daliegenden Campingplätze im Süden von Sotra, die im letzten Tageslicht kaum noch zu erkennen waren.

Aksel blickte immer wieder angespannt durch die Scheibe, als würde er ein ganz bestimmtes Ziel suchen.

»Hat das Ding keinen Scheinwerfer? Mann, verarsch mich nicht, mach mal Licht, damit ich was sehen kann! – Okay, geht doch, gut so. Und weiter!«, dirigierte er Svendson. »Bevor es rechts in den kleinen Fjord geht, müssen zwei Inseln kommen. Da, siehst du sie? Die meine ich. Und genau gegenüber liegt so ein Angeberschuppen aus Glas und Beton, davor ist ein Parkplatz für das Bootshaus, da kannst du landen.«

Auch Jan-Ole beugte sich jetzt vor. Erst als der Scheinwerfer bereits die Glasfront des zweistöckigen Bungalows erfasste, konnte er erkennen, dass das Gebäude trotz der imposanten Ausmaße nur ein Ferienhaus zu sein schien, das zurzeit nicht genutzt wurde, zumindest waren nirgends ein Auto oder frische Fahrspuren zu sehen.

Als der Hubschrauber aufsetzte, wirbelten die Rotorblätter den Schnee in stiebenden Kaskaden über den Parkplatz.

»Und jetzt?«, fragte Svendson und drehte sich genau in dem Moment zu Aksel, als der ihm die Waffe wie einen Hammer ins Gesicht schmetterte. Ohne einen Laut sackte der Pilot bewusstlos zusammen. Der scharfkantige Lauf hatte ihm das Nasenbein zertrümmert, aus der klaffenden Wunde schoss ihm das Blut über den Mund und das Kinn, innerhalb von Sekunden färbte sich der Kragen seines Schutzanzuges blutrot.

In einer reflexartigen Bewegung warf sich Jan-Ole nach vorne, um Aksel den Kopf in die Seite zu rammen, aber er hatte nicht genug Spielraum, der Gurt stoppte ihn, noch bevor er überhaupt in Aksels Nähe kam. Und Aksel hatte bereits wieder die Waffe unter Svendsons Kinn gedrückt und schob ihm mit dem Lauf den Kopf nach oben, während er scheinbar völlig gelassen sagte: »Noch so einen Versuch, und dein Kumpel muss sich wegen seiner kaputten Nase keine Sorgen mehr machen. Und jetzt ziehst du ganz langsam den zweiten Kabelbinder aus meiner Jacke und schiebst ihn zwischen deinen Händen durch. Dann mache ich deinen Gurt auf, und du kriechst über diese Jammergestalt hier bis zu dem Türgriff da drüben, an dem ich dich festbinden werde. Und immer den Kopf schön unten lassen, ganz langsam alles! Später kannst du deinem Kumpel auch gerne einen blasen, falls du meinst, dass ihm das hilft, aber bitte erst, wenn ich ausgestiegen bin, ich will nichts von euren kleinen Schweinereien sehen. Also los, jetzt fang schon an, linke Tasche, wir beide kriegen das hin, auch wenn es ein bisschen kompliziert ist. Aber du weißt ja, was passiert, wenn du dich zu blöd anstellen solltest.«

Fünf Minuten später lag Jan-Ole zusammengekrümmt über Svendsons Oberschenkeln, die Arme weit nach vorne gestreckt und die Hände an den Griff unter dem Seitenfenster gefesselt. Als er hörte, wie Aksel die Tür in seinem Rücken öffnete und aus dem Hubschrauber sprang, schaffte er es, den Kopf so weit zu drehen, dass er über seine Schulter nach draußen blicken konnte.

An dem Bootsschuppen musste ein Bewegungsmelder sein, der einen Fluter eingeschaltet hatte. Aksel wirkte wie ein Schattenriss vor dem grellen Licht, er hielt jetzt die Zeitung in der Hand, die Svendson kurz vor ihrem Abflug gekauft hatte, um schnell noch den Sportteil durchzublättern. Mit einem Ruck riss Aksel die Seiten in der Mitte auseinander und drehte die eine Hälfte sorgfältig zu einem schmalen Streifen zusammen. Noch bevor er das Zippo aus der Tasche holte, wusste Jan-Ole, was er vorhatte. Für den Bruchteil einer Sekunde meinte er wieder, Aksels Stimme zu hören, als er zu Svendson gesagt hatte: »Danke für die Info. Das war alles, was ich wissen wollte.«

Aksel hatte gerade einen Fidibus gedreht, und so wie er das Papier angezündet hatte, würde er den brennenden Streifen in den Hubschrauber werfen. Das war's, dachte Jan-Ole, diese Runde geht an Aksel. Und leider war es die letzte Runde, zu der ich angetreten bin …

Es war merkwürdig, aber er empfand weder Wut noch Trauer, nur ein konstantes Rauschen schien seinen Kopf vollständig auszufüllen.

Plötzlich meinte er, aufgeregte Kinderstimmen zu hören. Aber genauso unvermittelt verstummten die Rufe wieder. Wahrscheinlich hatte er sich die Stimmen nur eingebildet, genauso hatte er selber als kleiner Junge geklungen, an dem Tag, an dem der Vater ihn ausnahmsweise mit zu einer Sprengung nahm und er jeden Funken der zischenden Zündschnur mit erwartungsvollen Ausrufen begleitete.

Das Letzte, was Jan-Ole sah, war Aksel, dessen Gesicht für einen kurzen Moment von dem hell lodernden Papier erleuchtet wurde, als er ausholte, um den Fidibus zu werfen.

DRITTES BUCH

We're out of order there's nothing more to say
(Dance with a Stranger)

Als die Kinder den Weg heruntergekommen waren, hatte er sofort an sich und seine kleine Schwester denken müssen. So waren sie auch überall hingerannt, wo sich vielleicht die Möglichkeit bot, etwas zu erleben, immer auf der Suche nach einem Abenteuer, keuchend, mit geröteten Wangen und vor Aufregung blitzenden Augen. Selbst wenn es nur eine Segelyacht war, die draußen in der Bucht vor Anker ging, der Bauer, der seinen Traktor im Schlamm festgefahren hatte, ein Wasserflugzeug, das in niedriger Höhe über die Schären flog. Aber sie mussten die Ersten sein, die da waren, um den anderen später ihre Version der Geschichte erzählen zu können – wie die Yacht beinahe gekentert wäre, wie der Traktor schlingernd auf den Abgrund zugerutscht war, wie das Wasserflugzeug fast die Felsen gestreift hätte.

Sogar das Alter der beiden Kinder hatte gepasst. Er hatte den Jungen auf zehn oder elf geschätzt, das Mädchen war vielleicht zwei Jahre jünger als ihr Bruder, der sie vorsorglich hinter sich schob, bevor er fragte: »Was machst du hier? Wer bist du?«

»Und ihr? Seid ihr alleine hier?«

»Wir sind vom Dorf, und wir haben deinen Hubschrauber gesehen, als er gelandet ist. Da sind wir losgerannt. Bist du der Pilot? Warum hast du die Zeitung angezündet? Was willst du damit machen?«

»Du stellst zu viele Fragen. Es ist besser, wenn ihr jetzt wieder abhaut. Da im Hubschrauber sind zwei sehr gefährliche Männer, auf die ich aufpassen muss.«

Diesmal war das Mädchen schneller gewesen als der Junge.

»Schießen die?«

»Bestimmt. Ich sage doch, dass sie gefährlich sind.«

»Killer?«

»So was Ähnliches, ja. Also los, verschwindet! Versteckt euch hinter dem Felsen da oben. Und bleibt da, egal, was passiert. Ihr dürft euch nicht von der Stelle rühren, klar? Dafür seht ihr auch gleich was, was ihr dann in der Schule allen erzählen könnt.«

»Cool«, hatte der Junge gesagt und das Mädchen mit sich gezogen, schon nach ein paar Metern fingen sie wieder an zu rennen.

Er hatte gewartet, bis er im Licht der Straßenlaterne sehen konnte, dass sie bei den Felsen waren und wie zwei kleine Katzen hinaufkletterten, erst dann war er selber losgelaufen.

Das Bootshaus war nicht verschlossen gewesen, die Benzinkanister standen ordentlich aufgereiht auf einer Holzpalette neben der Tür, als hätte sie jemand für ihn bereitgestellt.

Das Speedboot hatte einen überdachten Steuerstand und war erst vor kurzem noch benutzt worden. Auf dem Achterdeck lag Angelzeug, der Schlüssel für die Zündung war zwar abgezogen, steckte aber in der gefütterten Marinejacke, die über der Rückenlehne des Ledersitzes hing. Er brachte den hochgeklappten 200-PS-Mercury-Außenborder in Fahrtstellung und löste die Taue. Der Motor sprang mit einem dumpfen Blubbern an. Vorsichtig manövrierte er das Boot rückwärts aus dem Schuppen, als er wendete und den Gashebel vorschob, fraß sich die Bugspitze knirschend durch das dünne Ufereis, keine zwei Minuten später war er im offenen Wasser.

Als hinter ihm die Feuersäule mit einem berstenden Krachen hoch in den Himmel stieg, hatte er bereits die Südseite der Insel umrundet und Kurs auf Bergen genommen.

Es war eher ein Zufall, dass er das Plakat entdeckte, gleich nachdem er das Boot hinter dem verlassenen Werftschuppen festgemacht hatte und auf die Kaimauer geklettert war. Eine Auto-Auktion, die am gleichen Tag stattfand und vor knapp einer Stunde begonnen hatte, nicht allzu weit entfernt in einer früheren Fischhalle, an die er sich noch gut aus der Zeit erinnerte, als er regelmäßig die Flohmärkte in Bergen abgeklappert hatte, um einen der Dealer zu treffen, die ihn mit Stoff versorgten.

Als er sich durch die Menge am Eingang schob, war er froh, das schwere Ölzeug gegen die Marinejacke getauscht zu haben, mit der Jacke, der schwarzen Cap, seiner Jeans und den Arbeitsschuhen fiel er nicht weiter auf. Er war jetzt einfach nur ein junger Mann, der sich für ein gebrauchtes Auto interessierte.

Er war erst einmal auf einer solchen Auktion gewesen, als ein Kumpel von ihm einen Lieferwagen ersteigert hatte. Es schien Ewigkeiten her zu sein, wie in einem anderen Leben, und er brauchte einen Moment, bis er den Ablauf wieder verstand.

Die Wagen, die noch nicht aufgerufen waren, standen an der Seitenwand der Halle, man konnte sie sich von außen ansehen und auch ein paar Worte mit dem Besitzer wechseln, aber mehr nicht. Erst wenn einer der Mitarbeiter den Wagen vor das Podest des Auktionators gefahren hatte, durfte man einen Blick unter die Motorhaube und in den Innenraum werfen, während über Lautsprecher gleichzeitig die wichtigsten Fahrzeugdaten heruntergeleiert wurden – Fabrikat, Baujahr, Kilometerleistung, PS, eventuelle Sonderausstattungen. Das Ganze dauerte pro Fahrzeug maximal zehn Minuten, dann begann die eigentliche Auktion. Er erinnerte sich, wie wichtig es war, die Hände in den Taschen zu behalten und auch möglichst den Kopf nicht zu bewegen, solange man nicht selber mitbieten wollte.

Gerade wurde ein metallicblauer Citroën Xantia aufgerufen. Das Auto sah gut aus, sehr gepflegt, aber kaum jemand schien interessiert zu sein, auch nur einen zweiten Blick darauf zu werfen.

»Bloß nicht«, warnte ihn der glatzköpfige Typ in dem verschmierten Overall, der direkt neben ihm stand und ihn mit einer Wolke aus Bieratem und Zigarettengestank einhüllte. »Weißt du, wo die Dinger gebaut werden? Frankreich!«, gab er sich selbst zur Antwort. »Aber was willst du mit so einer Froschfresserkarre hier bei uns, bei zwanzig Grad minus? Da verreckt dir die Elektronik doch schon, bevor du aus der Garage raus bist! Nee, nee, vergiss es, genauso mit Mercedes, viel zu schwer und Heckantrieb, kannst du alles nicht gebrauchen. Ich würde dir zu dem Lada da drüben raten, der als übernächster drankommt, würde ihn selber nehmen, brauche aber was Größeres. Aber der Lada fährt immer, kapierst du, ist gar nicht erst irgendwas dran oder drin, was kaputtgehen könnte!«

Er stieß ein dröhnendes Lachen aus. Der Geruch nach Bier war so stark, dass ihm fast übel wurde, aber der Tipp war vielleicht wirklich was wert.

Der Citroën fand keinen Käufer und wurde zurück vor die Halle gefahren, der VW Passat, der in deutlich schlechterem Zustand war, ging immerhin für zehntausend Kronen weg. Dann kam der Lada, ein Kombi mit Winterreifen und einem Plastikkoffer mit Schneeketten im Laderaum. Als die ersten Gebote sich dem Preis des Passats näherten, trat er einen Schritt vor und hob zwei Finger.

Der Auktionator stutzte kurz, bevor er brüllte: »Zwanzigtausend sind geboten! Zwanzigtausend zum Ersten, zum Zweiten und zum Dritten!«

»Du scheinst es ja zu haben«, murrte der Glatzkopf, als der Hammer fiel und er sich an ihm vorbeischob, um sich die Papiere aushändigen zu lassen. Zwanzigtausend, dachte er, was soll's, das war kaum mehr als die Hälfte seines letzten Monatsgehalts – und ganz sicher nicht zu viel dafür, dass er jetzt ein Auto hatte, ohne bei einer Mietwagenfirma oder einem offiziellen Händler irgendwelche Spuren zu hinterlassen oder das Risiko einzugehen, mit einem geklauten Wagen erwischt zu werden. Der Verkäufer, den er für einen Bauern aus einem der Fjordtäler hielt, wollte noch nicht mal seinen Ausweis oder seinen Führerschein sehen. Das Bargeld, das er ihm in die Hand abzählte, reichte vollkommen.

Aber er musste eine Entscheidung treffen! Sie hatten ihn mit Sicherheit bereits zur Fahndung ausgeschrieben, und da sie jetzt wussten, wer er war, würde es auch nicht lange dauern, bis sie auf die Idee kamen, dass damit möglicherweise auch die Psychoschlampe wieder in Gefahr war. Und dass er sich auf den Weg nach Süden machen würde, um zu Ende zu bringen, wozu er bisher nicht gekommen war. Für den Süden sprach auch die Überlegung, dass die Straßenverhältnisse bei diesem verdammten Scheißwetter nicht gerade zu einem Trip nach Norden einluden.

Genauso würden sie hoffentlich denken, und mit ein bisschen Glück konnte er sie vielleicht austricksen. Dann musste die Psychoschlampe eben noch warten, bis er sich einen vernünftigen Plan zurechtgelegt hatte. Er musste grinsen, als er daran dachte, dass sie ihm ja ohnehin nicht davonlaufen konnte …

»Leute, die im Rollstuhl sitzen, können nicht wegrennen«,

sagte er laut, als er den Schlüssel drehte, um den Motor anzulassen.

Er war noch kaum aus Bergen raus, als im Radio die Meldung durchkam, dass die Straße, die über Voss in Sogndal in Richtung Norden führte, im gesamten Gebiet um Jotunheimen wegen eines erneuten Schneesturms gesperrt war. Es blieb ihm also im Moment nur der Weg am Fjord entlang nach Osten, um sich dann über Geilo und Gol bis zu den großen Europastraßen zu tasten, die ihn wieder nordwärts bringen würden.

Er war kein routinierter Autofahrer, er mochte Autofahren noch nicht mal sonderlich, aber jetzt hatte er keine andere Wahl, obwohl ihn die lange Strecke, die vor ihm lag, fast schon wieder an seiner Entscheidung zweifeln ließ.

Wenigstens funktionierte die Heizung des Ladas, und der Tank war fast voll, so dass er die ganze Nacht durchfahren konnte, ohne irgendwo aufzufallen. Mit der hakeligen Schaltung hatte er Mühe, vor allem in den engen Kehren vor Norheimsund, auf der Strecke am Fjord entlang kam er besser zurecht, vielleicht musste er sich auch erst langsam an das Auto gewöhnen.

Er erwischte gerade noch rechtzeitig die letzte Fähre des Tages über den Eidfjord. Ein Lastwagenfahrer gab ihm den dringlichen Rat, die Fahrt wenigstens für den Rest der Nacht zu unterbrechen und unter gar keinen Umständen den Versuch zu machen, bei Dunkelheit und Schneeglätte mit der »Seifenkiste« über die Hochebene zu kommen.

Er stand nicht auf solche gutgemeinten Ratschläge, musste sich aber schon bei den grob in den Fels geschlagenen Tunneln auf der Serpentinenstrecke zum Vöringsfossen hinauf eingestehen, dass der Trucker recht gehabt hatte. Auch wenn es ein Risiko bedeutete, bog er fluchend zu dem Hotel oberhalb des

Wasserfalls ab und buchte ein Zimmer. Er brauchte seinen ganzen Charme, um die junge Frau aus Deutschland, die die Nachtschicht hatte und in einem albernen Trachtenkostüm am Empfang stand, davon zu überzeugen, dass er seinen Ausweis aus Versehen zu Hause vergessen hatte, als er Hals über Kopf aufgebrochen war, um seine im Sterben liegende Oma in Oslo zu besuchen.

Das Zimmer war wie eine Zeitreise zurück in die Sechzigerjahre, wie er sie aus den Fotoalben einer seiner diversen Pflegefamilien kannte. Das unentwegte Dröhnen des in die Tiefe des Fjordtals hinabstürzenden Wasserfalls drang selbst durch die geschlossenen Fenster, hatte aber auch eine beruhigende Wirkung, die ihn tief und traumlos bis zum Morgengrauen durchschlafen ließ.

Die junge Frau aus Deutschland hatte immer noch Dienst, als er in den Frühstücksraum kam. Er war der erste Gast an diesem Morgen und bestellte eine Schüssel Rømmegrøt, dicke, gesalzene Sauerrahmgrütze mit Zimt und Rosinen, dazu Knäckebrot und Räucherschinken. Als die Deutsche ihm einen Kaffee brachte, fragte er sie nach ihrem Namen. Er fand, dass Alena nicht besonders deutsch klang, sie wies ihn mit einem leicht spöttischen Lächeln darauf hin, dass sein eigener Vorname – er hatte sich als Alexander ins Gästebuch eingetragen – auch nicht gerade typisch norwegisch war.

Hinterher fragte er sich, ob es womöglich ein Fehler gewesen war, überhaupt mit ihr zu reden. Als die ersten anderen Gäste auftauchten, beeilte er sich, möglichst schnell aus dem Hotel zu kommen.

Die Luft war eisig, aber der Himmel war wolkenlos, er hoffte, dass das Wetter so bleiben würde. Die Kassette, die er im Handschuhfach fand und in den altertümlichen Recorder schob, war offensichtlich eine selbst zusammengestellte Auswahl der Lieblingssongs seines Vorbesitzers. Er erkannte nur »Satisfaction« von den Rolling Stones, »I can't get no satisfaction, 'cause I try, and I try …« Aber die Liedzeile war falsch. Er würde seine Befriedigung finden. Und er war ihnen mal wieder allen einen Schritt voraus.

JAN-OLE

»Gut, du kennst dich ja aus mit den Dingern, und die Strecke ist markiert, die Schilder sind nicht zu übersehen. Ich war allerdings seit dem Sturm noch nicht wieder oben, es kann sein, dass ein paar Bäume umgestürzt sind, die du umfahren musst, pass also besser auf. Vollgetankt ist, das Wetter sollte dir auch keine Probleme machen, für heute bleibt es so, vielleicht ein bisschen Schneegestöber, mehr auf keinen Fall. Ich bin verpflichtet, dich noch darauf hinzuweisen, dass du die markierte Route nicht verlassen darfst, aber du bist sowieso der Einzige, der unterwegs ist. Und von den Hütten dürfte zurzeit auch keine belegt sein, es kann dich also auch keiner erwischen, wenn du verstehst, was ich meine.« Der Vermieter grinste und streckte Jan-Ole den Zündschlüssel hin. »Wenn was ist, ruf mich an, mit ein bisschen Glück hast du auch ein Netz, durch das Skigebiet ist der Empfang eigentlich ganz gut. Handy und Karte hast du?«

»Hab ich, ja.«

»Dann los! Was ist? Suchst du das Zündschloss? Da, direkt vor dir! Mann, jetzt sag bloß nicht, du bist noch nie Schneescooter gefahren! Wo kommst du noch mal her?«

»Bergen. Aber es ist alles okay«, beeilte sich Jan-Ole zu sagen, während er den Motor startete. »Es ist nur schon länger her, und ich steh eigentlich nicht besonders auf die Dinger.«

»Na wunderbar«, murrte der Vermieter, »das hat mir gerade noch gefehlt. Also, pass auf, Kurzeinführung! Der Scooter funktioniert nicht wie ein Moped, sondern eher wie ein Quad, nur ohne Bremse. Kuppeln und schalten brauchst du nicht, ist ein Automatikgetriebe. Gas gibst du mit dem Daumenhebel am rechten Griff, der rote Knopf daneben ist der Not-Ausschalter. Der Gashebel ist übrigens beheizt, kann dir also auch bei extremer Kälte nicht einfrieren. Aber jetzt das Wichtigste: Das Ding ist verdammt schnell, und das heißt, dass du jede Lenkbewegung mit der Verlagerung deines Körpergewichts unterstützen musst! Also glaub bitte nicht, dass du da schön auf deinem Hintern hocken bleiben kannst. Das gilt vor allem bei Steigungen, die du sowieso nicht schräg angehen solltest, aber wenn es doch mal sein muss, dann steh auf und bring dein Gewicht zum Berg hin, kapiert? Sonst kippst du nämlich einfach um. Apropos umkippen, würdest du bitte ganz schnell mal das Band da einklinken? Ja, genau das. Ist die Totmanneinrichtung. Wenn du runterfällst und der Kontakt getrennt wird, schaltet sich der Motor automatisch ab. Kann dein Leben retten! Und jetzt mach Licht an und fahr los, bevor ich's mir anders überlege und dir lieber einen Rodelschlitten mitgebe.«

Kopfschüttelnd wandte sich der Vermieter ab und stapfte eilig zu seinem Laden zurück, ohne sich noch mal umzublicken. Als wollte er unter allen Umständen vermeiden, Jan-Oles stümperhafte Bemühungen mit ansehen zu müssen, den Scooter in Gang zu setzen.

Natürlich drückte er den Gashebel viel zu weit durch.

Mit einem gewaltigen Satz schoss der Motorschlitten vorwärts, die Raupenkette schleuderte dicke Schneebrocken hoch, schlingernd schaffte Jan-Ole es gerade so, an der ersten Markierung der Strecke vorbeizukommen, ohne das Schild umzufahren. Erschrocken nahm er den Daumen vom Gas, aber dadurch bremste der Scooter so stark ab, dass er fast zum Stand kam und Jan-Ole nach vorne auf die Lenkstange gedrückt wurde. Erst nach ein paar weiteren ruckartigen Versuchen kam er besser mit der Technik zurecht. Umso mehr nervte ihn jetzt das durchdringende Heulen des Zweitakters, das die winterliche Stille wie mit einer Motorsäge zerschnitt und den Wald in einer Abgaswolke zurückließ.

Jan-Ole war in der Nähe von Idre, dem Skigebiet auf der anderen Seite der norwegisch-schwedischen Grenze. Es war jetzt drei Tage her, dass Aksel nach seiner Flucht von der Bohrinsel das Bootshaus auf Sotra abgefackelt hatte. Jan-Ole war überzeugt, dass Svendson und er ihr Leben nur den beiden Kindern aus dem Dorf zu verdanken hatten, die da plötzlich aufgetaucht waren. Noch am selben Abend war Svendson im Krankenhaus in Bergen ärztlich versorgt worden. Er hatte eine leichte Gehirnerschütterung, und seine Nase würde für immer schief bleiben, aber zumindest konnte er schon wieder seine Witze machen, als Jan-Ole kurz nach ihm mit den dicken Wattepads auf seinen frisch genähten Wangen aus dem Behandlungszimmer kam.

»Vielleicht sollten wir dem Kommandeur vorschlagen, unsere beiden Konterfeis demnächst für die Öffentlichkeitswerbung zu benutzen, mit so einem Satz darunter wie: Norwegens härteste Einsatztruppe. Fragen Sie nicht, wie die Gegner der beiden jetzt aussehen!«

Tatsächlich war das Ganze zu einem offiziellen Einsatz von Beredskapstroppen geworden, die die regulären Polizeikräfte bei der Fahndung nach Aksel unterstützte. Aksel wurde jetzt sowohl wegen der Morde an dem Paar in Schweden als auch wegen der vierzehn Toten der Theatergruppe gesucht. Sie wussten zwar immer noch nicht, was sich da genau abgespielt hatte, hielten aber zurzeit an der Arbeitshypothese fest, dass die ertrunkenen Theaterleute ebenfalls auf Aksels Konto gingen, auch wenn das mögliche Motiv – die Rache an Alnæs – unverändert dürftig erschien.

Svendson war schon am folgenden Tag auf eigenen Wunsch mit einem Krankentransport zurück nach Oslo gebracht worden, wo in der Einsatzzentrale von Beredskapstroppen das weitere Vorgehen abgestimmt werden sollte, ein anderer Pilot hatte den Hubschrauber zurückgeflogen. Die örtliche Polizei arbeitete auf Hochtouren daran, irgendeinen Hinweis auf Aksels Fluchtroute zu finden. Das einzige Ergebnis blieb zunächst das Speedboot in einem im Winter kaum genutzten Hafenbecken in Bergen, danach schien sich jede weitere Spur aufzulösen.

Jan-Ole hatte darum gebeten, von Bergen aus arbeiten zu dürfen. Sein Status als Sonderermittler machte solche Ausnahmen möglich, allerdings war er persönlich in den Fall verstrickt, und der Kommandeur machte keinen Hehl daraus, dass er Jan-Ole sofort abziehen würde, wenn er sich nicht strikt an die Teamstrukturen hielte und jede neue Information unverzüglich weiterleitete.

Womit der nächste Konflikt bereits vorprogrammiert war, sobald er zum ersten Mal wieder mit Kristina telefonierte. Die sich genauso wie er bemühte, jedes persönliche Wort unter allen Umständen zu vermeiden und sich stattdessen ausschließlich auf einer professionellen Ebene unter Kollegen zu bewegen – was ihr Gespräch für Momente fast zur Farce werden ließ, weil es diese Distanz zwischen ihnen früher nie gegeben hatte.

Kristina hatte die Fahndungsmeldung bereits auf dem Tisch gehabt. Jan-Ole versuchte, den Ablauf von Aksels Flucht von der Bohrinsel möglichst herunterzuspielen, merkte aber schnell, dass Kristina noch irgendetwas zurückhielt, was sich zweifellos auf Aksel bezog.

»Was ist los, Kristina? Wenn es etwas gibt, was ich nicht weiß, dann …«

»Es kann sein, dass ich völlig danebenliege, aber ich fürchte, ich muss es dir sagen, auch wenn es dir nicht gefallen wird und wir vielleicht nur den Teufel an die Wand malen, ohne wirklich einen Grund dafür zu haben.«

In knappen Sätzen berichtete sie von den anonymen Anrufen bei Merette, die möglicherweise auf Aksel hindeuteten, vor allem mit der letzten Mitteilung, als er das von Merette arrangierte Treffen abgesagt hatte – weil sein ursprünglicher Plan durcheinander geraten war, als Jan-Ole ihn aufgespürt hatte.

Jan-Ole war selber irritiert, wie ruhig er bei der Nachricht blieb, aber er durfte sich jetzt keinen Fehler leisten. Merettes Bedrohung war nur ein weiteres Puzzleteil, für das er eine Lösung finden musste, ohne sich von seinen Gefühlen leiten zu lassen. Und Kristina hatte auch bereits eigenmächtig erste Maßnahmen ergriffen, um Merette zu schützen. Zwei zivile Beamte waren rund um die Uhr auf dem Parkplatz des Klinikgeländes postiert, die Polizeiwache in Farsund war informiert, um jederzeit eingreifen zu können.

»Und ich habe eine Fangschaltung sowohl für Merettes Handy als auch für den Festnetzanschluss der Klinik beantragt, es wird allerdings ein bisschen dauern, bis das durch ist. Mehr kann ich im Moment von hier aus nicht tun, Jan-Ole, es sind ja alles nur vage Vermutungen.«

»Du hast absolut richtig reagiert, danke. Ich gebe das an meine Truppe weiter, vielleicht können die den Personenschutz übernehmen, wenn wir konkrete Hinweise darauf haben, dass Aksel tatsächlich plant, sich Merette zu nähern.«

»Und da ist noch was! Merette sagt, dass eure Tochter auf dem Weg zu ihr ist und für ein paar Tage bleiben will, weil sie es zum Geburtstag nicht rechtzeitig geschafft hat. Aber ich denke, wenn wir wirklich davon ausgehen, dass Aksel auftauchen könnte, dann ...«

»Das sehe ich genauso. Gut, dass du es mir gesagt hast, ich kümmere mich darum.«

Als er dann allerdings gleich darauf mit Merette telefonierte, war von seiner Ruhe nicht mehr viel übrig. Und bereits in den ersten Sätzen machte er ihr bittere Vorwürfe, dass sie ihn nicht schon längst informiert hatte.

»Sag mal, soll das jetzt ein Witz sein? Erstens hatte ich fest vor, es dir zu erzählen, aber du hast mir kaum eine Chance gelassen, sondern mich im Gegenteil auch noch glatt belogen, als es um Alnæs ging.«

»Weil ich dich schützen wollte, Merette! Weil ich vermeiden wollte, dass du ...«

»Und zweitens«, redete Merette weiter, ohne seinen Einwurf zur Kenntnis zu nehmen, »zweitens glaube ich, dass du im Moment wohl so ziemlich der Letzte bist, der das Recht dazu hätte, mir irgendwelche Vorwürfe zu machen!«

Das Gespräch ging eine ganze Weile hin und her, ohne dass wirklich etwas dabei herauskam. Jan-Ole beteuerte wiederholt seine feste Überzeugung, dass Aksel versuchen würde, das Land zu verlassen, um sich über Schweden in einen der baltischen Staaten oder noch weiter nach Russland abzusetzen, wo der Fahndungsapparat der norwegischen Polizei nicht mehr ohne Weiteres greifen würde.

»Aber wir kriegen ihn vorher, Merette! Und seine Anrufe sind nur der Versuch, dich wieder in Panik zu versetzen. In der jetzigen Situation hat er gar keine Zeit, um sich um irgendetwas anderes als seine Flucht zu kümmern.«

Jeder Satz, den Jan-Ole sagte, klang auch in seinen eigenen Ohren ganz offenkundig so, als wollte er sich unbedingt selbst davon überzeugen, dass Merette zumindest keine unmittelbare Gefahr drohte. Und noch während er redete, gingen ihm die verschiedensten Bilder durch den Kopf, die das genaue Gegenteil bedeuteten – Aksel, der den Personenschutz ausgetrickst und sich Zutritt zur Klinik verschafft hatte, in Merettes Zimmer eingedrungen war, sie mit diesem verdammten Filetiermesser bedrohte, mit dem er ihm auf der Bohrinsel ohne zu zögern die Wangen zerschnitten hatte, der Merette in ihrem Rollstuhl als Geisel nahm, wie er es ja auch mit Svendson und ihm getan hatte, der sich schließlich mit den Waffen, die er immer noch bei sich trug, regelrecht den Weg freischoss, weil er ohnehin nichts zu verlieren hatte …

»Was? Was hast du gesagt?«, fragte er, als wieder Merettes Stimme an sein Ohr drang, so leise, dass es kaum mehr als ein Flüstern war. »Ich hab dich gerade nicht verstanden …«

»Ich kann vielleicht bald wieder laufen, Jan-Ole. Ich bin

schon vom Bett bis zum Bad und zurück gekommen. Ich kann stehen, ohne mich irgendwo festhalten zu müssen!«

»Das … das ist gut«, stammelte er vollkommen überrascht. »Das ist phantastisch!«

»Das finde ich auch«, antwortete Merette, bevor sie die Verbindung unterbrach.

Jan-Ole beauftragte einen Blumendienst damit, einen großen Strauß Rosen zu Merette in die Klinik zu liefern. Gleich darauf verfluchte er sich für die Idee – der untreue Ehemann, der immer dann mit Blumen nach Hause kommt, wenn er wieder eine neue Affäre hat, dachte er. Und von der Sache mit Kristina mal ganz abgesehen, die weder er noch Merette erwähnt hatten, ersetzten die Rosen ganz sicher nicht seinen längst überfälligen Besuch bei Merette. Aber noch konnte er hier nicht weg, irgendwo da draußen war Aksel, und egal wie gut organisiert die Fahndung ablief, war er womöglich trotzdem der Einzige, der ihn aufspüren konnte.

Sein anschließendes Telefonat mit Julia artete in wenigen Minuten zu einem Streit aus, der sie beide enttäuscht und verärgert zurückließ. Er war sich nicht sicher, ob Julia sich an seine Anweisungen, nicht nach Norwegen zu kommen, halten würde.

Der erste Schritt, der ihn dann weiterbrachte, war ein Anruf bei der Polizei in Bergen. Die Fahndungsmeldung war per Mail auch an alle Autovermietungen, Tankstellen und Hotels gegangen. Eine Bedienung im Fossli Hotel bei Eidfjord konnte sich an Aksel erinnern, der angeblich seinen Ausweis vergessen und sich als Alexander Bakken ins Gästebuch eingetragen hatte. Als Jan-Ole selber mit ihr sprach, war sie deutlich nervös, weil sie ihm das Zimmer trotz der fehlenden Papiere vermietet hatte. Jan-Ole beruhigte sie und lobte sie für ihre Aufmerksamkeit, die ja immerhin dazu geführt hatte, sich bei der Polizei zu melden. Allerdings konnte sie auch nicht mehr sagen, als dass Aksel, nachdem er Rømmegrød zum Frühstück bestellt hatte, mit einem roten Auto, einem Kombi, weggefahren war.

Jan-Ole saß lange über der Straßenkarte. Eidfjord lag bereits hinter der Abzweigung nach Süden, Aksel war also zumindest im Moment auch nicht zu Merette unterwegs. Die einzige Straße vom Vøringsfossen führte durch die Hochebene nach Geilo und Gol, von da könnte er den Versuch unternehmen, entweder nach Oslo oder weiter in Richtung Osten zur schwedischen Grenze zu gelangen, aber irgendetwas schien Jan-Ole bei seinen Überlegungen nicht schlüssig. Es war eher eine vage Idee, die ihn schließlich zum Hörer greifen und Kristina anrufen ließ. »Der Bohrarbeiter, den Aksel von der Treppe gestoßen hat …«

»Arne Ingversson.«

»Genau, den meine ich. Und dieser Typ gehörte doch mit seiner Freundin Inga zu einer Gruppe von Leuten, die sich in irgendwelchen leerstehenden Ferienhäusern einquartieren.«

»Nicht ganz, Jan-Ole. Inga gehörte zu dieser Community, er hat sie nur irgendwo kennengelernt und ist dann immer, wenn er diese vier Wochen arbeitsfrei hatte, mit ihr rumgezogen, aber wohl eher mit ihr alleine, ohne größere Kontakte zu den anderen.«

»Das Stichwort ist ›kennengelernt‹, wo und wie ist das passiert? Darauf will ich raus! Ich meine …«

»Warte«, unterbrach ihn Kristina. »Die einfachste Antwort ist, dass er mit dem Geld, das er auf der Bohrinsel verdient hat, hinterher jedes Mal eine dicke Party gegeben hat. So hat es jedenfalls mein Vater gemacht, und, soweit ich mich erinnere, auch alle seine Kumpels. Und je mehr Leute dabei waren, umso besser, egal, ob er sie vorher kannte oder sie nur zufällig zur richtigen Zeit in der richtigen Kneipe waren.«

»Wäre eine Möglichkeit«, stimmte Jan-Ole zu, wandte aber gleich darauf ein: »Allerdings bezweifle ich, dass jemand aus einer Community, die sich selbst nicht als Teil der Gesellschaft sieht, überhaupt in eine Kneipe gehen würde, in der sich genau die treffen, die ja wohl doch eher … zum feindlichen Lager gehören – nenn es wie du willst, aber du verstehst schon, was ich meine. Die Typen, die ausschließlich dafür arbeiten, sich Haus, Auto und Boot leisten zu können. Mal ganz davon abgesehen, dass ein paar langhaarige Aussteiger da vielleicht nicht so willkommen wären.«

»Okay, ein Punkt für dich, das gebe ich zu.«

»Aber lass uns mal anders an die Sache rangehen. So ähnlich wie Arne und Inga ja wahrscheinlich Aksel in dem vermeintlich leerstehenden Bauernhaus überrascht haben, könnte es auch bereits vorher schon mal abgelaufen sein.«

»Ich fange langsam an zu ahnen, worauf du hinauswillst. Und ja, durchaus vorstellbar. Zumindest ist es ein Ansatzpunkt, mit dem wir vielleicht weiterkommen. Ich versuche, das rauszukriegen, ich melde mich wieder bei dir!«

Jan-Ole war nicht zum ersten Mal überrascht von Kristinas Fähigkeit, seinen für die meisten eher sprunghaft erscheinenden Gedanken zu folgen – und die entsprechenden Schlussfolgerungen daraus zu ziehen, noch bevor er eine Idee überhaupt zu Ende gebracht hatte. Wir hätten nie die professionelle Ebene verlassen dürfen, dachte er, diese Nacht in Karlstad war vollkommen idiotisch gewesen! Und die Konsequenzen daraus waren noch lange nicht absehbar, auch wenn sie sich gerade noch so sehr bemühten, jede Erinnerung und jeden Gedanken an ihren One-Night-Stand auszublenden. Sie würden miteinander reden müssen. Aber dafür würden sie mehr Zeit brauchen, als sie im Moment hatten.

Kristinas Rückruf kam schon eine Viertelstunde später.

»Ich habe mit Arnes Frau telefoniert. Du hattest recht. Ungefähr zu dem Zeitpunkt, als er Inga nach Aussage ihrer Mutter kennengelernt haben muss, hat es einen Einbruch in der Hütte gegeben, die Arne und seine Frau vor einigen Jahren in den Bergen gekauft haben. Sie sagt, dass Arne da häufig alleine hingefahren ist, um zu angeln oder zu jagen, und sie war auch nicht dabei, als er den Einbruch entdeckt hat, er hat nur kurz davon erzählt. Sie selber war nur noch einmal zusammen mit der Polizei da, nachdem er verschwunden war, danach war es ihr zu weit, zu einsam, zu unheimlich, um da alleine Urlaub zu machen. Die Hütte steht zum Verkauf, aber bislang hat sich niemand gefunden, der sie haben will. Klingt auch tatsächlich eher nicht so spannend. Sie liegt an keinem See, sondern oberhalb der Baumgrenze im Gebirge, ist vielleicht eher noch was für den Winter, weil Idrefjäll nicht weit weg ist, aber Arnes Frau läuft nicht Ski.«

»Idrefjäll?«

»In Höhe des Femundsees, auf schwedischer Seite. Aber die Straßenverbindung von dem Hotel aus, wo er zuletzt gesehen wurde, ist ganz gut, das könnte er in ein, maximal zwei Tagen geschafft haben.«

Es war klar, dass Kristina bereits weitergedacht hatte

und jetzt von Aksel sprach. Während Jan-Ole wieder nach der Karte griff und mit dem Finger die Strecke nachvollzog, versuchte er laut, die Wahrscheinlichkeit für ihre Theorie abzuwägen. »Als er Arne umgebracht hat, sollte es so aussehen, als wäre er selber der Tote, das heißt, er musste alles verschwinden lassen, was etwas mit Arne zu tun hatte. Arne war aber mit seiner Freundin unterwegs, und zwar für einige Wochen, so lange, wie sein Urlaub dauerte. Sie werden also Rucksäcke mit ihren Klamotten dabeigehabt haben und ganz sicher auch ihre Ausweise, vielleicht irgendwelche Fotos, Landkarten, auf denen die Hütten eingezeichnet waren, die für eine Übernachtung in Frage kamen, oder ein Smartphone …«

»Und Arnes Schlüssel für seine eigene Hütte!«, warf Kristina ein. Jan-Ole nickte. Als ihm klar wurde, dass Kristina ihn ja nicht sehen konnte, beeilte er sich zu sagen: »Es muss Aksel wie ein Volltreffer im Lotto vorgekommen sein, als hätte irgendeine höhere Macht alles so für ihn gefügt. Er erwischt zufällig einen Bohrarbeiter, wodurch er wahrscheinlich überhaupt erst auf die Idee kommt, sich auf eine Plattform abzusetzen, und dann hat das Paar eine Liste mit Hütten dabei, auf denen er sich in seiner freien Zeit an Land verbergen kann, aber damit nicht genug, besitzt der Typ auch noch selbst eine Hütte, schön weit weg im Gebirge, die er jetzt ja nicht mehr braucht. Bingo, Volltreffer«, wiederholte Jan-Ole. »Okay, einen Versuch ist es allemal wert, aber bevor wir das an die große Glocke hängen, will ich erst mal alleine da hoch. Dann entscheide ich, wie es weitergeht. Keine Angst, Kristina, falls er wirklich da ist, hole ich die Einsatztruppe dazu. Schickst du mir die Adresse der Hütte und wenn möglich auch die genauen

Geodaten aufs Handy? Und halt mir für die nächsten zwei Tage den Rücken frei, bis ich mich wieder melde!«

Noch bevor Kristina etwas erwidern konnte, unterbrach er die Verbindung und schaltete sein Handy auf stumm.

Er hatte nicht lange gebraucht, um seine Ausrüstung in Merettes Volvo zu packen. Als Letztes hatte er die Skier vom Zwischenboden in der Garage geholt, noch während er die Heizung auf die unterste Stufe stellte und das Haus abschloss, hatte er sich bereits eine Begründung für den späteren Bericht an seinen Kommandeur bei Beredskapstroppen zurechtgebastelt: Der Verdacht, dass Aksel sich in Idre aufhielt, war nichts als eine Vermutung, für die es keine Begründung außer Jan-Oles Bauchgefühl gab. Und Idre war in Schweden, was den Einsatz der schwerbewaffneten norwegischen Sondereinheit nicht ohne Weiteres zuließ, während ein einzelner Ermittler problemlos agieren konnte, um sich zunächst die dringend notwendigen Informationen zu verschaffen, die eine Aktion seiner Einheit überhaupt erst rechtfertigen würden.

Die Probleme begannen allerdings schon, kaum, dass er mit dem Schneescooter das erste Waldstück hinter Idre passiert hatte. Die durch den Fahrtwind verstärkte Kälte machte ihm mehr zu schaffen, als er erwartet hatte, die frisch genähten Wunden auf seinen Wangen spannten und juckten unter der Sturmhaube, die er trug, sein Kopf dröhnte, als würde jemand direkt an seiner Schädeldecke einen Pressluftbohrer ansetzen.

Als er kurz stoppte und den Motor ausschaltete, blieb das Dröhnen so gut wie unverändert. Jan-Ole wusste, dass das eine Reaktion auf die Anspannungen der letzten Tage war, körperlich war er trotz seiner Verletzungen fit genug für diesen Alleingang. Aber er musste sich in einen Zustand versetzen, in dem er jeden Gedanken an vorher oder nachher ausblenden und sich allein auf den Moment konzentrieren konnte – er war für solche Situationen trainiert worden. Weder Merette noch Julia oder Kristina durften für die nächsten Stunden in seinem Kopf existieren, es gab nur ihn und die scheinbar unberührte Wildnis um ihn herum. Er war der Jäger, der einem Wild nachstellte, das beim kleinsten Fehler, den er machte, nicht einfach die Flucht ergreifen, sondern sich gegen ihn wenden würde. Und er war sich nicht sicher, ob er Aksel wirklich einen Schritt voraus war. Oder ob Aksel ihn womöglich wie eine Marionette dirigierte und er geradewegs in eine Falle rannte!

Wenigstens funktionierte das mobile GPS, das er bei sich trug. Noch einmal las Jan-Ole die Koordinaten ab und versuchte, sich anhand der in der gleißenden Schneedecke erkennbaren Bezugspunkte zu orientieren. Dann verließ er die markierte Route und lenkte den Scooter eine Anhöhe hinauf, bis er eine verlassene Alm erreichte. Er war jetzt bereits jenseits der Nebenstrecke von Idre nach Sörvattnet, vor ihm lag als grauer, unwirtlicher Buckel der Gebirgszug, an dessen steil aufragender Flanke sich die Hütte befinden musste.

Nach knapp zwei Kilometern hatte er fast die Baumgrenze erreicht, er fuhr den Scooter unter die tiefhängenden Äste einer Tanne und schnallte die Skier vom Gepäckträger. Von hier aus musste er größtenteils offenes Gelände passieren, er hoffte, wenigstens die wie hingewürfelt wirkenden Felsbrocken als notdürftige Deckung nutzen zu können. Und der weiße Tarnanzug, den er sich jetzt überstreifte, würde seine Gestalt für ein ungeübtes Auge hoffentlich mit der Umgebung verschwimmen lassen.

Als der Himmel sich schlagartig verdunkelte und sich gleich darauf eine Schneewand über den Kamm des Långfjället schob, fluchte er leise. Ein Schneesturm gab ihm zwar die unverhoffte Chance, sich ungesehen nähern zu können, gleichzeitig aber würde er auch alle Spuren um die Hütte herum auslöschen – und damit jede Einschätzung der Lage verkomplizieren.

Jan-Ole brauchte fast eine Stunde, bis er sich gegen den Sturm so weit an sein Ziel herangetastet hatte, dass er die Umrisse der Hütte ausmachen konnte, die im Windschatten einer schroffen Felswand stand. Die Sicht war so schlecht, dass er die zwei anderen Hütten erst entdeckte, als er schon die Skier abgeschnallt hatte und sich auf dem Bauch vorwärtsrobbte.

Diese beiden weiteren Hütten waren deutlich kleiner, und auch nicht aus Vollstämmen gebaut, sondern eher billig zusammengezimmert. Jetzt sah er auch, dass die Felswand keine natürliche Klippe darstellte, sondern wie in den Berg hineingefräst wirkte. Er tippte auf einen verlassenen Steinbruch mit den entsprechenden Baracken für die Arbeiter. Ein Stück entfernt, auf einem Felsabsatz, gab es noch einen halb verfallenen Schuppen, aus dessen Dach eine krumme Birke wuchs.

Jan-Ole wechselte die Richtung, um zunächst die beiden kleineren Hütten zu überprüfen. Die Fensterläden waren geschlossen, die Türen mit Vorhängeschlössern gesichert. Er konnte auch nirgends Stiefelabdrücke erkennen, aber das musste nichts bedeuten, der frisch gefallene Schnee würde ohnehin jede Spur verwischt haben.

Gebückt lief er zur Felswand und zu dem freistehenden Klohäuschen hinüber, dessen offene Tür im Wind hin und her schwang. Der Schnee war bis an den hölzernen Sitz mit dem kreisrunden Loch in der Mitte geweht, es gab weder Klopapier noch alte Zeitungen, auch der Blick in die Grube ließ Jan-Ole zumindest kein frisch benutztes Papier erkennen. Er schloss die Tür und ging neben dem Klohäuschen in die Hocke, das ihm genügend Sichtschutz bot, um jetzt die große Hütte beobachten zu können. Auch hier waren die Fensterläden geschlossen, der Schnee um den gemauerten Schornstein herum zeigte keine Spuren einer Erwärmung, der Ofen war also auch nicht vor kurzem erst benutzt worden.

Jan-Ole blickte auf seine Uhr und setzte sich so zurecht, dass er die geplante Wartezeit halbwegs bequem überstehen konnte.

Der Schneesturm war weitergezogen und verdunkelte die bewaldete Hochebene vor ihm, vereinzelte Böen wirbelten von Zeit zu Zeit noch Schneeschlieren auf, sonst rührte sich nichts.

Die Stille hatte etwas Bedrückendes, als würde sie eine unbekannte Gefahr ankündigen. Aksel war da. Jan-Ole meinte, es fast körperlich spüren zu können. Alle seine Sinne waren geschärft, er wusste, dass es darum ging, hellwach zu sein, um von einem Augenblick zum nächsten reagieren zu können, ohne wertvolle Sekunden für eine Entscheidung zu verlieren.

Mehrmals korrigierte er seine Sitzhaltung, damit sich die Muskeln nicht verspannten. Als ein Schatten dicht über ihn hinwegstrich, griff er reflexartig nach der Waffe, hatte aber die Situation schon richtig eingeschätzt, noch bevor der Vogel lautlos auf dem Hüttendach landete. Eine Schneeeule, mehr nicht, die ihn für einen Moment beobachtete, sich gleich darauf flügelschlagend wieder erhob und davonflog.

Nachdem eine halbe Stunde vergangen war, gab Jan-Ole nochmals zehn Minuten dazu, dann richtete er sich auf und näherte sich mit gezogener Waffe der Hütte. Die Eingangstür befand sich auf der rechten Seite, zwei Stufen führten unter ein Vordach, an dessen Kante steifgefrorene Grasbüschel wie Dornen aus dem Schnee ragten.

Jan-Ole schob sich neben den Türrahmen und drückte die Klinke. Wie er erwartet hatte, war die Tür verschlossen. Als er die freie Hand ausstreckte, um den Dachbalken über sich abzutasten, fand er schon nach wenigen Zentimetern den Schlüssel. Fast zu einfach, dachte er, während er ihn vorsichtig ins Schloss schob und die Tür aufstieß. Wieder wartete er einen Moment, die Waffe mit beiden Händen im Anschlag. Ein Schwall abgestandener Luft schlug ihm entgegen, aber Jan-Ole konnte weder alten Feuerrauch noch irgendwelche Ausdünstungen riechen, die darauf hindeuteten, dass jemand in letzter Zeit in der Hütte gekocht oder geschlafen hatte. Die Hütte war mit Sicherheit schon länger nicht mehr benutzt worden.

Mit einer schnellen Drehung schob sich Jan-Ole um den Türrahmen herum und schaltete gleichzeitig die LED-Leuchte unterhalb des Laufs ein, dennoch brauchten seine Augen einen Moment, bis sie die Details erfassten, die der Lichtkegel aus der Dunkelheit riss.

Die Hütte bestand nur aus einem einzigen Raum, dessen Mittelpunkt der eiserne Ofen mit dem gemauerten Kamin bildete. Unter dem Fenster, das ins Tal zeigte, stand ein klobiger Holztisch mit zwei Stühlen, die gegenüberliegende Wand nahm ein gewaltiger Kleiderschrank mit verblassten Blumenverzierungen auf den Türen ein. Im hinteren Bereich führte eine Leiter auf einen Schlafboden. Darunter befand sich die offene Küche mit einer Waschschüssel und einem einfachen Gaskocher, daneben gab es noch eine weitere Tür, die geschlossen war. Als Jan-Ole sie aufstieß, stand er in einer Art Abstellraum, auf den ersten Blick konnte er nur ein Regal mit ordentlich aufgereihten Werkzeugen sowie mehrere Farbeimer mit dem typischen Falun-Rot ausmachen.

Noch einmal ließ Jan-Ole den Lichtstrahl durch die Hütte wandern. Alles wirkte sauber und aufgeräumt, aber so spartanisch und wenig gemütlich, dass er gut verstehen konnte, warum Arnes Frau kein Interesse daran gehabt hatte, hier ihre Ferien zu verbringen. Er nahm allerdings an, dass sie alle persönlichen Dinge, die es irgendwann gegeben haben musste, mitgenommen hatte, als sie die Hütte zum Verkauf anbot. Es gab noch nicht mal mehr ein Regal mit Büchern, keine Bilder an den Wänden, keine Fotos, nur einen Zettel, der auf einen Nagel neben der Tür gesteckt war. Wahrscheinlich eine alte Einkaufsliste, dachte Jan-Ole, aus der Zeit, als Arne die Hütte noch für seine Jagdausflüge benutzt hat …

Er wollte gerade nähertreten, als er den Motor aufheulen hörte. Mit zwei schnellen Schritten war er aus der Tür, das Geräusch wurde von den Felswänden zurückgeworfen, es war unmöglich zu entscheiden, aus welcher Richtung der Lärm kam. Erst als Jan-Ole auf die freie Fläche vor der Hütte hinaustrat, sah er den Schneescooter, der in halsbrecherischem Tempo von dem halbverfallenen Schuppen auf dem Felsvorsprung hinunterjagte und gleich darauf in einer Schneewolke talabwärts verschwand.

Auch wenn Jan-Ole den Fahrer nicht hatte erkennen können, bestand doch kein Zweifel daran, wer ihn gerade ausgetrickst hatte. In einer ersten Reaktion wollte er zu seinen Skiern stürzen und die Verfolgung aufnehmen, wusste aber im gleichen Moment, dass es vollkommen sinnlos war.

Hinterher konnte er nicht mehr sagen, warum er überhaupt noch mal zurück in die Hütte gegangen war – aber der Zettel neben der Tür war keine alte Einkaufsliste! Aksels Nachricht an ihn war klar und deutlich zu lesen:

DUMM GELAUFEN, BULLE! NUR ZU DEINER INFO: ICH BIN JETZT AUF DEM WEG ZU MERETTE! MAL SEHEN, WER VON UNS BEIDEN SCHNELLER DA IST.

Er hatte nicht damit gerechnet, dass der Bulle ihn so schnell ausfindig machen würde. Umso besser war es, dass er vorbereitet gewesen war. Und er hatte von vornherein gewusst, dass der Bulle allein sein würde. Sie waren sich verdammt ähnlich, der Bulle war ein ebenbürtiger Gegner, gerade das machte die Sache ja so reizvoll. Und er musste sich eingestehen, dass er diese kleinen Spielchen in der Zeit auf der Bohrinsel fast vermisst hatte. Den Nervenkitzel, ob alles so laufen würde, wie er es geplant hatte. Ob er wirklich nichts übersehen hatte. Und ob es niemanden gab, den er nicht austricksen konnte!

Aber vielleicht hatte er dieses Mal einen Fehler gemacht. Vielleicht hätte er die Sache beenden sollen, nachdem er den Hubschrauber entführt hatte. Vielleicht war es falsch gewesen, den Bullen am Leben zu lassen. Die beiden Kinder waren schuld! Er hatte sich von irgendwelchen bescheuerten Gefühlen leiten lassen, und Gefühle waren nie gut, das hätte er wissen müssen.

Aber er konnte das Ganze immer noch zu seinem Vorteil nutzen. Im Moment stand es zwei zu null für ihn, und auch die nächste Runde würde er gewinnen – die auch seine letzte wäre! Es gab kein Danach mehr, weder für den Bullen noch für seine Psychoschlampe. Das Einzige, was er ein bisschen bedauerte, war, dass es so aussah, als käme ihre Tochter ungestraft davon. Aber auch da würde sich vielleicht noch eine Lösung finden, er durfte jetzt nur nicht die Prioritäten verwechseln. Einen Schritt nach dem anderen, so wie er es immer getan hatte …

Als er mit dem Armeefernglas die Umgebung abgesucht und den Bullen unten am Waldrand ausgemacht hatte, war noch genug Zeit gewesen, um die Baracke, in der er übernachtet hatte, sorgfältig zu verschließen und sich in dem Schuppen an der Felswand zu verstecken. Die große Hütte hatte er sicherheitshalber ohnehin nur kurz betreten, um die Nachricht neben der Tür anzubringen. Eher durch Zufall hatte er dabei auch das Fernglas entdeckt und sich daran erinnert, wie der Bohrinselpenner damals an ihrem ersten und letzten gemeinsamen Abend in dem Bauernhaus in Schweden von seinen Jagdausflügen geschwärmt hatte. Bis er selber dann versuchte, die beiden davon zu überzeugen, dass es erbärmlich war, wehrlose Tiere einfach aus dem Hinterhalt abzuknallen, ohne das geringste Risiko für den Jäger, ohne jede Fairness eines gerechten Zweikampfs. Inga hatte ihm ziemlich schnell zugestimmt, aber bei dem Typen war er sich nicht sicher gewesen, ob er es kapiert hatte. Vielleicht hätte er da schon ahnen müssen, dass dieser Arne nicht ganz sauber war. Vielleicht wäre dann auch alles ganz anders gekommen. Sie hätten nicht sterben müssen. Es gab immer eine Alternative!

Allerdings musste er zugeben, dass er sich in der Hütte für einen kurzen Augenblick gewünscht hatte, auch ein Jagdgewehr zu finden. Er konnte sich ohne weiteres das Gefühl der Macht vorstellen, wenn der Gegner genau im Fadenkreuz des Zielfernrohrs war und ein kleiner Druck des Zeigefingers reichte, um alles für immer zu verändern.

Es hatte kein Gewehr in der Hütte gegeben. Und vielleicht war es besser so gewesen, sonst wäre er womöglich schwach geworden. Aber der richtige Zeitpunkt für die endgültige Abrech-

nung war noch nicht gekommen. Wenn er und der verdammte Bulle sich Auge in Auge gegenüberstehen würden wie in einem guten Wildwestfilm – zwei ebenbürtige Gegner, die das vorbestimmte Schicksal akzeptierten, das über Leben und Tod entscheiden würde. Und wie immer würde es der Gewinner sein, der dann die Frau bekam, um die sich alles drehte!

Der unerwartet einsetzende Schneesturm hatte das Problem gelöst, wie er die Spuren beseitigen konnte, die er auf seinem Weg zu dem Schuppen zwangsläufig hinterließ, aber als der Bulle dann auftauchte, schien er unbedingt zeigen zu wollen, was er drauf hatte. Es war schon fast lächerlich gewesen zu sehen, wie er auf dem Bauch durch den Schnee kroch und kein Risiko eingehen wollte, sogar das Klo hatte er kontrolliert! Er war zweifellos gut, aber eben nicht gut genug.

Je länger der Bulle gebraucht hatte, bis er sich endlich der großen Hütte näherte, umso genervter war er in seinem Versteck geworden. Bis ihm klarwurde, dass der Bulle ganz einfach Angst hatte! Und alleine dafür hatte sich die ganze Aktion schon gelohnt.

Als er sich jetzt auf seinem Motorschlitten Idre näherte, hatte er das Gefühl, dass ihm nichts und niemand etwas anhaben konnte. Die Bilder in seinem Kopf waren wie in einem Film – ganz deutlich sah er den Bullen, wie er auf seinen Skiern zum Wald abfuhr, wie er aufatmete, als er den Scooter unter den Zweigen der Tanne sah, wie er schon den Motor starten wollte, als er entdeckte, dass eine der beiden Lenkkufen abmontiert und der Scooter unbrauchbar war. Und wie er dann fluchend die Skier wieder anschnallte, während ihm der Angstschweiß in Strömen den Rücken hinunterrann, weil er genau wusste, dass jede Minute, die er verlor, einen nicht wieder einzuholenden Vorsprung für seinen Gegner bedeutete!

Aber er durfte sich nichts vormachen. Er war auf der Flucht, und er wurde nicht nur von diesem einen Bullen gejagt. Auf der Fahrt nach Norden hatte er an einer Tankstelle sein Foto in der Zeitung gesehen – sie suchten ihn landesweit. Er musste davon ausgehen, dass inzwischen nicht nur die Hauptstraßen, sondern auch alle Grenzen überwacht wurden.

Natürlich gab es Möglichkeiten, die Kontrollpunkte zu umgehen, oben im Norden wäre es leicht, in der endlosen Schneewüste nach Schweden und weiter nach Finnland zu gelangen, aber er wusste, dass der Bulle sich an seine Fersen heften würde. Er hatte ihn jetzt bereits zweimal aufgespürt, und er würde ganz sicher nicht aufgeben. Deshalb war der Plan, den er in der letzten Nacht gemacht hatte, seine größte Chance. Aber dazu brauchte er die Hilfe des Bullen, der bereits jetzt in die Falle getappt war, ohne es überhaupt zu ahnen. Wenn alles so lief, wie er sich das vorstellte, würde es sein absolutes Meisterstück werden!

Es dauerte nicht lange, bis er den Volvo entdeckte, der wie für ihn bereitgestellt hinter einer Scheune neben dem Schneescooter-Verleih geparkt war. Der Verleih war geschlossen, die nächsten Häuser waren weit genug entfernt, um sich ungesehen vergewissern zu können, dass er den richtigen Wagen vor sich hatte. Als er den Glücksbringer erkannte, der am Rückspiegel hing, erinnerte er sich an die lange zurückliegende Fahrt mit der Psychoschlampe ins Krankenhaus von Bergen, bei der ihm der kleine Marienkäfer aus Holz zum ersten Mal aufgefallen war.

Wie er gehofft hatte, bereitete es ihm kaum Mühe, das Schloss des Kofferraums zu öffnen, ohne Gewalt anwenden zu müssen. Er blickte sich noch einmal um. Sein Scooter stand in einer Reihe mit den Motorschlitten der Verleihfirma und würde nie-

mandem auffallen. Ebenso wenig wie der Bulle in seiner zu erwartenden Hektik die Spuren um sein Auto herum beachten würde. Als erneutes Schneetreiben einsetzte, war auch das Problem mit der Kofferraumklappe gelöst, bis der Bulle da war, würde die Klappe wieder zugeschneit sein.

Er holte tief Luft und schlug den Kragen der Marinejacke hoch. Es würde verdammt kalt werden, aber er hatte schon Schlimmeres überstanden.

Vom Ort herüber läuteten leise die Glocken des Kirchturms. Mit den wirbelnden Schneeflocken vor dem gelblichen Licht der Straßenlaternen war es eine so friedliche Stimmung, dass er für einen Moment die Lippen zusammenpressen musste, um nicht in Tränen auszubrechen. Es war alles so unnötig, dachte er. Warum hatte es überhaupt so weit kommen müssen?

MERETTE

Kristinas Anruf kam in genau dem Moment, in dem Merette gerade ihren Namen im Display antippen wollte.

»Das war Gedankenübertragung«, eröffnete sie das Gespräch, kaum, dass Kristina sich gemeldet hatte. »Ich muss mit dir reden!.«

»Ich auch mit dir.«

Merette merkte, dass die Polizistin eindeutig irritiert war. Gleich darauf kam ihr die Situation so lächerlich vor, dass sie laut auflachte. Zwei Frauen, die jeden Grund hatten, miteinander zu reden, dachte sie, aber wenn es nach ihr ging, konnten sie das Thema Jan-Ole gerne noch ein bisschen aufschieben, im Moment gab es Wichtigeres.

»Okay, Kristina, du zuerst. Was ist los?«

Kristina zögerte kurz, als wäre sie sich nicht sicher, wie sie beginnen sollte.

»Die Überprüfung des Anrufs auf deinem Handy hat leider nichts ergeben, wir konnten die Nummer nicht zurückverfolgen. Aber es kann sein ... nein, es ist sogar wahrscheinlich, dass Aksel versuchen wird, zu dir zu kommen! Warte, bleib ganz ruhig, noch ist er irgendwo im Norden, und er hat so gut wie keine Chance, unbemerkt die Straßenkontrollen zu passieren, die wir überall eingerichtet haben.« Wieder zögerte sie, bevor sie hinzusetzte: »Jan-Ole wollte auch nicht, dass du es überhaupt erfährst, aber ich finde, du musst wenigstens informiert sein. Wie gesagt, ich gehe davon aus, dass wir ihn ohnehin vorher erwischen, aber sicherheitshalber habe ich ab morgen noch zwei weitere Beamte zu deinem Schutz abgestellt, die dann auch den Strand kontrollieren. Es besteht keine Gefahr für dich, selbst wenn er es schaffen sollte. Ich möchte dich trotzdem bitten, dass du möglichst im Haus bleibst.«

»Und Jan-Ole?«

»Jan-Ole hat ihn in einem Versteck in Schweden aufgespürt, in einer Hütte bei Idre, aber leider die Spur wieder verloren. Genaueres weiß ich auch nicht, nur dass er weiterhin hinter ihm her ist. Und ich denke, niemand kennt Aksel so gut wie er …«

»Natürlich, schon klar«, unterbrach Merette die Polizistin, bevor sie weiterreden konnte. Ihre Frustration war mehr als deutlich, sie hatte nichts anderes von Jan-Ole erwartet, gleichzeitig war sie genervt von seinem neuerlichen Alleingang, ohne dass sie hätte sagen können, was die Alternative wäre. Falsch, korrigierte sie sich selbst, Jan-Ole sollte bei ihr sein, statt irgendwo im Land einen flüchtigen Psychopathen zu verfolgen! Und vor allem sollte er wenigstens die Größe haben, sie selbst anzurufen, und das nicht ausgerechnet Kristina überlassen …

»Merette?«

»Ja, ich bin noch da. Danke, dass du dich um meine Sicherheit sorgst, ich weiß das durchaus zu schätzen. Aber dann kann ich dir jetzt auch gleich noch sagen, weshalb ich mit dir reden wollte – er war es nicht! Aksel war nicht der anonyme Anrufer, der sich hier bei mir gemeldet hat, da bin ich mir absolut sicher.«

»Aber das verstehe ich nicht. Wie kommst du darauf? Es passt doch, wer sonst sollte …«

»Es passt eben nicht! Hör mir zu, Kristina, ich hab noch mal versucht, mich genau an den Wortlaut des ersten Anrufs zu erinnern. Aber es geht gar nicht darum, was er gesagt hat, sondern was er nicht gesagt hat! Aksel hätte niemals darauf verzichtet, erneut Jan-Ole oder Julia mit ins Spiel zu bringen, verstehst du? Er gewinnt seine Macht über mich, indem er Katz und Maus mit mir spielt, aber er bedroht mich immer nur indirekt und benutzt dazu die Personen, die mir am nächsten sind, eben meine Tochter oder … Jan-Ole. Die einzige Variable, die noch zu seinem Persönlichkeitsbild passen würde, wäre eine Art von Umdrehung, dass er plötzlich mit so was kommt wie: ›Auf Jan-Ole kannst du dich nicht verlassen, das haben wir ja gemerkt, du hast nur mich, ich bin der Einzige, der dir jetzt noch helfen kann‹, so was. Er als mein Retter, das würde zumindest seinem übersteigerten Selbstwertgefühl entsprechen. Aber er hat weder das eine noch das andere gemacht – er war es nicht.«

Kristina schien alles andere als überzeugt zu sein.

»Und wer soll es deiner Meinung nach dann gewesen sein, Merette?«

Ihre Stimme klang so genervt, dass Merette kurz überlegte, ob sie überhaupt weitersprechen sollte. Aber dann schilderte sie doch in wenigen Sätzen ihren Verdacht, dass es bei den anonymen Anrufen womöglich um etwas aus ihrer Vergangenheit ging, um ihren Bruder, von dem sie weder wusste, wo er war, noch was er machte, aber der ihr beim letzten Mal, als sie sich gesehen hatten, unmissverständlich gedroht hatte!

»Es ist zu kompliziert, um dir jetzt die ganze Geschichte zu erzählen, die dahintersteckt, es ist auch sehr persönlich, und ich möchte nicht darüber reden. Das Einzige, worum ich dich bitte, ist, dass du ihn für mich ausfindig machst. Ich komme da nicht weiter, aber du hast die Möglichkeiten dazu. Und selbst wenn ich falsch liege, dann möchte ich das wenigstens wissen.«

Noch während ihrer letzten Sätze war ihr klar, wie dürftig ihre Erklärung klang, und sie musste sich eingestehen, dass sie selber kaum anders reagiert hätte, als es Kristina jetzt tat.

»Gib mir den Namen, sein Geburtsdatum und möglichst noch ein paar Eckdaten, die mir helfen könnten, dann versuche ich es. Aber ganz ehrlich, Merette …«

»Ich weiß. Ich bitte dich trotzdem.«

»Ich versuche es«, wiederholte Kristina. Aus ihrer Stimme war jede Wärme verschwunden, Merette hatte das Gefühl, dass Kristina nur zu helfen versprach, um das Thema zu beenden. Und als sie ohne zu überlegen hinterherschob: »Und bitte, ja, Jan-Ole muss davon nichts wissen!«, kam sie sich erbärmlich vor, als hätte sie sich gerade eine Blöße gegeben, die sie endgültig ins Abseits stellte. Aber das änderte nichts daran, dass sie zumindest überzeugt war, mit ihrer Theorie über Aksel richtig zu liegen. Und es war trotz Kristinas Warnung auch nicht Aksel, vor dem sie sich im Moment fürchtete …

Die SMS kam, kaum, dass sie das Gespräch mit Kristina beendet hatte. Drei unvollständige Sätze, ohne Komma und ohne Namen: BIN HEUTE ABEND IN DEINER NÄHE MUSS DICH SEHEN SAG MIR WANN UND WO.

Das kannst du haben, dachte Merette, während sie schon ihre Antwort tippte: 19.30 H AM BOOTSANLEGER. ICH KOMME VOM STRAND.

KRISTINA

Als Kristina den Namen in die Suchmaschine eingab, war sie kaum bei der Sache. Sie hatte die letzten Stunden damit verbracht, längst überfällige Berichte zu schreiben, darunter auch die Zusammenfassung der Geschehnisse in Schweden – Aksel hatte kaltblütig zwei Menschen ermordet und die Situation genutzt, um sich auf die Bohrinsel abzusetzen, so viel stand fest.

Aber was genau war dann Monate später in der Nacht an dem See bei Evje passiert? Es gab ein Motiv für Aksel: Er wollte sich an diesem Alnæs rächen, seinem Vater, der ihn verleugnet und im Stich gelassen hatte, und die Tat auf dem Eis war bis ins Detail vorbereitet gewesen, aber hatte Aksel wirklich von vornherein den Tod der gesamten Theatergruppe mit einkalkuliert? War da etwas schiefgegangen, was er so nicht geplant hatte, oder war vielleicht gar nicht Alnæs das Ziel gewesen, sondern sein Tod für Aksel nur ein willkommener Nebeneffekt? Hatte er überhaupt gewusst, dass Alnæs zu den Theaterleuten gehörte? Oder war es alles ein Zufall gewesen, hatte der Anschlag jemand ganz anderem aus dem Ensemble gegolten? Aber wem? Und wie passte Aksel dann ins Bild?

Sie würden die Wahrheit spätestens dann herausfinden, wenn sie Aksel hatten und ihn vernehmen konnten, dachte Kristina. Aber es wäre ihr lieber gewesen, wenn sie den Fall schon vorher wasserdicht gehabt hätten – zumal sie sich vollkommen über das Risiko im Klaren war, dass sie sich auch immer noch irren konnten. Es war riskant, sich nur auf diese eine Spur zu konzentrieren, andererseits passte alles ins Bild, und Aksel war ganz einfach zu gefährlich, um sich zurzeit irgendwelche Nebengefechte mit womöglich noch anderen Verdächtigen erlauben zu können.

Trotzdem war Kristina frustriert. Es schien, als würde ihr nur noch ein einziges Puzzleteil fehlen, um ein vollständiges Bild zu bekommen, aber sie wusste nicht, wo sie nach diesem Teil suchen sollte. Sie hatte sogar erwogen, noch mal mit Merette zu sprechen, um verschiedene Informationen mit ihr abzugleichen, die sich auf Aksels Vergangenheit bezogen – aber Merette gehörte nicht zum Ermittlungsteam. Außerdem hatte sie sich bei ihrem letzten Anruf über Merette geärgert, sie hasste diese Art von ihr, sich in etwas zu verbeißen und dann irgendwelche Rückschlüsse daraus zu ziehen, die alles ausblendeten, was in sich vollkommen schlüssig war. Ihre Theorie, dass die anonymen Anrufe nicht von Aksel waren, war nur ein weiterer Beweis für dieses Verhalten. Eigentlich waren Merette und Jan-Ole sich verdammt ähnlich, dachte Kristina, unfähig zu jeder Form einer sinnvollen Zusammenarbeit! Erschwerend kam hinzu, dass da etwas verdammt Persönliches zwischen ihr und Merette stand, was nicht geklärt war, und das sie sich selber eingebrockt hatte, das war ihr nur zu bewusst.

Trotzdem musste sie mit Merette über Aksel reden. Anders würde sie nicht weiterkommen und sich später vielleicht Vorwürfe machen, dass sie etwas übersehen hatte. Aber dazu wollte sie etwas in der Hand haben, um klarzustellen, dass sie Merette durchaus ernst nahm – und dass es vor allem nicht um irgendeine Konkurrenz ging, die es von ihrer Seite aus ja auch tatsächlich nicht gab. Das Einfachste war also, Merettes Bitte zu folgen und etwas über ihren Bruder herauszufinden …

Eine Surfschule in Portugal, hatte Merette gesagt, aber in der Kombination der Suchbegriffe »Surfschule« und »Jakob Schulman« gab es keine Ergebnisse. Eine Weile starrte Kristina auf die nicht unbedingt phantasievollen Namen, mit denen die verschiedenen Surfschulen sich anpriesen: *Surfschool, Surfcamp, Surfhouse … Waverocker* klang schon besser, wurde aber durch den Zusatz »Wellenreiten am Strand« wieder relativiert. Ihr Blick wanderte weiter zu *Surfin Waves Portugal*, die mit einem Camp in Spanien verlinkt waren, das sich folgerichtig *Surfin Waves Galicia* nannte. Aber auch als Kristina ihre Suche auf spanische Surfschulen ausweitete, gab es keinen Treffer.

Zumindest war wohl Jakobs Traum einer eigenen Surfschule geplatzt, dachte Kristina. Aber vielleicht war genau das die Lösung! Er musste ja nicht zwangsläufig der Inhaber sein, vielleicht war er irgendwo angestellt …

Hastig veränderte sie die Suchbegriffe und gab jetzt den Namen zusammen mit dem Wort »Surfteam« ein – und da war er! Jakob Schulman, Surflehrer im Camp *Playa Santa Comba*, Spitzname Jake, Geburtsdatum 17.03.76, Größe 192 Zentimeter, besondere Kennzeichen: »Entspannter Rasta-Typ mit echten Big-wave-skills«, Wohnort Ferrol.

Kristina rief eine Landkarte auf, um sich zu orientieren, Ferrol lag an der westlichen Spitze von Galizien, die nächste größere Stadt war Santiago de Compostela. Sie blickte auf die Uhr. Es war gerade mal kurz nach sechs, vielleicht hatte sie ja Glück, auch wenn die Surfschule im Winter wahrscheinlich geschlossen war, aber einen Versuch war es wert.

Die Verbindung kam schon nach dem zweiten Klingeln zustande, eine Frau namens Maria meldete sich.

»Hi, I'm Kristina from Norway. Sorry, I don't speak any Spanish, can we talk in English?«

»Yes, of course. English, German, French, whatever you want.«

Kristina erklärte, dass sie dringend Jakob Schulman sprechen müsste, »Jake«, und bemühte sich, weder wie eine Polizistin zu klingen noch wie eine Frau, die im letzten Sommer in den Genuss von Jakes »Big-wave-skills« gekommen war und jetzt die Alimente einfordern wollte. Stattdessen behauptete sie, eine Cousine von ihm zu sein.

»You are Jake's cousin but you don't have his telephone number?«, fragte Maria zurück. Ihre Skepsis war deutlich hörbar. Vielleicht lag Kristina richtig mit dem Verdacht, dass der entspannte Rasta-Typ gerne mal die eine oder andere Surfschülerin beglückte.

»Ich habe mein Handy verloren«, log sie drauflos, »mit allen Adressen drin. Aber ich weiß ja, dass er bei euch arbeitet, und es ist wirklich wichtig. Weißt du, ob er überhaupt da ist? Bei sich zu Hause, in Ferrol, meine ich? Oder wo ich ihn sonst erreichen könnte?«

Die Erwähnung des Wohnortes schien Marias Zweifel beseitigt zu haben.

»Natürlich ist er da! Wahrscheinlich gerade auf dem Weg in seine Lieblingskneipe. Eigentlich geben wir keine Privatnummern raus, aber wenn du mit ihm verwandt bist und es wirklich so wichtig ist ...«

»Ist es.«

»Warte einen Moment, ich muss die Nummer eben aus der Liste suchen.«

Womit schon mal geklärt wäre, dass Jake oder Jakob keine unmittelbare Gefahr für Merette darstellte, dachte Kristina, aber jetzt konnte sie die Sache auch bis zum Ende durchziehen, irgendwie war sie es Merette schuldig …

Nach den Hintergrundgeräuschen zu urteilen, war Jakob bereits in seiner Lieblingskneipe angekommen. Und er hatte eindeutig auch schon ein paar Drinks genommen, seine Aussprache war leicht verwaschen, obwohl sein Englisch erstaunlich gut war, wie Kristina nach den ersten Sätzen feststellte.

Sie hatte jetzt die Taktik geändert und stellte sich mit vollem Namen und Titel vor.

»Eine Kriminalkommissarin aus Norwegen …?«

»Ich habe nur ein paar Fragen an Sie, es dauert nicht lange.«

»Norwegen! Hat es etwas mit meiner Schwester zu tun? Ich habe eine Schwester in Norwegen. Warten Sie, ich gehe eben mal nach draußen, hier ist es zu laut …«

Er schien von einem Moment auf den nächsten absolut nüchtern zu sein. Und seine Besorgnis klang aufrichtig, als er gleich darauf wiederholte: »So, da bin ich wieder. Was ist los? Geht es um meine Schwester? Ist ihr etwas passiert?«

»Wie kommen Sie darauf, dass etwas passiert sein könnte? Gibt es einen Anlass, dass Sie sich Sorgen machen?«

»Nein … ja, doch, natürlich! Sie ist meine Schwester, und jetzt ruft mich die Polizei aus Norwegen an, was …«

»Ihrer Schwester geht es gut, zumindest den Umständen entsprechend. Aber wir ermitteln in einem Fall, der etwas mit ihr zu tun hat.«

»Was heißt das, den Umständen entsprechend?«

»Ich erkläre es gleich. Aber … Sie haben gar keinen Kontakt miteinander?«

»Seit Jahren nicht! Um genau zu sein, schon über zwanzig Jahre. Aber gerade in letzter Zeit habe ich öfter an sie gedacht. Ich weiß, dass sie Psychologin ist, aber ich habe ja noch nicht mal eine Ahnung, wo sie jetzt überhaupt wohnt und so, nur dass sie damals nach Bergen gegangen ist.«

Irgendetwas in seinen Sätzen ließ Kristina stutzen. Er hatte öfter an sie gedacht, gut, das war natürlich möglich, aber wieso gerade in letzter Zeit, wieso jetzt? Vielleicht war er nur ein guter Schauspieler, dachte sie, da schwang zumindest etwas in seinem Tonfall mit, was sie nicht einordnen konnte. Er war nervös, aber das war es nicht alleine. Er reagierte mit keinem Wort darauf, dass sie einen Fall erwähnt hatte, der mit Merette zu tun hatte. Das interessierte ihn entweder nicht, oder er wollte ganz bewusst davon ablenken.

»Und Sie haben in diesen zwanzig Jahren nicht miteinander telefoniert? Auch in letzter Zeit nicht, wo Sie öfter an Ihre Schwester denken mussten, wie Sie sagen?«

»Nein, auch in letzter Zeit nicht, obwohl ich es vorhatte.«

»Aber?«

»Ich weiß nicht … vielleicht ist es zu lange her, dass …« Er beendete den Satz nicht.

»Gut, dann erzähle ich Ihnen jetzt mal was. Ihre Schwester lebt nach wie vor in Bergen, das ist richtig. Aber Sie hat mehrmals anonyme Anrufe bekommen und fühlt sich bedroht. In diesem Zusammenhang hat sie den Verdacht geäußert, dass die Anrufe von Ihnen kommen könnten.«

»Was? Wie kommt sie darauf?«

Kristina beschloss, alles auf eine Karte zu setzen, ohne überhaupt zu wissen, worauf genau sie hinauswollte. Es war nur eine vage Idee, die ihr bereits schon durch den Kopf gegangen war, als sie mit Merette gesprochen hatte.

»Sie haben Ihre Schwester schon mal bedroht. Als Sie sich das letzte Mal gesehen haben ...«

Für einen Moment blieb es still in der Leitung. Kristina wartete ab, ohne ihn zu einer Antwort zu drängen. Es war eine Vernehmungstaktik, die fast immer funktionierte. Als Jakob sich wieder meldete, war seine Stimme völlig verändert. Er klang jetzt resigniert, als würde er etwas bedauern, was sich nicht mehr ungeschehen machen ließ.

»Sie wissen, worum es damals ging?«

»Natürlich«, log Kristina, ohne zu zögern. »Merette hat es mir erzählt.«

»Weil es inzwischen verjährt ist, klar. Und weil es ohnehin niemand mehr beweisen könnte. Also kann sie auch darüber reden! Es muss ... nicht leicht für sie gewesen sein, das die ganze Zeit mit sich rumzuschleppen.«

Kristina hatte den Atem angehalten, erst als Jakob plötzlich schwieg, sagte sie vorsichtig: »Sie haben vollkommen recht mit Ihrer Einschätzung, dieses ... Versteckspiel war kaum zu ertragen für Ihre Schwester.«

»Aber sie hat alles richtig gemacht«, brach es jetzt aus Jakob hervor. »Ich war der Idiot! Ich habe es einfach nicht begriffen damals, als meine Mutter es mir erzählt hat, kurz bevor sie selber gestorben ist. Ich war ... ein Idiot«, wiederholte er. Kristina hatte den Eindruck, dass er mit den Tränen kämpfte. »Ich weiß nicht, ob Sie sich das vorstellen können. Ich habe meine große Schwester immer bewundert, und sie war es ja auch, die mich mehr oder weniger großgezogen hat in all den Jahren, in denen meine Mutter sich um den Vater kümmern musste. Natürlich wusste ich, was diese verdammte Alzheimer-Krankheit mit einem Menschen anrichtet, ich habe ja jeden Tag gesehen, wie es immer schlimmer wurde und wie auch meine Mutter kaum noch die Kraft hatte, ihn zu pflegen. Aber er war mein Vater, und ich habe immer gehofft, dass vielleicht doch noch ein Wunder geschehen würde …«

Jetzt schluchzte er tatsächlich.

Kristina versuchte, irgendeinen Sinn in Jakobs gestammelten Sätzen zu erkennen, die ihr wie eine Beichte vorkamen. Der Vater hatte also Alzheimer gehabt, überlegte sie, und nach allem, was sie wusste, war das eine der Krankheiten, bei denen die Angehörigen häufig genug selber an ihre Grenzen stießen. So schien es auch hier mit der Mutter gewesen zu sein und …

Natürlich, dachte sie, Merette hat nicht mehr weitergewusst! Der Kampf gegen die Krankheit war aussichtslos, die Mutter war am Ende ihrer Kräfte, Jakob war noch zu jung, um überhaupt verstehen zu können, was da täglich vor seinen Augen ablief – also hat sie das getan, was ihr als der einzige mögliche Ausweg erschien.

Kristina war sich jetzt sicher, dass Merette ihren Vater umgebracht hatte. Nein, umgebracht war das falsche Wort … Erlöst traf es besser. Es spielte keine Rolle, wie sie es getan hatte – vielleicht hatte sie ihn ja mit einem Kissen erstickt, vielleicht auch eine ganz andere Möglichkeit gefunden, um seinen Qualen ein Ende zu bereiten, in jedem Fall hatte sie damit eine Verantwortung übernommen, für die Kristina sie uneingeschränkt bewunderte. Sie bezweifelte, dass sie selber in einer ähnlichen Situation in der Lage wäre, so zu handeln. Wahrscheinlich würde sie eher vor den Konsequenzen zurückschrecken, die eine solche Entscheidung unweigerlich mit sich brachte. Aber Merette war stärker als sie, das war ihr längst klar, unerbittlicher in allem, was sie sich selbst zumutete.

»Es war eine Erlösung«, sagte Kristina ganz ruhig, als würde sie nur eine Tatsache feststellen, die ohne jeden Zweifel war.

Jakob reagierte sofort.

»Ja, jetzt weiß ich das auch. Aber ich habe lange dafür gebraucht, viel zu lange. Und ich bedaure aufrichtig, dass ich meine dummen Drohungen gegenüber Merette nie zurückgenommen habe. Damals brach einfach alles für mich zusammen, ich habe mich im Stich gelassen gefühlt, nicht nur, weil Merette einfach weggegangen ist, sondern vor allem, weil sie nie mit mir darüber geredet hat.«

»Aber was ich nicht verstehe, ist, warum …«

»Warum ich dann nicht den ersten Schritt gemacht und mich wieder bei ihr gemeldet habe?«

»So ungefähr, ja.«

»Ich wollte es ja, aber ich hatte Angst! Vor ihr, vor mir selber, vor meiner Reaktion, wenn wir das aussprechen würden, was wir doch wahrscheinlich beide viel lieber vergessen wollten.«

»Nur dass das eben nicht so einfach ist mit dem Vergessen«, sagte Kristina leise. »Ich möchte Ihnen gerne einen Vorschlag machen, ohne dass Sie das Gefühl haben, ich würde mich da in etwas einmischen, was mich nichts angeht. Aber ich spreche ja ohnehin mit Ihrer Schwester, und vielleicht kann ich etwas dazu beitragen, dass Sie doch noch eine Lösung finden. Ich glaube, das wäre für Sie beide gut.«

»Ja, vielleicht haben Sie recht. Sagen Sie ihr bitte, dass ich … dass es mir sehr leid tut, alles. Aber was waren jetzt eigentlich Ihre Fragen an mich? Sie haben zu Anfang gesagt, dass Sie in einem Fall ermitteln würden …«

»Das hat sich erledigt, machen Sie sich keine Gedanken mehr deshalb. Ich spreche mit Merette, und dann hoffen wir mal, dass Sie das irgendwie miteinander geklärt bekommen.«

Nachdem sie aufgelegt hatte, saß Kristina noch lange an ihrem Schreibtisch, ohne sich aufraffen zu können, endlich nach Hause zu gehen. Immer wieder kreisten ihre Gedanken um dieselben Fragen: Veränderte die Information über Merettes Vergangenheit etwas an ihrer Haltung zu ihr? Wusste Jan-Ole von dieser Bürde, die Merette da mit sich rumschleppte? Sollte sie erst mit ihm sprechen, bevor sie sich wieder mit Merette traf? Spielte das Ganze überhaupt eine Rolle für den nach wie vor ungeklärten Fall, an dem sie arbeiteten? Und: Wenn Jakob nicht der anonyme Anrufer gewesen war, dann blieb nur Aksel, wie sie es von vornherein angenommen hatte!

Kristina checkte noch einmal die eingegangenen Meldungen aus den verschiedenen Polizeidistrikten. Bei den Straßenkontrollen waren mehrere alkoholisierte Autofahrer erwischt worden, einer hatte über 2,3 Promille im Blut gehabt. Zwei Jugendliche waren mit einem geklauten Wagen und ohne Führerschein unterwegs gewesen, unter der Plane eines Pick-ups aus Schweden hatten die Beamten einen frisch gewilderten Elch gefunden. Von Aksel fehlte jede Spur. Kristina beschloss, alle Entscheidungen auf den nächsten Tag zu verschieben.

Als sie nach Hause kam, war die Heizung ausgefallen,

es war so kalt in der Wohnung, dass sie ihren Atem sehen konnte. Nachdem sie so lange wie möglich heiß geduscht hatte, kroch sie mit einem alten Wollpullover ihres Vaters und dicken Socken ins Bett, obwohl es noch viel zu früh zum Schlafen war.

Ihr Handy klingelte, als sie eben die Augen zumachen wollte.

Auf dem Display erkannte sie, dass es sich um eine Rufumleitung von dem Apparat in ihrer Dienststelle handelte. Die Nummer sagte ihr nichts, und die Verbindung war schlecht. Sie musste zweimal nachfragen, bevor sie verstand, dass sie mit dem Plattformchef der Bohrinsel sprach.

»Wir sind da durch Zufall gerade über etwas gestolpert, was vielleicht wichtig für Ihre Ermittlungen sein könnte. Ich muss das aber erst noch überprüfen, bevor ich Genaueres sage. Ich wollte nur wissen, ob ich Sie auch später noch erreiche, falls sich herausstellt, dass wir uns nicht irren.«

»Geht es auch ein bisschen konkreter?«

»Noch nicht, ich will da wirklich nichts Falsches sagen. Nur so viel, dass der Turnus, zu dem Aksel hier gearbeitet hat, womöglich anders war, als wir angenommen haben. Aber vielleicht hat es auch Zeit bis morgen, ich dachte nur …«

»Nein, nein, es war vollkommen richtig, mich gleich anzurufen«, erklärte Kristina, obwohl ihr alles andere als klar war, worauf das Ganze hinauslaufen könnte. »Ich lasse mein Handy eingeschaltet, es ist völlig egal, wie spät es wird.«

»Gut, ich melde mich dann wieder.«

MERETTE

Die spontane Wahl des Bootsanlegers als Treffpunkt bot mehrere Vorteile: Es gab nur eine einzige Zufahrt, und der Anleger war dicht genug am Klinikgelände, um ihn auch mit dem Rollstuhl problemlos erreichen zu können. Außerdem war es für Ibus Kollegen einfach, sich hinter den mannshohen Felsen zu verbergen, die die schmale Teerstraße säumten. Merette ging allerdings davon aus, dass sie keine Hilfe brauchen würde, und hatte der Vorsichtsmaßnahme nur zugestimmt, um Ibu zu beruhigen.

Um kurz vor halb acht klopfte er wie verabredet an ihre Zimmertür. Die meisten anderen Patienten saßen jetzt im Aufenthaltsraum vor dem Großbildfernseher, die Nachrichten hatten um neunzehn Uhr begonnen, danach würde die nächste Folge der derzeitigen Lieblingskrimiserie aller Skandinavier laufen, niemand würde sich dafür interessieren, wo Merette war.

Noch war ihr selber nicht ganz klar, wie sie sich den Ablauf des Treffens eigentlich vorstellte, aber wenn ihr Plan aufging, sollte die Information, dass sie vom Strand käme, ausreichen, um zumindest den Überraschungseffekt auf ihrer Seite zu haben. Alles Weitere würde sie entscheiden müssen, wenn es so weit war.

Während Ibu sie über die frisch geräumten Parkwege

schob, fasste Merette unter dem Rentierfell unauffällig nach ihrem linken Handgelenk, um den Puls zu messen. Der Pulsschlag war kaum erhöht, sie fühlte sich seltsam ruhig, als wäre alles nur ein Spiel, bei dem es egal war, ob sie gewinnen würde – Hauptsache, es war dann endlich vorbei.

Kurz bevor sie die Teerstraße erreichten, trat einer von Ibus Kollegen zu ihnen.

»Er ist schon da«, informierte er sie flüsternd. »Gerade gekommen. Ein Typ, ziemlich dick und mit Vollbart, sein Auto hat er in der Ausweichstelle an der Kurve abgestellt, bevor es nach unten geht. Er steht jetzt am Anleger und raucht. Was sollen wir machen?«

»Gar nichts«, sagte Merette. »Ich will alleine mit ihm reden. Wenn ich euch brauche, rufe ich. Aber wartet wirklich auf mein Zeichen, ja? Noch ist ja gar nicht sicher, ob er mich überhaupt bedrohen wird.«

»Ein Mann, der dumme Anrufe macht, ist gefährlich«, erwiderte Ibu auf Deutsch. »Besser, wir spießen ihn gleich auf!«

»Nein, das tun wir nicht, Ibu«, erwiderte Merette und drückte ihm kurz die Hand. »Bring mich zur Straße!«

Das Auto, das in der Kurve geparkt war, war ein verbeulter Toyota mit grünem Kennzeichen, wie es normalerweise vor allem Handwerker oder Firmen für ihre Fahrzeuge benutzten. Jedenfalls kein Mietwagen, dachte Merette, noch bevor sie die Werbeaufschrift auf dem Rand des Nummernschilds sah: BERGEN BILSENTER.

Der Wagen kam also aus Bergen! Für einen kurzen Moment erwog sie, Kristina anzurufen, um den Halter ausfindig machen zu lassen, verwarf die Idee aber gleich wieder, als Ibu ihr auf die Schulter tippte und zum Anleger hinunterzeigte.

Im Licht der Bogenlampe war der Mann mit dem Parka deutlich zu sehen, die Kapuze hatte er über den Kopf gezogen, er wandte ihnen den Rücken zu und rauchte. Wie Ibus Kollege gesagt hatte, war er eher dick und nicht besonders groß. Das passte nicht zu ihrem Bruder, dachte Merette, Jakob hatte sie schon als Halbwüchsiger um fast einen Kopf überragt. Aber die Statur erinnerte sie an jemanden, den sie kannte, ohne dass sie den Gedanken zu fassen bekam.

Jetzt warf er die Kippe in den Schnee und trat unruhig von einem Fuß auf den anderen. Immer wieder blickte er zu dem in der Dunkelheit gräulich schimmernden Strand, von wo er Merette erwartete. Er war eindeutig nervös.

Als er sich vorbeugte, um sich eine neue Zigarette anzuzünden, flüsterte Merette: »Jetzt lass mich alleine weitermachen, Ibu! Erschrick nicht, ich weiß, was ich tue.«

Mit zwei kurzen Armbewegungen brachte sie den Rollstuhl in Fahrt, die abfallende Straße steigerte ihr Tempo, ohne dass sie mehr tun musste, als ein oder zweimal die Richtung zu korrigieren. Die Räder machten kein Geräusch auf der festgefahrenen Schneedecke. Als sie die Wendeplatte erreichte, war sie bereits so schnell, dass sie ohnehin nicht mehr anhalten konnte, sie klammerte sich an die Armlehnen und presste den Rücken gegen den Sitz. Als der Mann herumfuhr und sie entgeistert anstarrte, war es bereits zu spät für ihn, um noch zur Seite zu springen. Der Aufprall war so stark, dass Merette nach vorne geschleudert wurde und die Räder des Rollstuhls sich für den Bruchteil einer Sekunde vom Boden lösten, bevor sie zurück in den Schnee sackten.

Der Mann lag jetzt direkt unter ihren Füßen, sein Parka war bis an den Bauch hochgeschoben, die Trittrasten blockierten seine Beine. Hilflos ruderte er mit den Armen und versuchte, den Oberkörper aufzurichten, die Kapuze war ihm vom Kopf gerutscht, seine Lippen unter dem Bart zitterten. Als er Merettes Blick begegnete, stieß er wimmernd hervor: »Aber ich bin's doch, Merette! Warum ...?«

Gleich darauf war Ibu da, zerrte ihn unter dem Rollstuhl hervor und drückte ihm von hinten den Unterarm gegen den Hals.

»Böser Mann! Du hast Merette Angst gemacht, das ist nicht gut! Aber sie ist stärker als du, jetzt guckst du doof.«

»Hör auf, Ibu!«, bat Merette. »Lass es gut sein, ich kenne ihn.«

Den gleichen Satz wiederholte sie noch mal fast wörtlich, als gleich darauf Ibus Kollegen auftauchten, zusammen mit den Personenschützern vom Parkplatz.

»Wir haben ihn vorbeifahren sehen«, versuchte einer der beiden Polizisten ihre Nachlässigkeit zu entschuldigen, »aber wir dachten, er wäre ein Fischer oder so was, und wir sollten ja auch auf einen jungen Mann achten!«

»Es ist alles okay, ich machen Ihnen keine Vorwürfe. Und das Ganze hier hat auch nichts mit der Person zu tun, wegen der Sie zu meinem Schutz abgestellt worden sind. Es geht um etwas völlig anderes.«

Merette wusste nicht, ob sie erleichtert sein sollte. Und sie hatte Mühe, ihre Gedanken zu sortieren, während die Pfleger dem unentwegt vor sich hin stammelnden Mann jetzt wieder auf die Beine halfen, wobei Ibu nach wie vor seinen Arm mit festem Griff gepackt hielt, als wollte er auf keinen Fall ein Risiko eingehen.

»Warum, Frode?«, fragte Merette kopfschüttelnd. »Was sollte das?«

»Das weißt du genauso gut wie ich, oder? Ich wollte doch nur … ich dachte …«

Seine Stimme versagte, gleich darauf liefen ihm die Tränen über die Wangen und den Bart. Er schluchzte und schlug sich die Hände vors Gesicht, seine Schultern zuckten.

Merette verstand es noch nicht ganz, obwohl die einzig mögliche Erklärung naheliegend war. Er ist ein Stalker, dachte sie, er hat seine unerfüllten Wünsche auf mich fixiert und sich eingeredet, dass es eine Verbindung zwischen uns geben würde, dass ich etwas für ihn empfinde, dass ich ihn erhören würde, wenn er nur hartnäckig genug ist … Und ich habe mir das selber zuzuschreiben! Ich hätte es ahnen müssen, dass es für ihn mehr bedeutet hat als nur eine lächerliche Episode, weil wir beide zu viel getrunken hatten!

Ganz deutlich hatte sie jetzt wieder die Bilder vor Augen, die sich in dieser einen Nacht in Bergen abgespielt hatten. Frode war Aksels Betreuer gewesen, aufgrund seiner Initiative war Aksel überhaupt zu Merette gekommen. Sie hatte damals ein psychologisches Gutachten über ihn erstellen sollen, woraus sich eine Folge von nicht absehbaren Entwicklungen ergab, die mit einer Entführung und dem Mordversuch an Julia und ihrer Freundin Marie endeten.

In dieser Zeit hatte Merette sowohl die fachliche Kompetenz von Frode als auch seine Hilfsbereitschaft ihr gegenüber zu schätzen gelernt, allerdings gab es auch da schon deutliche Anzeichen dafür, dass er Jan-Ole als unliebsamen Konkurrenten sah.

Merette selber jedoch konnte noch nicht mal behaupten, dass sie eine besondere Nähe zu Frode gespürt hätte, von irgendeiner sexuellen Anziehung ganz zu schweigen. Er war ihr sympathisch gewesen, aber mehr auch nicht. Und wahrscheinlich hätte sie schon damals nicht benennen können, was genau schließlich dazu geführt hatte, dass sie eine Grenze überschritten. Aber sie erinnerte sich natürlich an den Tag, an dem Aksel dann in die Forensische Psychiatrie eingeliefert worden war und endlich alles ausgestanden zu sein schien. Frode hatte sie in das China-Restaurant am Torget eingeladen, und schon beim Essen tranken sie deutlich mehr Reisschnaps, als ihnen guttat. Danach zogen sie noch durch mehrere Kneipen auf Bryggen, in irgendeiner Gasse legte Frode ihr plötzlich den Arm um die Hüfte und zog sie an sich. Und sie hatte ihm wie ein dummes Schulmädchen ihre geöffneten Lippen hingehalten …

Ihre wilde Knutscherei endete in einem dunklen Hauseingang, in dem sie sich atemlos gegen die Wand drückten. Noch während Frode eher unbeholfen ihre Brüste knetete und sie nach dem Reißverschluss unter seinem sich wölbenden Bauch tastete, ging plötzlich das Licht an, und ein paar kichernde Jugendliche traten aus der Tür. Die Situation war ihnen beiden so peinlich gewesen, dass sie nur hastig ihre Kleidung in Ordnung brachten und dann wortlos zurück zum Torget liefen, sorgsam darauf bedacht, sich bloß nicht zufällig noch mal zu berühren.

An der Mauer zum Hafenbecken hatten sie sich eine Zigarette geteilt, als sie sich mit ein paar belanglosen Floskeln trennten, hatte Merette gehofft, dass es damit erledigt und vergessen wäre. Aber sie hatte sich geirrt! Er musste sich bereits seit dieser Nacht immer mehr in seine zwanghaften

Wunschvorstellungen hineingesteigert haben – bis er jetzt den für ihn einzig vorstellbaren Weg gewählt hatte, um sich ihr zu nähern. Er war kaputter, als sie jemals erwartet hätte, und sie musste sich zwingen, ihr plötzlich aufwallendes Mitgefühl zu unterdrücken. Welche Schuld sie selbst auch immer an der Situation haben mochte, war er doch in einem Maße übergriffig geworden, für das es keine Entschuldigung gab.

Im nächsten Moment war sie so wütend, dass sie ihn am liebsten geohrfeigt hätte. Aber sie musste die Kontrolle behalten, wenn sie jetzt falsch reagierte, würde sie noch mehr kaputtmachen, als ohnehin schon geschehen war. Und sie durfte sich nichts vormachen, sie hatte eine Verantwortung gegenüber Frode, auch wenn es ihr nicht passte und aus professioneller Sicht wahrscheinlich kaum zu vertreten war …

Ihre Stimme war vollkommen ruhig, als sie jetzt zu Ibu sagte: »Bringst du mich bitte zurück in die Klinik? Und ich fände es gut, wenn du auch mitkommst, Frode. Vielleicht können wir das ein für alle Mal klären, damit so etwas nie wieder passiert.«

Wenn sie den Ausdruck in Frodes Augen richtig deutete, dann hatte er zumindest im Moment begriffen, dass sich alle seine Träume gerade in Luft aufgelöst hatten. Allerdings fürchtete Merette, dass diese Erkenntnis nicht von Dauer sein würde.

Als Ibu den Rollstuhl die Straße hinaufschob, drehte sie nicht den Kopf, um zu sehen, ob Frode ihnen folgte. Sie waren gerade an dem Toyota vorbei, als sie die Autotür hinter sich klappen hörte. Gleich darauf sprang der Motor an.

»Lasst ihn!«, rief Merette über die Schulter zurück, als sie die aufgeregten Stimmen der Männer hörte. »Wenn er fahren will, ist es in Ordnung! Versperrt ihm nicht den Weg, er kann machen, was er will. Weiter, Ibu, ich will in mein Zimmer, mir ist kalt.«

Sie waren noch kaum über die Kuppe, als der Toyota schlingernd an ihnen vorbeischoss und in der Dunkelheit verschwand.

JAN-OLE

Jan-Ole hatte seit seiner Ausbildung keine Tiefschneeabfahrt mehr gemacht, und die hinten offene Bindung der Skier zwang ihn dazu, auf den steilen Stücken im Telemarkstil zu laufen, den er ohnehin nicht wirklich beherrschte. Bei jedem Sturz fluchte er laut vor sich hin, als er endlich die Baumgrenze erreichte, war er unter dem Schneeanzug klatschnass geschwitzt. Aber wenigstens hatte er hier wieder ein Netz, und noch bevor er entdeckte, dass der Scooter unbrauchbar gemacht worden war, konnte er die Kollegen in Idre anrufen, um sofort alle Straßen in Richtung Süden abriegeln zu lassen. Was dann allerdings dazu führte, dass auch kein Streifenwagen mehr zur Verfügung stand, um ihn zu holen.

Erst als er mit seinen Skiern bereits schon wieder auf der frisch verschneiten Nebenstraße war und im Kopf auszurechnen versuchte, wie viel Zeit ihn diese Verzögerung kosten würde, tauchte ein Bauer mit seinem Pick-up auf, der alles andere als begeistert war, dass der örtliche Polizeichef ihn vom Fernseher weggeholt hatte, »um irgendeinen durchgeknallten Norweger auf Skiern abzuholen«, wie er diese Zumutung gleich zur Begrüßung unmissverständlich formulierte.

Jan-Ole verzichtete auf jeden Kommentar und bat nur

darum, ihn so schnell wie möglich nach Idre und zu seinem Wagen zu bringen. Umso verblüffter war er, als der Schwede dann kurz vorm Ort hinter den Sitz griff und ihm einen pinkfarbenen Kinderrucksack in die Hand drückte.

»Wirst du vielleicht brauchen! Unser Dorfbulle meinte, dass du wahrscheinlich die ganze Nacht durch Auto fahren wirst, also hat meine Frau dir schnell ein paar Brote geschmiert und Kaffee gekocht. In der zweiten Thermoskanne ist heißer Tee, ich hab dir auch noch eine Tafel Kjekssjokolade dazu gepackt. Den Rucksack kannst du behalten, hat irgendein Tourist hier liegen lassen, und die Thermoskannen sind von Ikea, taugen sowieso nicht viel.«

»Danke«, stammelte Jan-Ole. »Ich weiß deine Hilfe sehr zu schätzen, sag bitte auch deiner Frau einen schönen Gruß von mir.«

Der Bauer lachte. »Besser nicht, sonst löchert sie mich noch mit irgendwelchen Fragen! Nee, nee, die soll lieber aufpassen, wer der Mörder ist, damit sie mir dann alles erzählen kann.«

Erst als er weiterredete, begriff Jan-Ole, dass er offensichtlich den Krimi meinte, den er gerade im Fernsehen verpasste.

»Ich persönlich tippe ja auf den Lackaffen im Anzug, der Typ mit dem dicken BMW. Der hat Dreck am Stecken, glaub mir, auch wenn er so tut, als ob er ein seriöser Geschäftsmann wäre, aber das sehe ich anders! Ich hoffe nur, dass ich wenigstens rechtzeitig zurück bin, um noch das Ende zu sehen. So, da sind wir. Der Volvo da, richtig?«

»Richtig. Und noch mal danke.«

»Das nächste Mal komm bitte nicht, wenn gerade meine Lieblingsserie auf TV2 läuft, ja?«

Jan-Ole hatte kaum die Skier von der Ladefläche genommen, als der Pick-up schon wieder mit durchdrehenden Reifen vom Parkplatz schoss und schlingernd zurück auf die Hauptstraße einbog.

Aus der Ferne konnte Jan-Ole das Dröhnen eines Hubschraubers hören, wahrscheinlich suchten sie die Umgebung mit Wärmebildkameras ab. Aber Jan-Ole war sich sicher, dass Aksel den Motorschlitten längst gegen ein Auto getauscht hatte, entweder hatte er den Lada irgendwo im Wald geparkt gehabt, oder er hatte im Ort einen anderen Wagen gestohlen.

Achtlos warf er die Skier in den Kofferraum, quer über die Plane, unter der alles Mögliche lag, was sich im Lauf der Zeit angesammelt hatte und was er bei seinem überstürzten Aufbruch aus Bergen nicht erst noch hatte ausräumen wollen.

Der Motor sprang sofort an, die Benzinanzeige stand nach seinem letzten Tankstopp auf der Herfahrt fast noch auf voll, aber das Gebläse schaffte es auch auf höchster Stufe nicht, die Scheibe frei zu bekommen. Als Jan-Ole irritiert mit dem Finger über die milchig weiße Schicht strich, war die Scheibe von innen vereist, genauso wie die Seitenfenster.

Fluchend suchte er den Eiskratzer aus dem Handschuhfach, um sich freie Sicht zu verschaffen. Irgendetwas musste dazu geführt haben, dass sich im Wageninneren Kondenswasser auf den Scheiben niedergeschlagen hatte, aber vielleicht hatte er auf der Fahrt hierher auch nur stark geschwitzt, oder die Klimaanlage funktionierte nicht mehr richtig, Merettes Volvo war mittlerweile über zwanzig Jahre alt, es war also nicht weiter verwunderlich, wenn sich jetzt irgendwelche Macken zeigten …

Er hatte die Straßenkarte im Kopf, der schnellste Weg nach Süden würde zurück zum Femundsee führen und dann über Trysil quer durch die Berge nach Hamar und auf die E6.

Der Himmel war sternenklar, der Schnee reflektierte das Mondlicht, so dass er mühelos den Straßenverlauf erkennen konnte. Er verlangte dem Volvo das Äußerste ab, was die festgefahrene Schneedecke erlaubte, stellte aber erst, als sich die Straße immer höher in die Berge hinaufwand, fest, dass er bereits in Idre eine falsche Abzweigung genommen haben musste. Als er anhielt, um sich im schwachen Licht der Innenbeleuchtung auf der Karte zu orientieren, war er bereits mitten im Skigebiet des Nationalparks. Jetzt ergaben auch die Warnschilder mit dem schwarzen Skiläufer auf gelbem Grund einen Sinn, an die er sich von der Herfahrt nicht erinnern konnte. Aber jetzt umdrehen würde erst recht zu viel Zeit kosten. Er entschied, weiterzufahren und sich dann parallel zum Femundsee zurück zur Hauptstraße zu tasten, auch wenn das auf der Nebenstrecke wahrscheinlich bedeutete, dass er mit noch mehr Kurven und vor allem schlechteren Straßenverhältnissen rechnen musste.

Links und rechts der Straße wischten wiederholt in den Schnee geduckte Hütten vorüber, nahezu alle waren unbeleuchtet, nur einmal kam ihm ein Wagen entgegen, der heftig mit der Lichthupe blinkte. Jan-Ole konnte gerade noch rechtzeitig abbremsen, bevor hinter der nächsten Kurve eine Rentierherde auftauchte, die in aller Gelassenheit die Fahrbahn überquerte, um in das Waldstück auf der anderen Seite zu gelangen. Er zählte mindestens dreißig Tiere, die sich dicht gedrängt an dem Volvo vorbeischoben, vor ihren Nüstern standen kleine Atemwolken, die mächtigen Geweihe sahen aus wie mit Reif überzogen.

Als er eine Höhenkuppe erreichte, war die Straße plötzlich in helles Flutlicht getaucht. Zwei Scheinwerfermasten ragten in den Nachthimmel, rechts stand eine nachgebaute Jurte aus Birkenstämmen, die mit den billigen Picknickbänken davor seltsam fehl am Platz wirkte, aber sicherlich ein beliebtes Fotomotiv für die Touristen war.

Ein Streifenwagen war am Rand geparkt, ein zweiter stand mit laufendem Motor quer auf der Straße. Ein Polizist mit einer Maglite bedeutete Jan-Ole zu halten, die andere Hand hatte er vorsorglich an der geöffneten Tasche des Pistolenhalfters. Er trug eine norwegische Uniform, Jan-Ole musste also bereits wieder die Landesgrenze passiert haben.

Als er das Fenster herunterkurbelte, um seinen Ausweis zu zeigen, blendete ihn der Schein der Stablampe. Unwillkürlich hob er die Hand, um seine Augen abzuschirmen.

»Hände aufs Lenkrad!«, herrschte ihn der Polizist an. »Und ganz ruhig, keine Bewegung! Was ist? Hören Sie schlecht?«

»Sieh dir einfach meinen Ausweis an, dann klärt sich das«, erwiderte Jan-Ole und merkte, dass er vor Ungeduld und Anspannung kurz davor war, die Beherrschung zu verlieren. Nervös trommelte er mit den Fingern auf dem Lenkrad, während der Polizist stirnrunzelnd das Wappen von Beredskapstroppen musterte und dann mehrmals das Ausweisfoto mit Jan-Oles Gesicht verglich.

»Ich bin's wirklich, du kannst es glauben.«

»Und was ist das da?«

Der Polizist deutete auf die Wattepads auf Jan-Oles Wangen.

»Eine blöde Verletzung, mehr nicht.«

»Ein Kollege also, von der ganz harten Truppe, was?« Er reichte ihm den Ausweis zurück. »Und was willst du hier mitten in der Nacht?«

»Den Mann fassen, wegen dem ihr hier die Straße gesperrt habt. Und jetzt lass mich einfach weiterfahren, okay?«

»Immer schön langsam, Kollege. Ich mach auch nur meinen Job.«

Der Polizist bückte sich zum hinteren Seitenfenster und ließ den Lichtkegel durch den Innenraum des Volvos wandern.

Aber jetzt reichte es Jan-Ole.

»Pass auf, du hast meine Papiere gesehen, ich hab dir gesagt, worum es geht, ich stehe im Rang höher als du – und wenn du mich jetzt nicht augenblicklich durchlässt, dann hast du ein Problem. Also, würdest du deinen Kollegen da drüben bitten, die Straße frei zu machen, oder wollen wir hier irgendein großes Ding anzetteln, von dem ich dir jetzt schon versprechen kann, dass es mit deiner Suspendierung endet?«

»Schon gut, ich hab's kapiert.«

Der Polizist winkte zum Streifenwagen hinüber. Kaum, dass der Fahrer zurückgesetzt hatte, gab Jan-Ole auch schon Gas, keine Minute später war er wieder allein in der endlosen Weite der nächtlichen Landschaft.

Er hasste solche Situationen wie eben, wenn er sich gezwungen sah, die nur auf Befehl und Gehorsam aufgebaute Hierarchie des Polizeiapparates ausspielen zu müssen – und jedes Mal war er erneut frustriert darüber, dass es tatsächlich funktionierte! Allein der Gedanke, was unter anderen Umständen aus solchen Strukturen entstehen konnte, war erschreckend genug.

Links von ihm war jetzt ein zugefrorener See zu erkennen, das Mondlicht glitzerte auf der unberührten Schneefläche, die Bäume am Ufer wirkten wie eine schwarze Wand. Jan-Ole schaltete die Innenbeleuchtung ein und zog noch einmal die Karte zu Rate, er lenkte mit den Knien, während er versuchte, sich zu orientieren. Als er wieder hochblickte, sah er bereits das Schild nach Femundsenden.

Gleich hinter der Abzweigung wand sich die Nebenstraße in engen Kurven nach oben. Die Fahrbahn war noch nicht geräumt, aber kurze Zeit vor ihm musste schon ein anderer Wagen hier unterwegs gewesen sein, die Reifenspuren zogen sich als tiefe Furchen durch den Schnee. Jan-Ole hatte Mühe, den Volvo in der Spur zu halten, im zweiten Gang kroch er die Steigung hinauf, dann lag plötzlich die Straße wie ein schnurgerades Band vor ihm und er konnte wieder beschleunigen.

Er merkte jetzt, wie ihm die Müdigkeit zu schaffen machte, seine Augen brannten, sein Nacken war völlig verspannt und schmerzte. Er schob die erstbeste CD in den Player, die ihm in die Finger kam, und drehte die Lautstärke voll auf, bis die Musik ihn völlig einzuhüllen schien. »Johnny was the first punk back in highschool«, sang er laut den alten Hit von Dance with a Stranger mit. »To play guitar and shave off all his hair, all the girls they loved him, he was so cool, he lived his life like a millionaire.«

Ein Warnschild wies auf eine Gefällstrecke hin, eine schraffierte Bake reflektierte das Scheinwerferlicht, als

Jan-Ole sich der ersten Kurve näherte. Links von ihm ragte eine schroffe Felswand auf, rechts waren die Bäume verschwunden, mit einem kurzen Blick registrierte er den Abgrund.

Er war zu schnell, die Kurve war enger, als er gedacht hatte, der Volvo schlingerte und pflügte mit quergestellten Rädern durch den tiefen Schnee am Fahrbahnrand. Jan-Ole kuppelte aus und versuchte vorsichtig gegenzusteuern, um den Wagen zurück auf die Straße zu bringen. Im gleichen Moment sah er die gelben Lichtblitze, die wie aus dem Nichts plötzlich vor ihm über den Schnee huschten. Noch bevor er in der Lage war zu reagieren, schob sich der Schneepflug in sein Blickfeld, der ihm hinter der Kurve entgegenkam und fast die gesamte Breite der Fahrbahn einnahm. Jan-Ole stemmte den Fuß auf die Bremse und riss die Lenkung herum. Das Heck des Volvos brach aus, der Wagen drehte sich, einmal, zweimal, streifte die Felswand und krachte rückwärts in die gezackte Schneeschaufel des Räumfahrzeuges. Der Aufprall war ohrenbetäubend, Jan-Ole wurde mit voller Wucht nach vorne geworfen, dann knallte ihm der Airbag ins Gesicht …

In Jan-Oles Kopf war nichts als ein Rauschen und ein hoher Pfeifton, den er nicht einordnen konnte. Seine Schulter, über der sich der Gurt gestrafft hatte, schmerzte, das Material des Airbags roch so stark nach Plastik, dass es ihm fast den Atem nahm.

Es kam ihm wie eine Ewigkeit vor, in der er wie willenlos vornübergebeugt auf seinem Sitz hing – bis die Tür aufgerissen wurde, ihn jemand an der Schulter packte und eine raue Männerstimme an sein Ohr drang, panisch und wütend zugleich: »Bist du okay, Mann? Ist alles in Ordnung mit dir? Mann, Mann, sag mal, bist du völlig bescheuert? Was hast du dir dabei gedacht, hier wie ein Irrer durch die Kurve zu kommen? Hast du die Warnschilder nicht gesehen? Na ja, wenigstens lebst du! Jetzt komm erst mal raus aus deiner Karre.«

Vorsichtig half der Fahrer des Schneepfluges Jan-Ole aus dem Wagen und stützte ihn, bis er sich an die Kühlerhaube lehnen konnte.

»Sorry«, war alles, was Jan-Ole herausbrachte. »Meine Schuld, ich weiß …«

»Sei bloß froh, dass ich dich von hinten erwischt habe. Sonst wär's das nämlich gewesen mit dir! Guck dir die Scheiße an! Zusammengedrückt wie eine Ziehharmonika. Den Wagen kannst du nur noch zum Schrott bringen.«

Er wies auf das Heck des Volvos, das völlig zerstört und bis an die Rückbank zusammengeschoben war. Der Aufprall hatte die Hinterachse durch den Kofferraum nach oben gedrückt, das linke Rad pendelte an der Aufhängung, eine Skispitze ragte aus dem geborstenen Seitenfenster.

Jan-Ole begriff nicht, warum der Fahrer ihn im nächsten Moment am Ellbogen packte und mit vor Schreck geweiteten Augen hervorstieß: »Bist du wirklich okay, Mann? Du musst verletzt sein, da ist ja alles voll Blut! Guck doch mal, ist das von dir oder …«

»Ich bin nicht verletzt, mir fehlt nichts, nur der Schock. Wieso …«

Der Fahrer machte einen Schritt zum Heck hin und deutete auf den zerwühlten Schnee, in dem sich eine rote Pfütze gesammelt hatte. Aus einem Spalt in dem aufgerissenen Blech tropfte Blut. Unaufhörlich, wie ein nicht enden wollendes Rinnsal.

»Das kommt aus deinem Wagen! Scheiße, Mensch, das ist ein Arm! Da liegt einer! Der ist völlig zerquetscht …«

Der Fahrer versuchte jetzt, das Blech zur Seite zu biegen. Als Jan-Ole sich neben ihm über die Öffnung beugte, sah er nichts als blutige Hautfetzen, aus denen Knochensplitter ragten. Ein einzelnes Auge starrte ihn blicklos an. Er schaffte es, eine Hand durch den Spalt zu zwängen und nach der Stelle zu tasten, an der er die Halsschlagader vermutete. Aber er wusste schon vorher, dass er keinen Puls mehr fühlen würde.

Erst jetzt registrierte er, dass die Musik immer noch lief: »I took a holiday in Transylvania, bought myself a haircut and a smile, the count he told me, look, kid, I don't blame ya, for comin' here and dressing up in style …«

Die rotierenden Lichtblitze des Schneepflugs ließen die Felswand zittern. Aus den Augenwinkeln sah Jan-Ole, wie sich der Fahrer am Straßenrand übergab. Als das Handy in seiner Jackentasche klingelte, schreckte er so zusammen, dass er sich die Hand an einer scharfen Blechkante aufriss. Er hatte Mühe, den richtigen Knopf zu finden, um das Gespräch anzunehmen.

Kristinas Stimme kam ihm vor, als würde sie aus einer fremden Welt mit ihm telefonieren, aus einer Zeit, an die er sich kaum noch erinnern konnte.

»Jan-Ole? Sorry, dass ich dich mitten in der Nacht anrufe, aber ich glaube, das solltest du besser sofort erfahren! Die Leute von der Bohrinsel haben sich bei mir gemeldet, von der Plattform, auf der Aksel gearbeitet hat. Und jetzt halt dich fest: Es stimmte zwar, als sie uns erzählt haben, dass Aksel in der Zeit, als der Bus eingebrochen ist, eigentlich frei hatte, aber er war trotzdem nicht an Land!

Er ist nämlich noch mal für zwei Tage für einen Kollegen eingesprungen, der krank geworden war, ich erkläre es dir gleich noch genauer. Aber erstmal nur fürs Protokoll: Wir suchen ihn also nach wie vor wegen gewaltsamer Entführung eines Polizeihubschraubers, wegen versuchten Mordes an einem anderen Koch, den sie in letzter Minute noch aus dem Kühlraum gezogen haben, und natürlich wegen des Mordes an dem schwedischen Paar im Bauernhaus, aber wir suchen ihn nicht mehr wegen unserer vierzehn toten Theaterleute! Verstehst du, Jan-Ole? Da sind wir keinen Schritt weiter, sondern …«

»Wir suchen ihn nicht mehr«, unterbrach Jan-Ole seine Kollegin. »Und du kannst auch die Leute zu Merettes Schutz abziehen! Wenn die Feuerwehr Aksel erst mal aus dem Wrack geschnitten hat, wird er nirgendwo mehr auftauchen, außer auf dem Tisch in der Gerichtsmedizin.«

VIERTES BUCH

And when our time comes we sail away
(Dance with a Stranger)

KRISTINA

Es war zwei Tage später, acht Uhr morgens. Das Büro in Kristiansand war hoffnungslos überheizt, aber als Kristina ein Fenster öffnen wollte, schüttelte Gunvald den Kopf. Der Spurensicherer hatte den Heftordner mit der Aufschrift TOTE THEATERLEUTE vor sich liegen, und kaum, dass Kristina sich wieder gesetzt hatte, fuhr er fort, die Buchstaben mit Kugelschreiber-Eiskristallen zu verzieren, als ginge es darum, die schonungslose Aussage der Worte etwas zu mildern. Oder noch zu verstärken, dachte Kristina, durch den Gegensatz noch kälter wirken zu lassen, gemeiner, unerbittlicher.

Die Stimmung im Raum war belastet von einem Schweigen, das nur zu deutlich machte, wie frustriert alle waren. Jan-Ole lehnte mit verschränkten Armen an der Wand neben dem Aktenschrank, er war bleich und unrasiert, die kaum verschorften Schnitte auf seinen Wangen traten rotgerändert hervor, unter seinen Augen zeichneten sich dunkle Schatten ab. Er hatte bislang nur zwei Sätze gesagt, doch die schienen alles zusammenzufassen, was jedem von ihnen durch den Kopf ging: »Wir sind wieder ganz am Anfang, wir haben keinen Täter und kein Motiv, wir stecken fest. Und um es ganz konkret zu benennen: Wir haben den schlimmsten Ermittlungsfehler überhaupt gemacht, indem wir uns nur auf eine einzige Spur konzentriert und alles andere außer Acht gelassen haben.«

Für den späteren Vormittag war eine Teamsitzung mit der Polizeidirektorin angesetzt, danach sollte die längst überfällige Pressekonferenz folgen. Sie hatten sich vorab im kleinen Kreis getroffen, um wenigstens die weitere Vorgehensweise abzustimmen, nur Jan-Ole, Gunvald, Kristina selber sowie der junge Kollege mit den Dreadlocks, der aus Drammen kam und noch neu im Team war. Kristina mochte ihn nicht sonderlich, er war ihr trotz seines Aussehens auf eine streberhafte Art zu beflissen – und unerklärlicherweise konnte sie sich auch seinen Vornamen nicht merken. Obwohl er ganz einfach Lars hieß, hatte sie ihn bereits mehrfach als Leif angesprochen, einmal sogar als Jonas.

Sie hatten keine Ahnung, wo sie beginnen sollten. Sie fühlten sich wie gelähmt, und zumindest Kristina kam es vor, als würde sie vollkommen unbeteiligt neben sich stehen und nur darauf warten, dass endlich jemand eine Entscheidung traf. Aber wenn sie es richtig einschätzte, ging es Jan-Ole ähnlich, die Anspannungen der letzten Tage forderten zwangsläufig ihren Tribut …

Schon am Morgen nach ihrem Telefonat mit Jan-Ole war sie nach Hamar gefahren, wohin Jan-Ole zur Vernehmung gebracht worden war. Tatsächlich stand der Verdacht im Raum, dass der Zusammenstoß mit dem Schneepflug kein Unfall, sondern von Jan-Ole geplant gewesen war, die Aussage eines Polizisten von einer Straßensperre irgendwo im Fjell, die Jan-Ole in der Nacht passiert hatte, belastete ihn stark. Der Polizist behauptete, Jan-Ole hätte sich ausgesprochen auffällig verhalten und sogar die Durchsuchung seines Wagens abgelehnt. Somit war der Gedanke, dass er Aksel womöglich vorher schon überwältigt und vielleicht sogar getötet hatte, durchaus naheliegend.

Jan-Ole hatte ein klares Motiv, der Unfall war also entweder fingiert, um den Verdacht von sich abzulenken, oder Jan-Ole hatte einfach die Gelegenheit genutzt, um Aksel ein für alle Mal loszuwerden. So jedenfalls stellte es sich in den ersten Ermittlungen dar, wobei es keine Rolle spielte, ob Aksel zum Zeitpunkt des Zusammenstoßes noch am Leben gewesen war oder nicht – nachdem der übereifrige Dienststellenleiter in Hamar erst mal die Verbindung zwischen Jan-Ole und Aksel herausgefunden hatte, nahm er ihm schlicht und einfach nicht mehr ab, dass er nichts von Aksel in seinem Kofferraum gewusst haben wollte. Es war klar, dass es hier auch um die Konkurrenz zwischen der regulären Polizei und Beredskapstroppen ging. Daran änderte zunächst weder die persönliche Aussage von Kristina etwas noch eine erste gerichtsmedizinische Untersuchung von Aksels Leichnam, dessen Zustand es allerdings kaum erlaubte, konkrete Aussagen über Anzeichen irgendeiner Gewalteinwirkung zu machen, die auf einen vorausgegangenen Kampf mit Jan-Ole schließen ließen. Nur der Todeszeitpunkt konnte genauer eingegrenzt werden: Aksel hatte noch gelebt, als der Unfall passierte.

Erst nachdem sich der Kommandeur von Beredskapstroppen eingeschaltet hatte, wurde Jan-Ole freigelassen, der »Fall Aksel« galt damit offiziell als abgeschlossen. Aber auf seinen ausdrücklichen Wunsch hin fungierte Jan-Ole auch weiterhin als Sonderermittler für den nach wie vor ungeklärten Tod der ertrunkenen Theaterleute.

Noch am vorhergehenden Tag, auf der Fahrt von Hamar zurück, hatte Jan-Ole plötzlich seine Hand auf Kristinas Arm gelegt und gesagt: »Wir müssen endlich miteinander reden, Kristina. So können wir nicht weitermachen.«

»Das stimmt. Aber nicht wir müssen miteinander reden! Ich habe von dir bekommen, was ich wollte, mehr wäre für uns beide nicht gut. Das ist alles, was es dazu zu sagen gibt. Aber du musst mit Merette sprechen, sie weiß es, und das müsst ihr untereinander ausmachen, je eher desto besser.«

Jan-Ole hatte nur genickt. Kristina hatte nichts davon gesagt, was sie inzwischen über Merette in Erfahrung gebracht hatte. Ebenso wenig hatte sie ihm von ihrem Anruf erzählt, aus dem sie nicht wirklich schlau geworden war, bei dem es aber darum ging, dass Merette jetzt offensichtlich wusste, wer sie am Telefon belästigt hatte – und dass damit auch jede mögliche Bedrohung beendet war.

In dem gleichen Gespräch hatte sie Merette über das Telefonat mit ihrem Bruder informiert und ihr seine Adresse und die Telefonnummer aus Spanien gegeben. Was Merette damit anfangen würde, war jetzt allein ihre Entscheidung.

Der junge Kollege mit den Dreadlocks hatte gerade auf Jan-Oles Zeichen hin damit begonnen, die Informationen von seinem Tablet abzulesen, die er schon am Anfang der Ermittlungen über die Theatergruppe eingeholt hatte – und die sie dann aber nicht weiter beachtet hatten, als sie sich ausschließlich auf Aksel konzentrierten. Mehrere Mitglieder hatten Affären untereinander gehabt, unter anderem auch der Busfahrer und ein junger Schauspieler, der wegen wiederholter Brandstiftung in der Forensischen Psychiatrie gelandet war. Mit Elsa Hellum hatte es nach Aussage einer Psychologin während der laufenden Produktion öfter Probleme gegeben, weil sie das Stück nicht mochte und kaum bereit war, sich in das Ensemble zu integrieren. Eine andere Schauspielerin hatte mehrmals auf offener Bühne einen epileptischen Anfall bekommen und sollte umbesetzt werden. Von Alnæs hieß es nur, dass er grundsätzlich nicht über seine Regieeinfälle diskutierte und dazu neigte, die jeweiligen Macken der Schauspieler auszunutzen, um auf diese Weise möglichst publikumswirksame Effekte zu erzielen.

Insgesamt waren die Informationen eher spärlich, was natürlich auch daran lag, dass die Theaterleute selber nicht mehr befragt werden konnten. Zumindest gab es nicht genug Konkretes, um irgendwelche Verknüpfungen oder Rückschlüsse zuzulassen, aus denen sich ein Motiv ableiten ließ.

Jan-Ole stieß sich so unvermittelt von der Wand ab, dass Gunvald überrascht einen dicken Strich mitten in seine Eisblumen malte.

»Ich möchte euch einen Vorschlag machen! Kristina hat ganz zu Anfang schon mal so was erwähnt, aber ich habe es einfach ausgeblendet.«

Kristina blickte fragend zu ihm.

»An dem Tag, an dem wir das erste Mal am See waren, weil ich mir den Tatort näher ansehen wollte. Dass es vielleicht gar nicht um die Theatergruppe ging, weißt du nicht mehr?«

»Dass das Ganze nur … ein Versehen war«, erinnerte sich Kristina. »Ein nicht geplanter Zwischenfall.«

»Und die Falle im Eis nicht für den Bus der Theaterleute bestimmt war, sondern für jemand anderen, genau das meine ich«, nickte Jan-Ole. »Und deshalb lasst uns genau da ansetzen! Es gab doch diese beiden Zeugen, die den Unfall beobachtet und gemeldet haben …«

»Der Staatssekretär und sein Fahrer.«

»Und es ist nach wie vor nicht wirklich geklärt, was sie überhaupt auf dem See zu suchen hatten. Sie waren unterwegs zu einer Diskussionsveranstaltung in Åseral, wo es bereits ein Flüchtlingslager gibt und jetzt eine feste Unterkunft eingerichtet werden soll.«

»Und angeblich sind sie nur auf den See gefahren, weil sie ausprobieren wollten, was ihr neuer Dienstwagen so drauf hat«, machte Kristina weiter. »Aber dann musste der Staatssekretär pinkeln, deshalb haben sie bei den Felsen der Halbinsel dort angehalten. Kurz bevor der Theaterbus an ihnen vorbeigerauscht ist!«

»Wartet mal«, mischte sich Gunvald jetzt ein. »Das könnte schon alles passen, ich erinnere mich, dass ich da eine Stelle gesehen habe, wo jemand hingepisst hatte. Obwohl das nicht unten am Felsen war, sondern …«

»Direkt an der Hütte«, sagte Jan-Ole.

»Stimmt, du hast recht. Woher weißt du das?«

»Weil ich das selber war! Aber vielleicht wäre es trotzdem gut gewesen, wenn du schon mal etwas davon erwähnt hättest.«

»Mann, jetzt komm mal wieder runter! Ich dachte, das wäre einer von unseren Leuten gewesen, außerdem sollten wir nach Fußspuren unter dem frischen Schnee suchen, nicht nach Pissflecken! Die im Übrigen auch viel zu frisch waren, um irgendwas mit den anderen Spuren zu tun zu haben. Und jetzt wissen wir ja auch, weshalb.«

»Okay, lassen wir das beiseite, bevor du mir noch vorwirfst, dass ich möglicherweise einen Tatort kontaminiert hätte. Es kann ja durchaus sein, dass nicht nur ich, sondern auch ein Staatssekretär mal pinkeln muss«, versuchte Jan-Ole, die Schärfe aus dem kurzen Dialog mit dem Spurensicherer zu nehmen. »Aber es geht mir um etwas ganz anderes!« Er trat an die Landkarte, die an der Wand befestigt war. »Hier ist Evje, hier ist Åseral. Die logischste Verbindung wäre der Weg über die 42 gewesen, und dann von Sveindal hoch auf die 455.«

»Ich weiß, worauf du hinauswillst«, nickte Kristina. »Gerade bei Schneesturm suche ich mir nicht unbedingt eine Nebenstraße aus, die noch nicht mal eine Abkürzung ist, eher im Gegenteil. Warum sind sie also über Dålsvatn gefahren?«

»Komisch«, bestätigte der junge Kollege mit den Dreadlocks. »Sieht so aus, als hätten wir da was, wo wir nachhaken sollten, oder?«

Als er Gunvalds Blick bemerkte, zuckte er schnell mit der Schulter, als wollte er seinen Einwurf zurücknehmen.

»›Komisch!‹«, machte Gunvald ihn nach. »›Sieht so aus, als hätten wir da was!‹ – Nee, überhaupt nicht komisch! Die wollten zur Abwechslung mal ein bisschen Abenteuer, das ist alles. Das sind Sesselfurzer aus Oslo, die nie aus der Stadt rauskommen, ich wette, die haben sich die Strecke mit Absicht ausgesucht, und egal, ob Umweg oder nicht, geht ja sowieso alles auf Kosten der Steuerzahler!«

Kristina griff nach den ausgedruckten Seiten, die sie vor sich liegen hatte.

»Es stimmt nicht ganz, Gunvald, dass sie nie aus Oslo rauskommen. Ich habe hier eine Liste der Orte, wo der Staatssekretär in letzter Zeit war, immer in Zusammenhang mit irgendwelchen Flüchtlingsdiskussionen. Und du würdest staunen, wie oft der zu solchen Veranstaltungen unterwegs ist.«

Gunvald verdrehte die Augen und widmete sich wieder seinen Eisblumen. Aber Jan-Ole blickte auf.

»Gibt es einen Grund dafür, dass du diese Liste zusammengestellt hast?«

»Nicht wirklich«, sagte Kristina. »Ich bin nur über eine Zeitungsmeldung gestolpert, hier …« Sie zog ein neues Blatt hervor. »Zwei Tage nach dieser Veranstaltung in Åseral ist ein Flüchtling als vermisst gemeldet worden. Ein Flüchtling aus dem Lager in Åseral, der bei der Diskussion dabei war, das ist mir aufgefallen. Und bislang scheint es keine Spur von ihm zu geben, ich habe schon mit den Kollegen gesprochen, die das bearbeiten.«

»Ja und?«, fragte jetzt Gunvald. »Die verschwinden doch ständig und tauchen irgendwo anders wieder auf, ich wüsste nicht, was das mit unserem Fall zu tun haben sollte.«

Jan-Ole ignorierte ihn völlig.

»Gibt es noch mehr solche Vermisstenanzeigen?«, wandte er sich an Kristina. »Von den anderen Orten, an denen der Staatssekretär war, meine ich?«

»Ich bin noch nicht dazu gekommen, das zu überprüfen. Ehrlich gesagt, bin ich mir auch nicht sicher, ob es überhaupt von Bedeutung für uns ist, vielleicht hat Gunvald ja recht.«

»Vielleicht«, gab Jan-Ole zu. »Aber wir sollten der Sache trotzdem nachgehen. Irgendwas gefällt mir nicht mit diesem Staatssekretär. Was wissen wir überhaupt über ihn? Ja, Lars, was willst du sagen?«, drehte er sich zu dem Kollegen mit den Dreadlocks, der wie ein Schuljunge seinen Finger gehoben hatte. Kristina war überrascht, dass

Jan-Ole sich den Namen des Kollegen scheinbar so leicht gemerkt hatte.

»Kai Torstensen, Staatssekretär des Ministeriums für Immigration und Integration«, referierte Lars aus dem Kopf. »Gilt intern als ziemlicher Hardliner in der Flüchtlingsfrage, auch wenn er sich nach außen anders verkauft. Hardliner im Sinne von: Wir brauchen nicht noch mehr ›Neu-Norweger‹, es hat lange genug gedauert, bis wir es geschafft haben, vom Armenhaus Europas zu einem der reichsten Länder der Welt zu werden, warum sollten wir da jetzt irgendjemandem etwas abgeben?«

»Wo er recht hat, hat er recht!«, ließ sich Gunvald vernehmen.

»Es reicht, Gunvald!«, sagte Kristina so ruhig wie möglich. »Wir sind alle nervös und angespannt, aber solange ich diese Ermittlung leite, hältst du dich bitte mit jeder Art von dämlichen Kommentaren zurück, ja?«

»Und wenn du jetzt noch eine einzige Eisblume auf deinen Ordner malst«, platzte Jan-Ole heraus, »dann … dann …«

»Jan-Ole!«, warnte ihn Kristina.

Gunvald legte seinen Kugelschreiber zur Seite.

»Ihr habt doch einen Knall, Leute! Was ist das für eine bescheuerte Idee, diesem Staatssekretär irgendwas am Zeug flicken zu wollen? Das bringt uns keinen Schritt weiter, glaubt mir!«

Kristina hob die Hand und bat um Ruhe.

»Wir haben drei verschiedene Arbeitshypothesen, die wir verfolgen müssen. Version A, der Anschlag galt der Theatergruppe, Version B, der Anschlag galt dem Wagen des Staatssekretärs, aber durch die Pinkelpause war der

Theaterbus als Erster da, Version C, es ging weder um die Theaterleute noch um den Staatssekretär, sondern um jemand ganz anderen. Frage: Um wen? Je nachdem haben wir auch verschiedene mögliche Täter mit entsprechend unterschiedlichen Motiven, die wir leider noch nicht weiter eingegrenzt haben. Wir teilen uns auf«, entschied sie. »Jan-Ole und ich überprüfen, ob es da womöglich noch andere Vermisstenmeldungen von Flüchtlingen gibt. Und … Lars nimmt sich bitte noch mal diesen Bauern vor, dem angeblich sein neuer Eisbohrer am gleichen Tag gestohlen wurde, an dem er ihn gekauft hat. Frag ihn genau, wo er an diesem Abend war, was er gemacht hat, ob es da irgendwelche Widersprüche gibt! Und ich will wissen, wem die Hütte gehört«, setzte sie in einer spontanen Überlegung hinzu. »Die leerstehende Hütte auf der Halbinsel, von der die Eisenstangen kommen.«

»Mach ich«, nickte Lars.

»Und wir müssen wissen, ob der Staatssekretär irgendwelche Feinde hat, falls er es war, dem der Anschlag galt. Ja, schon klar, natürlich hat er Feinde, davon können wir wohl ausgehen nach dem, was über ihn bekannt ist. Aber hat er zum Beispiel Drohbriefe oder entsprechende Mails bekommen? Und das Gleiche gilt für den Fahrer, auch das müssen wir überprüfen.«

»Mich braucht ihr dann ja wohl erst mal nicht mehr«, sagte Gunvald bereits im Aufstehen. »Ihr wisst, wo ihr mich findet, wenn es doch noch irgendwas geben sollte.«

»Im Atelier«, kam es prompt von Jan-Ole. »Schon klar.«

Gunvald fuhr in der Tür herum. »Was?«

Jan-Ole hob die Hände und grinste.

»Ich dachte nur, weil du ja noch deine Kunstausstellung

vorbereiten musst: ›Gunvalds Kugelschreiber-Kunst – Die Eisblume als Objekt der Begierde eines Spurensicherers‹. Sag mir Bescheid, wenn die Eröffnung ist, ich komme gerne vorbei.«

Gunvald zeigte ihm einen Vogel und verließ ohne ein weiteres Wort den Raum.

»Geht's dir jetzt besser?«, fragte Kristina verärgert. »Das ist doch bescheuert, Jan-Ole. Ich bin auf ihn angewiesen, und er ist kein schlechter Ermittler, also halt dich bitte zurück, solange du in meinem Team bist! Ich brauche das nicht, irgendwelche Typen, die hier ihre Schwanzlängen vergleichen, habe ich mich klar genug ausgedrückt?«

Sie war schärfer geworden, als sie beabsichtigt hatte. Aus den Augenwinkeln sah sie, wie Lars ein Grinsen unterdrückte, während er so tat, als würde er zum ersten Mal die Wasserflecken an der Rigipsdecke sehen.

»Das hat gesessen«, kam es von Jan-Ole. »Okay, sorry, kommt nicht wieder vor. Machen wir uns an die Arbeit!«

Er klappte seinen Laptop auf und fuhr ihn hoch. Kristina war überzeugt davon, dass er das Zwischenspiel mit Gunvald bereits schon wieder vergessen hatte. Dennoch fragte sie sich unwillkürlich, wie wohl ein Zusammenleben mit Jan-Ole aussehen würde – und sie war sich nicht sicher, ob ihr die Antwort darauf gefallen würde. Sie konnte sich nur schwer vorstellen, dass Merette mit diesen vollkommen verschiedenen Seiten von Jan-Ole ohne Weiteres klarkam, und für einen Moment war sie irritiert, dass sie selber die Widersprüche in seinem Verhalten nicht schon viel eher bemerkt hatte. Er war wie ein kleiner Junge, der begeistert jeden Stein umdrehte, um zu wissen, was darunter lag, aber wenn ihm etwas nicht passte oder er ein Problem ahnte, an dem er sich die Finger verbrennen könnte, dann rannte er einfach davon.

Als sie merkte, wohin ihre Gedanken abdrifteten, schob sie wütend über sich selbst den Stuhl zurück und ging zur Tür, um sich am Automaten auf dem Flur einen Kaffee zu holen. Jan-Ole blickte noch nicht mal auf. Der junge Kollege aus Drammen telefonierte, vor dem Fenster wich die morgendliche Dämmerung einem fahlen Tageslicht, das Mühe hatte, die schweren grauen Schneewolken zu durchdringen.

Zwei Stunden später hatten sie entschieden, die Pressekonferenz aufgrund neuer Entwicklungen zunächst auf unbestimmte Zeit zu verschieben. Schon nach den ersten einleitenden Sätzen von Kristina hob die Polizeidirektorin die Hand.

»Ihr wollt mir also allen Ernstes erzählen, dass ihr einen Staatssekretär des Einwanderungsministeriums … ich weiß, das heißt anders, aber …«

»Ministerium für Immigration und Integration«, präzisierte Lars, ohne den Blick von seinem Tablet zu nehmen.

»… dass ihr einen Staatssekretär verdächtigt, irgendetwas mit dem Verschwinden von Flüchtlingen zu tun zu haben?«

Jan-Ole räusperte sich.

»Kristina hat eine Liste mit den Orten, an denen er auf Diskussionsveranstaltungen zum Thema Flüchtlinge gesprochen hat. Innerhalb des letzten Monats waren das genau neun solcher Veranstaltungen, an der gesamten Südküste entlang bis nach Stavanger rüber, und bislang haben wir in vier Fällen eine Meldung vorliegen, dass jeweils ein oder maximal zwei Tage später ein Flüchtling verschwunden ist, der an der Veranstaltung teilgenommen hat! Und wie Kristina ja schon gesagt hat, gibt es auch für den Tag nach dem Eisunfall eine Vermisstenmeldung, eben dieser Flüchtling aus Åseral.«

Als die Polizeidirektorin nur den Kopf schüttelte, setzte Kristina hinzu: »Um den Hintergrund vielleicht etwas deutlicher zu machen, wir reden hier von einem Ministerium, dessen Ministerin der ›Alternative Parti for Norge‹ angehört, die wir ja durchaus als rechtsnational einstufen können, sie selber nennen das übrigens ›einwanderungskritisch‹. Es bedeutet aber konkret das Ziel, das Asylrecht in Norwegen zum strengsten in ganz Europa auszubauen, O-Ton der Ministerin. Das heißt, generell schnelle Abschiebungen und Zurückweisungen bereits an der Grenze, Senkung von Sozialleistungen für Asylbewerber, erhebliche Einschränkungen beim Familiennachzug …«

»Ist gut, es reicht«, unterbrach die Polizeidirektorin Kristinas Ausführungen. »Ich kenne die Situation. Aber wenn ich euch daran erinnern darf, es geht immer noch um den Tod von vierzehn Leuten einer Theatergruppe, die wahrscheinlich gezielt in eine Falle gelockt wurden, und diese Theatergruppe hatte nun so gar nichts mit irgendwelchen Flüchtlingen zu tun, wenn ich das richtig verstanden habe. Wo bitte soll da also der Zusammenhang sein, der rechtfertigen würde, dass wir die Ermittlungen auf diesen Staatssekretär ausdehnen? Selbst wenn an dem, was ihr glaubt – und ich sage ganz bewusst ›glaubt‹ – herausgefunden zu haben, irgendwas dran sein sollte, dann geht uns das nichts an, damit sollen sich die Kollegen in Oslo auseinandersetzen, oder vielleicht ist es auch ein Fall für

Beredskapstroppen!« Sie blickte zu Jan-Ole. »Dann gib das meinetwegen weiter, aber ich sehe nicht …«

»Es gibt einen Zusammenhang«, wurde sie jetzt von Jan-Ole unterbrochen. »Lars, würdest du bitte kurz zusammenfassen, was deine Nachfragen ergeben haben?«

Der junge Kollege zog sein Tablet zu sich, streifte dann aber erst noch einen Gummiring von seinem Handgelenk und band sich umständlich die Haare zu einer Art Dutt zusammen, bevor er damit begann, seine Notizen offensichtlich wörtlich wiederzugeben. Als würde er einen Schulaufsatz vorlesen, dachte Kristina ungeduldig und musste sich einmal mehr zurücknehmen, um ihre Antipathie ihm gegenüber nicht allzu deutlich zu zeigen …

»Der Bauer, dessen Eisbohrer geklaut worden ist, war am Abend in einer Kneipe in Evje. Die Kneipe heißt ›Hotel Dölen‹, wie das dazugehörige Hotel.« Er blickte kurz hoch. »Das ist wichtig für das, was gleich noch kommt. In der Kneipe hat er neben einem Typen an der Theke gesessen, der fremd war. Sonst kennen sich wohl alle in Evje, aber der war fremd. Sie haben sich ganz gut verstanden und ein bisschen geredet. Dabei hat der Fremde erzählt, dass er Berufsfahrer ist, also Chauffeur! Und zwar im Ministerium für Immigration und Integration, manchmal würde er die Ministerin selber fahren, aber meistens den Staatssekretär. Und mit dem war er auch in Evje, in diesem Hotel, zu dem die Kneipe gehört. Eigentlich wollten sie in Åseral übernachten, weil der Staatssekretär da am nächsten Tag auf einer Versammlung sprechen sollte und vorher noch ein bisschen Skilaufen wollte. Aber ihr Auto war kaputtgegangen und stand in einer Werkstatt in Evje, deshalb haben sie da übernachten müssen.«

Wieder blickte er hoch, als Jan-Ole nickte, sagte er, diesmal ohne sein Tablet zur Hilfe zu nehmen: »Mit der Werkstatt habe ich auch telefoniert! Sie konnten sich aus zwei Gründen gut an den Wagen erinnern – erstens, weil es das neueste Volvo-SUV war, was es gibt, und zweitens, weil der Wagen völlig in Ordnung war! Versteht ihr, sie haben nichts gefunden, und das haben sie auch dem Fahrer noch gesagt, bevor sie die Werkstatt am Abend zugemacht haben. Und die Werkstatt hat keinen eigenen Parkplatz, der Wagen stand die ganze Nacht über draußen an der Straße.«

Er zögerte kurz.

»Ach ja, das habe ich fast vergessen! Der Pick-up von dem Bauern stand in der gleichen Straße, die Werkstatt ist nicht weit vom Hotel. Und der neue Eisbohrer lag hinten auf der Ladefläche. Der Bauer kann sich auch erinnern, dass er dem Fahrer davon erzählt hat, also von dem neuen Eisbohrer. Aber was dann passiert ist, weiß er nicht mehr so genau, weil der Fahrer ihm reichlich Aquavit spendiert hat, um ihre neue Freundschaft zu besiegeln. Aber er ist sich sicher, dass der Fahrer die Kneipe vor ihm verlassen hat. So, und jetzt kommt der Hammer!«

Wie zum großen Finale zog der junge Kollege jetzt den Gummiring aus den Haaren und blickte sie der Reihe nach triumphierend an. Kristina beschloss, dass sie bei nächster Gelegenheit unbedingt mit ihm reden musste.

»Nämlich?«, fragte die Polizeidirektorin.

»Nämlich, dass ich ja auch noch rausfinden sollte, wem diese alte Hütte da auf der Halbinsel im See gehört. Habe ich auch! Der Name des Besitzers ist Mats Wahlborg.«

»Und wer ist … Mats Wahlborg?«

»Der Fahrer des Staatssekretärs«, sagte Kristina.

JAN-OLE

Die Polizeidirektorin hatte unter Vorbehalt zugestimmt, dass sie die Spur, die zu dem Staatssekretär und seinem Fahrer führte, weiterverfolgten.

»Aber bitte ohne unnötigen Staub aufzuwirbeln! Das können wir uns nicht leisten, und ich habe null Interesse daran, hinterher von der Presse auseinandergenommen zu werden, weil wir versucht haben, einem Politiker an den Karren zu fahren, der ja in weiten Teilen nur das vertritt, was viele Norweger ohnehin denken. Andererseits möchte ich mir auch nicht nachsagen lassen, dass wir gekniffen hätten, weil uns die ganze Sache eine Nummer zu groß war. Wenn da wirklich was dran ist, dann sind wir gerade dabei, mitten in ein Wespennest zu stechen, das muss uns klar sein. Ich verlasse mich auf euch. Bringt mir soviel Informationen wie möglich, damit ich die Staatsanwaltschaft einschalten kann, vorher will ich auch das Team nicht vergrößern. Ich gebe euch … drei Tage, mehr ist nicht drin. Wenn ihr bis dahin nichts Konkretes habt, blase ich das Ganze ab und fordere Unterstützung aus Oslo an, um den Eisunfall zu lösen. Könnt ihr damit leben?«

Jan-Ole war klar, dass die Polizeidirektorin sich auf einem schmalen Grat bewegte, wenn sie sich irrten und bekannt wurde, in welche Richtung sie ermittelt hatten, würde das zweifellos Konsequenzen nach sich ziehen. Und bei dem Einfluss, den die Alternative Parti for Norge mittlerweile hatte, stand nicht nur die Position der Polizeidirektorin auf dem Spiel, sondern es würde auch Kristina treffen. Um sich selber machte er sich weniger Gedanken, vielleicht wäre die mögliche Suspendierung bei Beredskapstroppen sogar eine willkommene Gelegenheit, um den Dienst gleich ganz zu quittieren. Seit Merettes Unfall hatte er schon öfter daran gedacht, und die Bilder von Aksels Ende in seinem Kofferraum waren wie festgebrannt auf seiner Netzhaut – auch wenn Aksel ein gemeingefährlicher Psychopath und Mörder gewesen war, fragte sich Jan-Ole dennoch immer wieder, warum er sich das alles überhaupt antun musste. Natürlich war er ein Polizist, und er stand hundertprozentig dafür ein, dass es seine Aufgabe war, unschuldige Menschen zu schützen und die Schuldigen ihrer Strafe zuzuführen. Nur dass es eben so einfach nicht war und es ihm immer öfter schien, als würden für einen gefassten Verbrecher zehn andere ohne Strafe davonkommen. Wie in einer Spirale, die sich verselbständigt hatte und nicht mehr zu durchbrechen war …

Aber im Moment war es noch zu früh, um aufzugeben. Er hatte immer noch einen Fall zu lösen, und genau das würde er auch tun, es gab keine Alternative. Drei Tage waren nicht viel, aber sie hatten eine Spur, und genauso wie Kristina war er davon überzeugt, dass sie endlich auf der richtigen Fährte waren.

Der Staatssekretär und sein Fahrer hatten also in Evje übernachtet. Angeblich weil ihr Wagen kaputt war, nur dass die Werkstatt nichts gefunden hatte. In der Kneipe hatte der Fahrer dann den Bauern mit dem Eisbohrer kennengelernt, das konnte tatsächlich ein bloßer Zufall gewesen sein, aber Jan-Ole war sich so gut wie sicher, dass der Fahrer die Gelegenheit genutzt hatte und in derselben Nacht noch mit eben diesem Eisbohrer auf den zugefrorenen See hinausgefahren war, um das Eis zu präparieren. Entweder der Fahrer alleine oder sogar beide zusammen. Möglicherweise auch nur der Staatssekretär, nachdem sein Fahrer ihm von dem Eisbohrer auf dem Pick-up erzählt hatte.

Gunvald hatte soeben gemeldet, dass die Reifenspuren, die sie als Proben von der Zufahrt zur Hütte genommen hatten, mit dem Profil der Reifen übereinstimmten, die werksseitig von Volvo für die schweren SUVs verwendet wurden. Zumindest einer von ihnen war also an der Hütte gewesen und hatte eine der Eisenstangen als Markierung für das Loch im Eis benutzt. An der Hütte, die dem Fahrer gehörte! Das hieß, der Fahrer kannte sich da aus, und die Nacht vor dem Schneesturm war sternenklar gewesen, das hatten sie mittlerweile recherchiert, es war also auch kein Problem gewesen, sich auf dem See zu orientieren.

Aber damit endete die wahrscheinliche Abfolge der Ereignisse – und setzte erst am nächsten Tag wieder ein, als das SUV des Staatssekretärs sich zu genau dem Zeitpunkt auf dem Eis befand, zu dem der Bus der Theatergruppe in die Falle fuhr und versank. Sie hatten bislang keinerlei Verbindungen zwischen dem Staatssekretär oder seinem Fahrer und den Theaterleuten finden können, aber Kristina und Lars waren noch dabei, das weiter zu überprüfen, ebenso wie den Hintergrund sowohl des Politikers als auch des Chauffeurs und ihr Verhältnis zueinander.

Kristina war auch noch mal der Theorie gefolgt, dass

der Anschlag jemand ganz anderem gegolten hatte, dabei stand für einen Moment die vage Idee im Raum, dass das Ziel womöglich Flüchtlinge gewesen waren, aber zumindest offiziell hatte es weder an diesem Tag noch davor oder danach einen entsprechenden Transport gegeben.

Und zu einem solchen Plan hätte auch eine Art Straßensperre gehört, eine ausgeschilderte Umleitung über den See, sonst ging das Ganze nicht auf. Aber das hatte Kristina schon zu Beginn der Ermittlungen überprüft, und weder die Polizei aus Evje noch die Rettungskräfte, die als Erste vor Ort gewesen waren, hatten eine Absperrung gesehen.

Dennoch würde Kristina später nach Evje fahren, um nochmals persönlich mit den Leuten vor Ort zu reden. Vielleicht gab es ja doch irgendwelche Zeugen, die etwas gesehen hatten. Vielleicht wusste auch jemand von einem anderen Wagen, der eigentlich den Weg über die Nebenstraße am Dåsvatn hatte nehmen wollen, aber wegen des Schneesturms umgedreht war, statt auf das Eis hinauszufahren, wie es für die arrangierte Falle geplant gewesen war …

Lars steckte den Kopf zur Tür herein und räusperte sich, um ihre Aufmerksamkeit auf sich zu ziehen.

»Ja?« fragte Kristina.

»Erstens, der Kollege aus der IT-Abteilung sagt, dass es fast unmöglich ist, ohne gerichtlichen Beschluss die Handy-Verbindungen der beiden Typen zu überprüfen, aber …«

»Aber?«

»Aber er versucht es trotzdem.«

»Gut. Und? Noch irgendwas?«

»Du wolltest doch noch mehr über diesen Busfahrer wissen! Er war nicht todkrank oder so, ganz bestimmt nicht. Und depressiv war er auch nicht.«

Als Jan-Ole die Stirn runzelte, beeilte sich Kristina zu erklären: »Es war nur ein Gedanke! Dass er vielleicht selber das Eis präpariert hat, um Schluss zu machen.«

»Und dabei seine gesamte Theatergruppe mit in den Tod reißt?«

»Es gibt solche Typen, das weißt du, erweiterter Suizid. Im Sinne von: Wenn ich schon abtreten muss, dann aber auch richtig!«

Lars räusperte sich erneut.

»Also, sein Hausarzt sagt, ihm hat nichts gefehlt. Und mit seiner sehr alten Mutter habe ich auch gesprochen, also nicht mit der Mutter von dem Hausarzt, sondern ...«

»Lars!«, forderte ihn Kristina auf. »Komm zum Punkt!«

»Die sagt, wenn ihr Sohn depressiv wäre, hätte sie das längst gemerkt. Aber er war nur schwul.«

Wir drehen uns im Kreis und kommen nicht weiter, dachte Jan-Ole. Abrupt schob er seinen Stuhl zurück und stand auf, dann trat er an Kristinas Schreibtisch und bat sie um die Schlüssel für den Porsche.

»Der Camper hat zu lange in der Kälte gestanden und springt nicht an. Aber ich muss den Kopf frei kriegen, du weißt, wie ich arbeite, ich brauche ein paar Stunden nur für mich.«

»Vorschlag«, sagte Kristina, ohne zu zögern. »Du fährst nach Farsund und besuchst Merette.«

»Ich habe mit ihr telefoniert!«, reagierte Jan-Ole sofort und so aufgebracht, als wäre Kristinas Vorschlag ein Angriff gewesen. »Sie kennt die ganze Geschichte von Aksels

Tod. Okay, schon gut«, gab er dann nach, »ich weiß, was du meinst …«

»Wenn du dich jetzt gleich auf den Weg machst, könnt ihr in Ruhe reden, und du bist trotzdem heute Abend zurück. Solange kommen wir ohne dich klar, danach sehen wir weiter, okay? Vollgetankt ist, der fünfte Gang hakt ein bisschen, aber daran gewöhnst du dich. Pass auf die Radarkontrollen auf!«

Lars stand immer noch in der Tür. Als Jan-Ole sich an ihm vorbeidrängte, hielt er ihm den hochgereckten Daumen hin. Irritiert fragte sich Jan-Ole, worauf sich das unerwartet kumpelhafte Handzeichen wohl beziehen sollte.

Auf der Fahrt hielt er nur einmal kurz an, als er die Brücke in Mandal passierte und das Vogelhaus aus dem Baumarkt in den Fluss warf. Er hatte keine Ahnung, wann Kristina das Ding auf dem Notsitz des Porsche für ihn platziert haben mochte, ärgerte sich aber darüber, dass sie offensichtlich davon ausgegangen war, dass er sie um ihren Wagen bitten würde.

Zwei Stunden später stand er ratlos in Merettes Zimmer.

Ein Pfleger hatte ihn am Empfang erwartet und nach oben gebracht.

»Merette hat noch zu tun«, hatte er erklärt. »Du sollst hier warten.«

»Und wo ist sie? Was macht sie? Ich habe doch extra angerufen, dass ich komme.«

»Sie springt nicht wie ein Hühnchen, nur weil du anrufst. Und sie hat so lange auf dich gewartet, jetzt musst du warten.«

Im ersten Moment war Jan-Ole versucht gewesen, die

Antwort für schlichtweg unverschämt zu halten – es ging den Pfleger ja wohl kaum etwas an, wie oft er Merette besuchte! Andererseits stimmte es natürlich, der Pfleger hatte vollkommen recht, auch wenn Jan-Ole das Bild mit dem springenden Hühnchen nicht so ganz einleuchten wollte. Aber das hatte wahrscheinlich eher mit dem nicht ganz überzeugenden Norwegisch des Pflegers zu tun, die fast perfekte Aussprache täuschte offensichtlich. Er tippte darauf, dass der Mann aus Afrika kam, vielleicht aus Eritrea oder auch Somalia, und einer der wenigen Flüchtlinge war, die das Glück gehabt hatten, als Asylbewerber in Norwegen anerkannt zu werden. Was sich dahinter für eine Geschichte verbarg, wollte er lieber gar nicht wissen.

Während der Fahrt waren seine Gedanken immer wieder um die Flüchtlingspolitik der Regierung gekreist, und er hatte gemerkt, wie ihn die selbstgefällige und menschenverachtende Haltung zunehmend empörte, mit der man sich über das Schicksal der Flüchtlinge hinwegsetzte. Es gab keine Rechtfertigung dafür. Gerade die westeuropäischen Länder hatten die Pflicht, jedem zu helfen, der Hilfe brauchte, schließlich waren sie es ja auch, die sich auf Kosten dieser Menschen bereichert hatten und immer noch bereicherten.

Norwegen war da keine Ausnahme, und es war höchste Zeit, sich endgültig von solchen Formen kolonialer Arroganz zu verabschieden. Auch wenn Norwegen selber keine Kolonialmacht gewesen war – es war ganz einfach eine Frage der Moral. Die Verantwortung für die derzeitige Situation trug Westeuropa, umso weniger war es hinnehmbar, wenn Politiker dann auch noch mit populistischen Parolen Stimmungsmache betrieben.

Im Falle des Staatsekretärs war er immer mehr davon überzeugt, dass hinter den Kulissen tatsächlich etwas ablief, wovon sie keine Vorstellung hatten, und irgendwo musste es einen Zusammenhang mit dem Geschehen auf dem Eis geben. Aber bislang hatten sie nichts als ein paar lose Enden, die sich nicht verknüpfen ließen.

Unbewusst war Jan-Ole an den kleinen Tisch vor dem Fenster getreten. Neben Merettes Laptop lag eine CD von Kari Bremnes, »Og Så Kom Resten Av Livet«. Es war ihm vollkommen neu, dass Merette Kari Bremnes hörte. Soweit er sich erinnern konnte, hatte sie die Musik irgendwann mal als »Sting auf Norwegisch« bezeichnet – und da sie Sting nicht sonderlich mochte, war er immer davon ausgegangen, dass das Gleiche auch für die Sängerin von den Lofoten zutraf.

Auf der Hülle war der Aufkleber eines Musikgeschäftes aus Bergen. Aber Merette war nach dem Unfall vom Krankenhaus direkt in die Reha-Klinik gekommen, und bei den persönlichen Sachen, die er ihr von zu Hause mitgebracht hatte, war mit Sicherheit keine CD von Kari Bremnes gewesen! Jetzt sah er auch den gefütterten Briefumschlag, der an die Klinik adressiert war, »zu Händen Merette Schulman«, und keinen Absender trug. Unter dem Umschlag lag ein eng beschriebener Briefbogen …

Jan-Ole verfluchte sich selber, als er nach dem Brief griff. Es stand ihm nicht zu, in Merettes persönlichen Sachen zu schnüffeln, das war ein Vertrauensbruch, der sich noch nicht mal mit der professionellen Deformation des Polizisten erklären ließ. Dennoch hatte er kaum die Unterschrift entziffert, als er auch schon anfing, den dazugehörigen Text zu überfliegen.

Liebe Merette,
ich bin jetzt wieder in Bergen, nachdem ich wie ein Irrer die ganze Nacht durchgefahren bin. Ich kann dich nur darum bitten, dass du mir verzeihst, was ich getan habe. Ich weiß, dass es kaum eine Erklärung dafür gibt, aber ich will es wenigstens versuchen, auch wenn du meinen Brief vielleicht gleich wegwirfst. Was damals zwischen uns passiert ist, war für mich so unerwartet, dass ich wirklich geglaubt habe, du würdest meine Gefühle teilen. Und es hat keinen Tag gegeben, an dem ich nicht an dich gedacht habe! Auch wenn ich gewusst habe, dass du wieder mit Jan-Ole zusammen bist, habe ich immer gehofft, dass du dich vielleicht irgendwann doch noch für mich entscheidest. Ich habe auf dich gewartet, Merette! Und ich habe dir unzählige Briefe geschrieben, die ich nie abgeschickt habe. Als ich dann in der Zeitung von deinem Unfall gelesen habe, war das wie der Beweis für mich, dass Jan-Ole dich nicht beschützen kann, und ich wollte dir immer sagen, dass ich für dich da bin, wenn du Hilfe brauchst. Aber ich hatte auch Angst davor, dich zu sehen. Vielleicht habe ich da schon geahnt, dass du mich gar nicht willst. Ich wollte dich mit meinen idiotischen Anrufen nicht bedrängen, deshalb habe ich mich auch nicht mit Namen gemeldet, es sollte so eine Art Test sein, verstehst du. Ich habe gedacht, wenn du erkennen würdest, wer dich da anruft, dann wäre das so was wie ein Zeichen, dass du an mich denkst.

Jetzt weiß ich, dass ich mich geirrt habe. Ich spiele keine Rolle in deinem Leben, sosehr ich es mir auch gewünscht hätte. Aber du wirst nie wieder etwas von mir hören, das verspreche ich! Ich stelle morgen den Antrag auf Versetzung, in Trondheim ist eine Stelle frei, die ich wahrscheinlich kriegen kann. Dann bin ich weit genug weg von dir. Vergessen werde ich dich nie!

Dein aufrichtiger Freund Frode.

Jan-Ole hielt den Briefbogen eine ganze Weile in der Hand, während er versuchte, sich darüber klar zu werden, was das Ganze bedeutete. Als es klopfte, schob er ihn hastig wieder unter den Umschlag und drehte sich zur Tür.

Der Pfleger nickte ihm zu.

»Du kannst jetzt mitkommen. Merette ist im Café. Aber sei freundlich zu ihr, sonst kann ich sehr böse werden.«

Jan-Ole hatte plötzlich das Gefühl, mitten in eine Inszenierung geraten zu sein, bei der jede Szene und jedes Requisit eine Bedeutung hatte. Die Zeit, die er alleine in Merettes Zimmer hatte warten sollen, die CD, die seine Aufmerksamkeit erwecken würde, der Brief, der offen auf dem Tisch lag und von dem Merette genau gewusst hatte, dass er ihn lesen würde …

Sein Verdacht einer Inszenierung bestätigte sich, als er hinter dem Pfleger in das Café im Erdgeschoss trat. Es war Kaffeezeit, und alle Tische waren eingedeckt, aber es war niemand im Raum außer Merette, die mit dem Rücken zu ihm am Fenster saß und in den verschneiten Park hinausblickte. Sie hatte ein bordeauxrotes Sweatshirt an und die Kapuze über den Kopf gezogen, und sie wirkte so schmal und zerbrechlich, dass er unbewusst zögerte, bevor er auf sie zuging. Gleichzeitig spürte er die Enttäuschung, dass sie ihn im Rollstuhl erwartete, auf der Fahrt nach Farsund hatte er sich immer wieder vorgestellt, wie sie ihm zur Begrüßung entgegenkommen würde, vielleicht langsam, vielleicht mit einem Stock, aber doch auf ihren eigenen Beinen.

»Ich bin da, Merette«, sagte er leise und streckte die Hand aus, um ihre Schulter zu berühren.

»Das sehe ich. Und ich freue mich.«

Jan-Ole fuhr herum. Die Antwort war von der Tür her gekommen.

Für einen Augenblick verschlug es ihm den Atem. Merette sah aus wie früher, wenn sie gemeinsam ins Theater oder zu irgendeiner Feier gegangen waren. Sie hatte die Haare hochgesteckt und war sorgfältig geschminkt, über dem schwarzen Kaschmirpullover trug sie die Bernsteinkette, die er ihr vor Jahren zum Geburtstag geschenkt hatte. Nur die flachen Turnschuhe mit dem Klettverschluss wollten nicht so recht zu dem Bild passen, und ihre Beine unter dem eng anliegenden Rock waren so dünn, dass es Jan-Ole fast körperlich weh tat. Aber sie stand ohne Hilfe, und als der Pfleger ihr seinen Arm zur Stütze hinhielt, schüttelte sie unwillig den Kopf.

Mit ein paar unsicheren Schritten kam sie auf Jan-Ole zu. Er breitete die Arme aus und zog sie an sich, deutlich konnte er das Zittern in ihrem Körper spüren, der kurze Weg musste sie mehr angestrengt haben, als sie zugeben wollte.

»Tut mir leid«, flüsterte sie dicht an seinem Hals. »Ich weiß, dass die Schuhe nicht passen, aber mit Pumps traue ich mich noch nicht.«

Jetzt kicherte sie. Jan-Ole hob ihr Kinn zu sich. Ihre Augen strahlten, und doch war da eine Unsicherheit, die sie nicht vollständig verbergen konnte.

»Ist die Show vorbei, kann ich jetzt endlich aufstehen?«, kam eine leicht genervte Stimme aus dem Rollstuhl hinter ihnen.

Jan-Ole rührte sich nicht. Aber seine Mundwinkel zuckten. Und ganz langsam breitete sich ein Grinsen in seinem Gesicht aus, bis er laut loslachte.

»Ich hätte es wissen müssen! Dieses Sweatshirt hast du schon zum Abitur angehabt!«

»Und es ist immer noch mein Lieblingshirt! Hallo, Papa, schön, dich zu sehen!«

Julia gab Jan-Ole einen Kuss auf die Wange, bevor sie die Arme um ihn und Merette legte und sie eine Weile einfach nur ganz still dastanden.

»Seit wann bist du hier?«, fragte Jan-Ole leise.

»Seit gestern. Und jetzt gibt es Kaffee und Geburtstagskuchen, los, jetzt setzt euch schon!«, erklärte sie strahlend und schob Merette einen Stuhl hin. »Es ist alles vorbereitet …«

Als hätten sie ein Stichwort vereinbart, kam der Pfleger mit einer Sahnetorte vom Tresen herüber, Julia zündete die Wunderkerzen an, Jan-Ole griff nach Merettes Hand und drückte sie.

Der Pfleger verzog sich wieder unauffällig in seine Ecke. Julia verteilte die Kuchenstücke. Aber gleich darauf legte Merette ihre Gabel wieder beiseite und beugte sich vor.

»Es gibt zwei Dinge, über die ich mit dir reden muss, Jan-Ole. Und zwar am besten jetzt gleich.«

»Merette«, stöhnte Julia, »lass uns doch wenigstens erst …«

»Nein. Je länger ich das rausschiebe, umso schwieriger wird es. Julia weiß über alles Bescheid«, wandte sie sich wieder an Jan-Ole. »Wir haben die halbe Nacht darüber gesprochen. Und ich möchte dich nur bitten, mir erst mal zuzuhören, bevor du …«

»Warte!« Jan-Ole schüttelte den Kopf. »Wir müssen das jetzt nicht komplizierter machen, als es ohnehin schon ist. Du sagst, es geht dir um zwei Sachen, zumindest Punkt eins können wir ganz schnell abhaken. Kari Bremnes war nie so ganz dein Ding, wenn ich mich erinnere, oder?«

»Ist es auch immer noch nicht. Aber du hast also die CD gesehen und …«

»Und nicht nur die CD, ja. Aber ich schätze mal, das war auch deine Absicht.«

»Ich wusste nicht, wie ich sonst …«

»Du kennst mich besser, als mir lieb ist«, nickte Jan-Ole.

»Einmal Bulle, immer Bulle, ist doch klar«, warf Julia trocken ein. Aber sie lächelte Jan-Ole dabei an, als wollte sie deutlich machen, dass ihr Satz keine Kritik bedeuten sollte.

»Gut. Dann ist das vom Tisch. Kari Bremnes sitzt demnächst in Trondheim und muss uns nicht mehr interessieren. Bei der zweiten Sache bin ich mir nicht ganz sicher, worauf du hinauswillst, korrigier mich, wenn ich falsch liege. Ich habe Mist gebaut, das ist so, dafür gibt es auch keine Entschuldigung. Aber das ist vorbei, und ich … ich weiß nicht, ob du damit umgehen kannst, ich hoffe es nur.«

Er hob in einer hilflosen Geste die Arme.

»Hallo?«, mischte sich Julia ein. »Hab ich irgendwas nicht mitgekriegt? Wovon redet ihr?«

Sie hat Julia also doch nicht alles erzählt, dachte Jan-Ole, aber im gleichen Moment sagte Merette: »Ich bin mir noch nicht sicher, aber wir haben schon Schlimmeres überstanden. Nein, Jan-Ole, das war es eigentlich nicht, worüber ich mit dir reden wollte. Oder jedenfalls im Moment nicht! Sondern …«

Merette redete jetzt so schnell, dass Jan-Ole Mühe hatte, ihr zu folgen. Als ihm der Zusammenhang klar wurde, wollte er wieder nach ihrer Hand greifen, aber sie wehrte ihn ab.

»Lass es mich zu Ende bringen, bitte!«

Es war, als würde sie eine Beichte ablegen und sich endlich von etwas befreien, was sie die ganzen Jahre hindurch mit sich herumgeschleppt hatte.

Nach den letzten Sätzen war ihr Gesicht tränenüberströmt.

»Du hättest es mir längst sagen sollen«, meinte Jan-Ole leise.

»Du hast mich nie gefragt, was eigentlich passiert war.«

»Ich weiß. Ich habe so was Ähnliches geahnt, aber ich dachte, solange du nicht damit zu mir kommst, geht es mich auch nichts an.«

»Mann, Mann«, meldete sich jetzt Julia zu Wort. »Gewisse andere Leute kriegen für solche Sitzungen viel Geld! Und ich bin mir auch nicht sicher, ob es okay ist, wenn die Kinder ihre eigenen Eltern therapieren. Aber falls ihr meine Meinung trotzdem hören wollt, dann kann ich nur sagen: Ihr seid doch echt bescheuert! Und vielleicht lernt ihr mal was draus. Es hilft, wenn man miteinander redet, glaubt mir. Und es ist ganz einfach!«

»Eben nicht«, sagte Jan-Ole. »Aber du hast trotzdem recht, und ich bin froh, dass ich euch beide habe, das sollt ihr wissen.«

Es war mittlerweile so spät geworden, dass draußen bereits die Dämmerung einsetzte. Alles in Jan-Ole wehrte sich dagegen, jetzt gleich wieder ins Auto zu steigen und zurück nach Kristiansand zu fahren. Aber es gab keine Alternative, sosehr er es sich auch gewünscht hätte.

Als er begann, in ein paar Sätzen die Situation zu schildern, in der er sich bei der laufenden Ermittlung befand, kam es ihm selber so vor, als würde er gerade eine billige

Rechtfertigung dafür suchen, dass er nicht bleiben konnte. Aber er hatte noch kaum erwähnt, dass sie zurzeit eine Spur verfolgten, die auf einen Staatssekretär der Regierung hinwies, als Merette ihn unterbrach: »Ein Staatssekretär? Redest du von diesem Typen aus dem Ministerium für Immigration und Integration? Kai Torstensen?«

»Verdammt, Merette, du weißt, dass ich das nicht sagen darf! Aber wie kommst du überhaupt darauf?«

»Ibu hat neulich von ihm erzählt, und das war alles andere als erfreulich …«

»Ein Arschloch, das habe ich ja sogar in Berlin mitgekriegt!«, unterbrach Julia sie. »Wisst ihr eigentlich, dass sie niemanden mehr reinlassen, der über ein EU-Land kommt? Und deshalb versuchen die Leute jetzt, über Russland hierherzugelangen! Ich habe Fotos gesehen, da lagern die Flüchtlinge in irgendwelchen Billigzelten mitten im Schnee, gleich hinter dem Grenzübergang bei Kirkenes oben, weil …«

»Hör auf, Julia! Darum geht es jetzt nicht! Und es ist nicht nur Norwegen …«

»Nein, das weiß ich, in Deutschland machen sie genau denselben Scheiß! Aber da sind wir gerade nicht. Und ich finde schon, dass es darum geht, was hier passiert, wenn wir über den Staatssekretär eines Ministeriums reden, das genau diese Situation zu verantworten hat!«

»Ich war noch nicht fertig«, erinnerte Merette, bevor Jan-Ole etwas erwidern konnte. »Also lasst mich bitte mal ausreden. Ibu kennt diesen Staatssekretär oder hat ihn zumindest schon mal getroffen! Frag ihn!«

Sie wies mit dem Kopf zu der Durchreiche zur Küche hinüber, neben der der Pfleger an der Wand lehnte.

Jan-Ole hatte keine Ahnung, ob er sie verstanden hatte, aber kaum, dass Merette ihm winkte, kam er im Laufschritt an.

»Brauchst du Hilfe?«

»Ich brauche vielleicht deine Hilfe«, sagte Jan-Ole. »Hast du einen Moment Zeit für mich? Dann würde ich dir gerne ein paar Fragen stellen.«

Merette nickte Ibu beruhigend zu.

»Es ist in Ordnung, Ibu. Denk dir einfach die Bartstoppeln und den Zopf weg und stell dir vor, die Fragen wären von mir, ja?«

Ibu setzte sich auf die äußerste Stuhlkante. Als wollte er jeden Moment wieder aufspringen und wegrennen, dachte Jan-Ole, wer weiß, wie oft er schon irgendwelche Fragen über sich ergehen lassen musste, von denen sein Leben abhing, im wahrsten Sinne des Wortes!

»Es geht um diesen Politiker aus dem Ministerium, das für Flüchtlingsfragen zuständig ist«, setzte er vorsichtig an. »Und Merette sagt, du hättest ihn kennengelernt. Weißt du noch, wann das war? Und wo?«

»Bei einer Diskussion. Letztes Jahr. In der Hafenstadt, wo ich angekommen bin, in Larvik …«

»Und?«, hakte Jan-Ole nach, als Ibu zögerte.

»Er war nicht okay. Nur seine Worte waren freundlich, aber er hat es anders gemeint. Er hat gesagt, er will etwas für uns tun, aber das geht nur, wenn wir nicht hierbleiben.«

»Hat er mit irgendeinem von euch persönlich gesprochen?«

Ibu nickte.

»Am Schluss. Er hat Leute ausgesucht und die durften für ein Interview mit ihm kommen.«

»Ein Interview? Das verstehe ich nicht. Sollten sie ihm Fragen stellen?«

»Er hat sie gefragt. Ich war nicht dabei, aber mein Freund. Er hat es erzählt.«

»Was für Fragen waren das? Was hat dein Freund gesagt?«

»Komische Fragen, ich weiß es nicht mehr genau. Es war nicht viel Zeit zum Erzählen, und er durfte auch nicht darüber reden. Aber mein Freund hat den Job bekommen!«

»Den Job? Was für einen Job, Ibu?«

»Das wusste er noch nicht. Er musste erst noch die große Prüfung machen. Sie haben ihm gesagt, wo er hingehen soll, und dann war er weg. Ist nicht wiedergekommen. Also hat er den Job gekriegt.«

Jan-Ole beugte sich vor.

»Sag das noch mal! Er war weg? Am gleichen Abend noch?«

»Gleich danach, ja. Er hat nur seine Sachen aus dem Lager geholt und ist da hingegangen. Aber ich weiß nicht, wohin.«

Ibu zuckte mit den Schultern.

»Warte mal, Ibu«, mischte sich Merette ein. »Hat er etwas davon gesagt, was das für eine Prüfung sein sollte?«

Jan-Ole warf ihr einen kurzen Blick zu und nickte. Die Frage war vielleicht wichtig.

»Ging es um eine Sprachprüfung, Ibu?«

»Bestimmt eine Sprachprüfung, ja, das glaube ich. Aber noch viel mehr! Sehr schwierig, hat mein Freund gesagt. Er musste ein echter Norweger sein!«

»Was? Was soll das heißen?«

»Du bist Norweger. Du musst das wissen!«

Merette legte die Hand auf Ibus Arm.

»Bitte, Ibu, das ist wichtig! Was hat dein Freund genau gesagt?«

Ibu zog die Augenbrauen zusammen. Er versuchte jetzt offensichtlich, sich an den exakten Wortlaut zu erinnern.

»Wir haben auf Fulfulde gesprochen. Er hat gesagt, der Job ist nur für echte Norweger. Aber jeder kann ein echter Norweger werden, auch schwarze Männer. Und die Prüfung ist für den Beweis.«

»Bei der Prüfung sollte er beweisen, dass er ein echter Norweger ist?«

»Ja. Und dann hat er den Job!«

»Und du hast nie wieder etwas von ihm gehört?«, fragte Jan-Ole, obwohl er die Antwort bereits kannte. »Aber du hast doch bestimmt versucht, ihn anzurufen? Und im Lager muss es irgendjemandem aufgefallen sein, dass er plötzlich verschwunden war!«

»Im Lager ist viel zu viel Chaos. Alte Leute, neue Leute, keiner weiß was. Manchmal sind Leute einfach weg. Keine Zeit, um Auf Wiedersehen zu sagen! Und ich habe sein Handy angeklingelt, oft, aber es war tot. Vielleicht hat er ein neues, wenn der Job gut ist.«

Jan-Ole legte kurz den Kopf in den Nacken und starrte an die Decke. Wahrscheinlich ist nicht nur das Handy tot, dachte er. Als er sich wieder zu Ibu wandte, sah er an seinen Augen, dass der Afrikaner längst Bescheid wusste.

Julia schluchzte leise. Merette hatte die Lippen zusammengepresst und blickte ihn fragend an.

»Wir kriegen ihn«, sagte Jan-Ole und hoffte, dass es nicht allzu sehr danach klang, als würde er sich nur selbst überzeugen wollen.

KRISTINA

Jan-Ole war erst spät am Abend aus Farsund zurückgekommen, schien aber wie selbstverständlich davon ausgegangen zu sein, dass er Kristina noch im Büro antreffen würde. Sie hatte seine Stimmung schlecht einschätzen können, der dämliche Witz, mit dem er sie begrüßte, konnte sowohl bedeuten, dass sein Gespräch mit Merette gut verlaufen war, als auch das genaue Gegenteil.

»Ich habe ein bisschen länger gebraucht, weil ich ein Problem mit deinem Wagen hatte.«

»Wieso? Was ist passiert?«

»Der rechte Außenspiegel ist kaputt, tut mir leid.«

Im ersten Moment war sie verärgert gewesen, der Original-Außenspiegel für den Porsche kostete ungefähr so viel, wie andere Leute für einen Kleinwagen bezahlen. Aber als sie seine bedrückte Miene sah, sagte sie nur: »Okay, Jan-Ole, vergiss es. Es gibt Schlimmeres.«

»Na ja, es ist nur … also es gibt da noch ein Problem. Der Porsche liegt nämlich drauf, auf dem Außenspiegel, meine ich.«

»Was?!«

»Dumm gelaufen, ich weiß …«

Aber bevor sie noch wirklich reagieren konnte, hatte er schon angefangen zu lachen.

»Jetzt habe ich dich aber kalt erwischt! Ist gut, der Witz, oder? Habe ich von einem LKW-Fahrer und wollte ihn schon immer mal anbringen. Aber reg dich nicht auf, mit deinem Auto ist alles in Ordnung, nur der fünfte Gang hakt ein bisschen, und ich finde, dass er so zwischen drei- und viertausend Touren deutliche Beschleunigungslücken zeigt, für einen Porsche jedenfalls.«

»Sehr witzig!«, war alles gewesen, was Kristina erwidert hatte, bevor sie ihm die Notizen mit den Ergebnissen ihrer Recherchen vom Nachmittag über den Tisch schob.

Viel Neues hatte sich nicht ergeben, nach Aussage der benachbarten Anwohner war der Fahrer schon seit Jahren nicht mehr auf seiner Hütte am See gewesen, irgendwann hatte er noch mal notdürftig das Dach repariert, danach war die Hütte immer weiter verfallen und diente nur noch den Jugendlichen aus dem Dorf als heimlicher Treffpunkt.

Zu dem Verhältnis zwischen Fahrer und Staatssekretar war kaum mehr in Erfahrung zu bringen gewesen, als dass sie offensichtlich ein gut aufeinander eingespieltes Team waren – und die anderen Fahrer, die für die verschiedenen Ministerien arbeiteten, schienen eher erleichtert zu sein, dass sie selber nicht den Staatssekretär chauffieren mussten, der allgemein bekannt war für seine Arroganz und seine cholerischen Anfälle.

Über ihren Kollegen Mats Wahlborg waren sie einhellig der Meinung, dass er ein Duckmäuser war, der sich zu viel gefallen ließ, etwas wirklich Konkretes wusste niemand über ihn, er galt als wenig kollegial und schien jeden Kontakt mit den anderen zu meiden.

»Lars hat noch ein paar Infos über ihn zusammengetragen«, berichtete Kristina, »aber auch da ist nichts Besonderes …«

»Lars?«

»Äh, Leif … Quatsch! Er heißt Lars!«

Jan-Ole grinste. Kristina war mittlerweile überzeugt, dass er irgendwie zu Merette zurückgefunden hatte. Als sie mit einem Radiergummi nach ihm warf, war sie sich nicht ganz sicher, ob der Grund dafür wirklich nur die Tatsache war, dass er sie mit dem Namen ihres neuen Kollegen durcheinandergebracht hatte.

»Also, er ist hier in Kristiansand geboren«, las sie von ihren Notizen ab. »Ist in der Schule durch gute Noten aufgefallen, alle dachten, dass er Abitur machen würde. Aber dann hat die Mutter die Familie verlassen, als er vierzehn war, er hat mit sechzehn zunächst eine Gärtnerlehre angefangen, dann aber abgebrochen und als Hilfskraft in einer Autowaschanlage gearbeitet. Dann gibt es eine Lücke von fast zehn Jahren, es sieht so aus, als wäre er in dieser Zeit in England gewesen. Mehr wissen wir darüber nicht … Lars überprüft das aber noch. Nachdem Wahlborg zurückgekommen ist, hat er eine Ausbildung zum Berufsfahrer gemacht und gleich danach die Stelle im Ministerium gekriegt. Und das war's.«

Die Angaben über den Staatssekretär waren kaum ausführlicher – geboren und aufgewachsen in Oslo, Abitur als Jahrgangsbester, Jura-Studium, Heirat mit der Tochter des Vorstandsvorsitzenden einer Ölgesellschaft, Scheidung kurz nach der Geburt des zweiten Kindes. Seit drei Jahren wieder verheiratet, diesmal mit einem ehemaligen Unterwäschemodel, das kaum halb so alt wie er selber war. Verschiedene Ehrenämter in der High Society der Stadt. Eine

Anzeige wegen Trunkenheit am Steuer, die allerdings über zehn Jahre zurücklag.

Weder Torstensen noch Wahlborg waren telefonisch zu erreichen gewesen, Torstensens Sekretärin hatte von Drohbriefen oder Mails nichts gewusst und war auch nicht gewillt gewesen, weitere Auskünfte zu geben. Das Problem war nach wie vor, dass das Team nicht offen ermitteln konnte, solange die Staatsanwaltschaft nicht eingeschaltet war.

Jan-Ole berichtete ausführlich von den neuen Informationen, die er von Merettes Pfleger hatte und die vielleicht endlich einen Ansatzpunkt ergaben. Mit einer fast jungenhaften Begeisterung schleppte er eine altertümliche Schiefertafel an, die er durch Zufall in einer Kammer neben den Klos entdeckt hatte, und stellte sie mitten in den Raum …

Es war bereits kurz vor Mitternacht, als die Tafel bis zum unteren Rand mit den Stichworten zum Thema »Was kennzeichnet einen echten Norweger?« bedeckt war. Kristina und Jan-Ole hatten zwei Spalten angelegt, die jeweils mit »positiv« und »negativ« überschrieben waren. Unter »positiv« war aufgelistet:

1. hat ein überdurchschnittliches Monatseinkommen
2. ist gerne in der freien Natur
3. hat eine Hütte in der Wildnis
4. hat ein Boot mit Außenborder
5. liebt sein Land und seine Traditionen
6. verehrt Edvard Grieg, Munch, Hamsun etc.
7. spricht generell leidlich gut Englisch
8. redet nicht viel, sondern handelt lieber
9. ist im Notfall ohne viel Worte zur Hilfe bereit, auch

Fremden gegenüber (wenn sie nicht gerade eine schwarze Hautfarbe haben)
10. *hat das Allemannsretten/Jedermannsrecht erfunden*
11. *hat kein Problem damit, dass auch Männer stricken*
12. *fährt Elektroauto, um die Umwelt zu schützen*
13. *hasst den Osloer Flughafen*

Interessanter für ihre Ermittlung schien die Negativ-Spalte zu sein:

1. *neigt zu Frömmlertum*
2. *liebt seine Klatschpresse*
3. *trinkt entweder gar nicht oder deutlich zu viel*
4. *hat leider ein Faible für Blasmusik*
5. *ist Jäger aus Passion und stolz darauf*
6. *beharrt immer noch auf seinem Recht, Wale zu jagen*
7. *kümmert sich einen Scheiß um die Umwelt, solange es um Öl geht*
8. *besitzt ein ausgeprägtes Nationaldenken*
9. *mag vor allem keine Schweden*
10. *hat etwas gegen »Neu-Norweger«*

»Okay«, fasste Jan-Ole zusammen, »in der Tourismuswerbung für Norwegen würden wir uns wahrscheinlich nicht besonders gut machen, aber ich denke, für unsere Zwecke reicht es erst mal. Also, wir suchen nach etwas, womit jemand beweisen soll, dass er es verdient, ein echter Norweger zu sein. Das grenzt die Liste schon mal ein, aus meinem Bauchgefühl heraus würde ich sagen: Punkt 2 aus der ersten Spalte und Punkt 5 aus der zweiten. Vielleicht sollten die Kandidaten zeigen, dass sie in der Lage sind, in der Wildnis zu überleben. Sie werden irgendwo ausgesetzt, verstehst du? Bei Beredskapstroppen gehört so ein Überlebenstraining zur Ausbildung, ich habe das selber mitgemacht! Und wenn die Flüchtlinge es nicht schaffen, haben sie Pech gehabt – das würde im Übrigen auch erklären, warum sie einfach von der Bildfläche verschwunden sind! Wahrscheinlich tauchen ihre Leichen erst im Frühjahr nach der Schneeschmelze irgendwo wieder auf, wenn überhaupt.«

Kristina schluckte heftig.

»Du gehst weit«, sagte sie. »Und ich sehe keinerlei Zusammenhang zu der Geschichte auf dem Eis.«

»Lass uns das mal völlig ausblenden! Wir konzentrieren uns jetzt nur auf den Staatssekretär und die Flüchtlinge. Wenn wir Glück haben, klärt sich damit auch irgendwann das andere auf.«

»Du denkst also an so was wie eine Gruppe von Leuten …«

»Einen Club, ja. Vielleicht eine Art Geheimzirkel, der sich das exklusive Privatvergnügen leistet, Flüchtlingen mal so richtig zu zeigen, dass sie hier nichts zu suchen haben.«

Kristina ging wortlos zu ihrem Schreibtisch und rief wieder die Seite auf, auf der die Mitglieder der verschiedenen Ministerien vorgestellt wurden.

»Torstensen ist erster Vorsitzender in einem Jagdclub in Oslo.«

»Könnte passen. Und der Fahrer? Ist er im selben Club?«

Es dauerte einen Moment, bis Kristina die Homepage des Jagdclubs und die dazugehörige Mitgliederliste gefunden hatte.

»Nein, nichts. Sein Name ist nicht dabei.«

Jan-Ole fing an, mit gesenktem Kopf den Raum zu durchqueren, immer fünf Schritte, von der Schiefertafel zum Fenster und zurück. Wie ein Raubtier im Käfig, dachte Kristina.

»Muss er auch nicht«, überlegte er laut. »Es reicht, wenn er der Fahrer ist, damit hat er zwangsläufig überall Zutritt, wo auch sein Boss hingeht. Wir müssen einen Kontakt zu einem der beiden kriegen! Am einfachsten wäre es über diesen Club, aber das dauert zu lange, bis wir da jemanden eingeschleust haben, so viel Zeit haben wir nicht.«

»Und wenn wir versuchen, ihn auf einer der Diskussions-Veranstaltungen zu erwischen? Die nächste ist … warte, hier! Morgen Nachmittag schon, in einer Schulaula in Flekkefjord, fünfzehn Uhr.«

»Keine schlechte Idee. Und weiter? Was dann, wie stellst du dir das vor?«

»Uneingeschränkte Sympathie für seine Haltung in der Flüchtlingsfrage zeigen, sich als jemand zu erkennen geben, dem das derzeitige Asylrecht noch nicht scharf genug ist, wie zufällig erwähnen, dass es doch Möglichkeiten geben muss, um die Sache selbst in die Hand zu nehmen … ich weiß auch nicht, aber in diese Richtung vielleicht.«

Jan-Ole blieb abrupt stehen.

»Ziemlich dreist! Und womöglich leicht zu durchschauen. Wenn wir wirklich recht haben und sie da irgendein hinterfotziges Spiel mit den Flüchtlingen spielen, dann werden sie verdammt vorsichtig sein.«

»Kommt drauf an«, erwiderte Kristina. »Erstens schätze ich, dass Torstensen ein eitler Gockel ist, der sich gerne ein wenig Honig um den Bart schmieren lässt, und zweitens ist es vielleicht einfach nur die Frage, wer da mit ihm redet. Es müsste jemand sein, dem er seine nationale Gesinnung ohne weiteres abnimmt, aber kein blöder Nazi mit geschorener Glatze, sondern ein ehrenwertes Mitglied der Gesellschaft! Womit du schon mal rausfällst«, setzte sie mit leicht spöttischem Ton hinzu, redete aber gleich weiter. »Noch besser wäre jemand, zu dem er irgendeine Verbindung hat, die so was wie eine Vertrauensbasis herstellen könnte …«

»An wen denkst du, Kristina? Du verfolgst doch eine konkrete Idee, jetzt rück schon raus damit.«

»Der Gedanke ist mir eben erst gekommen, Torstensen ist doch in zig Ehrenämtern, unter anderem ist er Schirmherr eines Vereins zur Rettung historischer Küstensegler! Der Verein heißt anders, aber darum geht es: alte Frachtsegler, die wiederaufgebaut werden! Einen Versuch ist es wert …«

Ohne eine Antwort abzuwarten, griff sie nach dem Telefon und wählte aus dem Kopf eine Nummer. Während sie auf den Anschluss wartete, hielt sie die ausgestreckte Hand hoch, um jede Frage von Jan-Ole zu stoppen.

»Hei Papa«, sagte sie dann in den Hörer. »Ich weiß, wie spät es ist, aber es ist wichtig! Kai Torstensen, ein Staatssekretär, sagt dir der Name etwas? Ja, genau der, ich habe hier gerade gesehen, dass er Schirmherr in eurem Verein ist. Hast du ihn in diesem Zusammenhang vielleicht mal irgendwo … Hast du, okay, und er ist ein Arschloch, ja, das sehen wir genauso, aber weiß er, wie du über ihn denkst? Nein? Ihr habt nur ein paar Worte gewechselt und vor der Tür zusammen eine Zigarette geraucht«, wiederholte sie Carls Antwort für Jan-Ole. »Sehr gut. Und kann er irgendwas darüber wissen, dass du eine Tochter hast, die bei der Polizei ist? Kann er nicht, gut. Dann habe ich einen Job für dich …«

Aus den Augenwinkeln sah sie, wie Jan-Ole ihr einen Vogel zeigte, aber sie ließ sich nicht irritieren.

»Pass auf, Carl, könntest du morgen Nachmittag, nein, heute Nachmittag in Flekkefjord sein? Ja, natürlich sage ich dir noch, worum es überhaupt geht. Ich will nur wissen, ob du überhaupt Zeit hast? Okay, dann lass mich das hier kurz mit Jan-Ole besprechen, und ich rufe dich gleich noch mal an. Gib uns eine Viertelstunde, das sollte reichen. Hei du!«

»Unmöglich«, erklärte Jan-Ole, nachdem sie aufgelegt hatte. »Das können wir nicht machen.«

»Carl kriegt das hin, er kann ziemlich überzeugend sein, glaub mir. Und er soll ja nichts weiter machen, als einfach nur mit Torstensen zu reden. Vielleicht kriegt er ihn dazu, dass sie nach der Veranstaltung zusammen in irgendeine Kneipe gehen, um was zu trinken. Um mehr geht es doch gar nicht! Aber mit ein bisschen Glück verplappert sich der Herr Staatssekretär vielleicht, und ich habe keine andere Idee, wie wir sonst an mehr Informationen kommen sollen.«

Als Jan-Ole die Augenbrauen hochzog und schließlich zögernd nickte, griff Kristina erneut zum Telefon.

Noch bevor Jan-Ole am nächsten Morgen im Büro auftauchte, erstattete Kristina der Polizeidirektorin Bericht. Das Gespräch war ebenso kurz wie die neuen Angaben, die Kristina noch zu machen hatte. Die Polizeidirektorin stimmte ihr zu, dass die Indizien zumindest einen Zusammenhang zwischen den Auftritten des Staatssekretärs und dem spurlosen Verschwinden von Flüchtlingen nahelegten, war aber immer noch nicht bereit, den Staatsanwalt einzuschalten.

»Ganz konkret geht es hier auch darum, dass die Alternative Parti for Norge nicht nur dieses eine Ministerium besetzt und wir durchaus von den Politikern abhängig sind, die die finanziellen Mittel für unsere Arbeit zur Verfügung stellen. Was ihr mir hier liefert, sind wieder nur neue Verdachtsmomente, und wenn ich das richtig sehe, seid ihr mit dem Eisunfall keinen Schritt weiter. Torstensen war auf dem See, ja gut, und? Die Aussage, dass sie da Ralleyfahren geübt haben und er dann pinkeln musste, klingt vielleicht nicht hundertprozentig überzeugend, aber es spricht auch nichts dagegen, dass es genau so gewesen sein kann. Und wir haben nichts, was auf eine Verbindung zu der ertrunkenen Theatergruppe hinweist, geschweige denn, dass da irgendwo auch noch eure verschwundenen Flüchtlinge ins Bild passen würden.«

»Aber sollten wir nicht trotzdem den Pfleger als Zeugen hierher bestellen, damit wir erst mal eine offizielle Aussage von ihm bekommen?«

»Ganz ehrlich gesagt? Nein! Ich wüsste nicht, was das bringen sollte. So wie sich mir die ganze Sache darstellt, bleibt mir kaum etwas anderes übrig, als den Fall abzugeben, auch wenn das kein besonders gutes Licht auf uns wirft. Ich werde nachher mit Oslo telefonieren, dann sollen die entscheiden, wie es weitergeht. Stell mir bitte alles, was ihr an Ermittlungsergebnissen habt, so zusammen, dass ich es rüberschicken kann.«

»Aber wir haben noch einen Tag!«, beharrte Kristina.

»Was?«

»Sie haben uns drei Tage Zeit gegeben, die sind noch nicht um! Und wir hoffen im Moment darauf, dass wir heute Nachmittag noch mal etwas erfahren, was uns vielleicht weiterbringt.«

Die Polizeidirektorin zog unwillig die Augenbrauen zusammen, nickte dann aber.

Kristina erwähnte weder etwas davon, dass sie am Nachmittag den direkten Kontakt mit dem Staatssekretär aufnehmen wollten, noch, dass sie dazu ihren Vater in eine polizeiliche Ermittlung einbinden würden.

Kristina und Jan-Ole hatten abgesprochen, auch den jungen Kollegen aus Drammen nicht über die geplante Aktion zu informieren, Gunvald ließ sich ohnehin nicht blicken. Aber Kristina merkte deutlich, dass Jan-Ole längst nicht mehr überzeugt von einem Erfolg ihrer Ermittlungen war. Die Euphorie, mit der er sich gestern noch auf die Informationen von Merettes Pfleger gestürzt hatte, war einer Art Resignation gewichen – und wenn Kristina ehrlich genug war, musste sie ihm zustimmen. Sie stocherten eher blind herum, um die sprichwörtliche Nadel in einem Heuhaufen zu finden, und wahrscheinlich war das Ganze tatsächlich eine Nummer zu groß für sie.

Was sie jetzt brauchten, war die Unterstützung des gesamten Polizeiapparates, einschließlich einer Telefonüberwachung, der Überprüfung der Handyverbindungen, einer Hausdurchsuchung, womöglich auch der Observation sowohl des Staatssekretärs als auch seines Fahrers, rund um die Uhr! Aber eben diese Unterstützung hatten sie nicht. Sie waren gerade mal in der Lage, die Polizeidienststellen der Orte durchzutelefonieren, aus denen die

Vermisstenmeldungen von Flüchtlingen vorlagen. Aber auch das war nur eine Sackgasse, solange die Kollegen vor Ort nicht bereit waren, da konkreter nachzufassen. Und dazu gab es weder eine Veranlassung noch die notwendigen Kapazitäten. Die Flüchtlinge waren eben nur vermisst und wurden nicht als mögliche Mord- oder Todesfälle geführt.

Der Anruf von Carl kam noch vor fünfzehn Uhr.

»Ich bin da! Und ich hab ihn schon getroffen. Er konnte sich gleich an mich erinnern, klar, ein Schiff wie die Anna-Maria gibt es auch in unserem Verein nicht allzu oft. Ich geh jetzt in diese Versammlung und hör mit erst mal den Scheiß an, den er so labert. Vielleicht kann ich ja auch ein paar von seinen angeblichen Argumenten ganz gut gebrauchen, wenn wir nachher miteinander reden. Ja, ich bin mit ihm verabredet! War ganz einfach, er schien sich sogar darauf zu freuen, ein paar Biere mit mir zu kippen.«

»Das ist klasse«, sagte Kristina. »Aber denk dran, was wir abgesprochen haben! Du sollst ihn nur ein bisschen aushorchen, mehr nicht. Und ruf uns danach gleich wieder an, ja?«

Zwei Stunden später ertappte sich Kristina dabei, wie sie nervös auf die Uhr sah. Jan-Ole hatte ihren Blick bemerkt.

»Es ist noch zu früh«, sagte er. »Ich schätze, die Veranstaltung wird mindestens bis vier, halb fünf gedauert haben, dann sind sie jetzt wahrscheinlich gerade in der Kneipe.«

»Wir hätten ihn nicht alleine dahin fahren lassen sollen«, erwiderte Kristina leise.

Sie rechnete fast damit, dass Jan-Ole gleich mit so was kommen würde wie »Ich habe von Anfang an nichts von deiner Idee gehalten, das weißt du«, aber er stand nur wortlos auf und verschwand auf dem Gang. Als er zurückkam, hatte er einen Becher heißes Wasser und einen Beutel Kamillentee für sie aus der Kantine geholt.

»Das beruhigt«, war alles, was er sagte, bevor er das Fenster öffnete und sich eine Zigarette drehte.

Spätestens jetzt wusste Kristina, dass er ebenfalls nervös war.

Als er fertig geraucht und die Kippe nach draußen geschnippt hatte, sagte sie: »Ich rufe ihn jetzt an.«

Jan-Ole nickte nur und schloss das Fenster.

Diesmal nahm sie ihr Handy, um zu vermeiden, dass in seinem Display die Kennung *Kristina Kommissariat* auftauchte, unter der er ihre Dienstnummer gespeichert hatte.

Carls Handy war ausgeschaltet. Kristina merkte, wie ihr der Schweiß ausbrach.

»Was hat das zu bedeuten? Was machen wir jetzt?«

Jan-Ole hatte bereits die Autoschlüssel in der Hand.

»Wir fahren hin.«

Sie hatten gerade erst die Stadt verlassen und bogen auf die Zufahrt zur E 18 ein, als sich Kristinas Handy meldete, das sie in die Halterung am Armaturenbrett geschoben hatte.

Jan-Ole beugte sich vor, um das Display ablesen zu können.

»Unbekannter Teilnehmer«, murmelte er.

»Nimm es an!«, sagte Kristina. »Und schalte den Lautsprecher ein.«

Carls Stimme war kaum zu verstehen, und er sprach so hastig, als hätte er keine Zeit und würde jeden Moment abbrechen müssen.

»Ich habe keine Ahnung, was hier läuft, aber irgendwas stimmt nicht. Die Veranstaltung war ziemlich schnell zu Ende, und Torstensen hat mich ganz direkt gefragt, ob ich nicht Lust auf einen kleinen Spaß am Abend hätte, besser als jede Kneipe, hat er behauptet. Was hätte ich machen sollen? Ich dachte, das ist vielleicht gar nicht so verkehrt, ich hab sein Vertrauen, vielleicht kriege ich auf diese Weise tatsächlich was raus, also bin ich eingestiegen. Da war noch ein zweiter Typ, der mir gleich als Erstes das Handy abgenommen hat, ich rufe dich von einem zweiten an, dass ich in der Jacke hatte und von dem sie nichts wissen …«

»Was ist dann passiert, nachdem ihr losgefahren seid?«, Kristinas Stimme überschlug sich fast bei ihrer Frage. »Wo bist du jetzt?«

»Das ist es ja, ich weiß es nicht. Torstensen hat mir eine Augenbinde übers Gesicht gezogen, angeblich weil wir zu einem geheimen Ort fahren würden, den ich alleine nicht wiederfinden soll. Ich schätze, wir sind ungefähr eine Stunde unterwegs gewesen, eher weniger. Jetzt sind wir irgendwo im Gebirge, ich bin noch am Auto, die beiden sind gerade in einem zweistöckigen Haus verschwunden, um irgendwas zu holen, ich soll auf sie warten. Sonst scheint hier niemand zu sein, es gibt ein paar Hütten und eben dieses größere Gebäude, könnte ein altes Wandererheim sein, und weiter unten im Tal ist ein ziemlich breiter Flusslauf mit Sandbänken, glaube ich …«

Während Carl noch redete, hatte Jan-Ole sich schon die Straßenkarte auf die Knie gezogen.

»Guck dich noch mal um, Carl! Kannst du irgendwo so was wie einen Förderturm sehen?«

»Was? Nein … Doch, ja, da steht so ein Ding.«

»Gut. Was du vor dir hast, ist kein Wandererheim, sondern das ehemalige Verwaltungsgebäude vom Bergwerk. Du bist in Knaben Gruver, ich kenne das, ich war schon mal da. Pass auf, bleib ganz ruhig, ich sag dir jetzt, was du tun sollst …«

»Ich muss Schluss machen, sie kommen zurück! Verdammt, das sieht aus, als hätten sie Gewehre bei sich!«

Die Verbindung wurde abrupt unterbrochen.

»Scheiße!«, presste Jan-Ole zwischen den Zähnen hervor. »Das ist ein riesiges Gelände da, mit stillgelegten Stollen und auch noch irgendwelchen Bunkern aus dem Zweiten Weltkrieg. Dafür brauchen wir meine Truppe. Aber es wird zu lange dauern, bis sie da sind, also gib Gas!« Er warf erneut einen Blick auf die Karte. »Wir bleiben auf der E 18 bis Kvinesdal, von da geht es ins Tal Richtung Norden und dann an dem Fluss entlang, von dem dein Vater gesprochen hat.«

Während Kristina das Magnet-Blaulicht aufs Dach setzte, um sich gleich darauf rücksichtslos an der Schlange der Fahrzeuge vor ihnen vorbeizudrängen, telefonierte Jan-Ole mit seiner Einheit.

Kristina musste sich so auf den Verkehr konzentrieren, dass sie nur mit halbem Ohr mitbekam, wie Jan-Ole einen Hubschrauber beorderte und präzise Angaben zum Zielort durchgab. Obwohl seine Stimme vollkommen ruhig klang, wusste sie, dass ihr Vater in höchster Gefahr war. Aber erst als sie den Porsche schon über die Nebenstraße nach Norden prügelte, wagte sie es, die Frage zu stellen, die ihr die ganze Zeit durch den Kopf ging.

»Sie haben von Anfang an gewusst, dass er nicht einfach nur ein Typ ist, der den Staatssekretär zufällig kennt, weil sie im gleichen Verein sind, oder? Aber wieso? Was ist da schiefgelaufen?«

»Sie müssen ihn überprüft haben, wahrscheinlich der Fahrer, während Torstensen seinen Vortrag gehalten hat.«

Jan-Ole griff nach seinem Handy. Das Netz war nicht gut, reichte aber, um in die Suchmaschine zu kommen. Kurz darauf fing er an zu fluchen.

»Verdammt, wir haben Mist gebaut! Das hätten wir vorher überprüfen müssen! Wenn man den Namen deines Vaters eingibt, kommt gleich als Erstes ein großer Artikel aus der *Tønsberger Zeitung*. Irgendwas über eine Bürgerinitiative, die eine Brücke zwischen den vorgelagerten Inseln und der Stadt fordert ...«

»Eine zweite Brücke, weil da morgens und spätnachmittags alles dicht ist, also im Notfall auch keine Rettungswagen durchkommen. Ich weiß, worum es geht, Carl ist in der Initiative, ich auch ... Scheiße!« Kristina schlug mit der flachen Hand aufs Lenkrad. »Klar, da stehen unsere Namen!«

»Nicht nur das«, sagte Jan-Ole. »Wenn ich mal kurz zitieren darf: ›Zu der Bürgerinitiative zählen viele bekannte Persönlichkeiten der Stadt, unter anderem der Schriftsteller Ingvar Ambjørnsen sowie Schiffseigner Carl Bygholm und seine Tochter Kristina, Kriminalhauptkommissarin in Kristiansand ...‹«

Er legte Kristina die Hand auf den Arm.

»Wir haben Mist gebaut«, wiederholte er. »Aber noch haben wir eine Chance, ihn da rauszuholen. Eine Viertelstunde noch, zehn Minuten, dann sind wir da. Und sie werden nicht damit rechnen, dass wir plötzlich auftauchen.«

»Er hat gesagt, dass sie Gewehre dabei hatten, als sie aus

dem Haus zurückgekommen sind!«, stieß Kristina hervor. »Sag mir die Wahrheit: Glaubst du, dass sie … ihn jagen wollen?«

»Ich nehme es an, ja. Und ich bin mir jetzt sicher, dass sie dasselbe auch schon mit den Flüchtlingen gemacht haben. Sie haben sie nicht nur in der Wildnis ausgesetzt, sie haben Jagd auf sie gemacht!«

Er war gerade dabei, ein Stück trockene Flechte vom Stamm einer Birke zu reißen, als er die Stimmen der Jäger hörte. Neugierig wandte er den Kopf und trat näher zum Waldrand. Vor ihm fiel das Gelände steil nach unten ab, bis zum Fluss hinunter, der unter der Eisdecke gurgelte und stöhnte.

Jetzt sah er auch den einzelnen Mann! Auf der gegenüberliegenden Seite, wo er Schutz hinter einem Felsbrocken suchte. Aber kaum, dass er sich zusammengekauert hatte, knallte ein Schuss. Dicht über dem Kopf des Mannes zerstäubte der Felsen in eine Wolke kleiner Steinsplitter. Bei dem Knall war er kurz zusammengezuckt. Aber der Schuss galt nicht ihm, er war nicht in Gefahr.

Der Mann sprang jetzt auf und rannte weiter. Sein Keuchen drang bis zu ihm herüber. Und der Wind stand so, dass er seine Angst riechen konnte. Wieder hallte ein Schuss von den Felswänden zurück, ohne dass er diesmal sehen konnte, wo die Kugel eingeschlagen hatte.

Der Mann riss die Arme über den Kopf und lief im Zickzack auf das Eis hinaus. Als er merkte, dass das Eis ihn trug, änderte er plötzlich die Richtung und folgte jetzt dem Flusslauf. Das war dumm von ihm. Im Wald hätten die Bäume ihm Schutz geboten. Auf dem Fluss gab es kein Versteck!

Er wusste, was jetzt kommen würde. Er hatte es schon oft

genug gesehen. Es war nichts Neues mehr für ihn. Er beugte den Kopf und kratzte den Schnee beiseite, bis er ein paar vertrocknete Heidelbeeren fand. Während er kaute, wartete er auf den nächsten Schuss. Er hatte nicht erkennen können, wo die Jäger waren. Aber sie waren da, er konnte sie immer noch hören. Menschen verstanden es nicht, im Wald zu laufen, ohne ein Geräusch zu machen.

Als er wieder hochblickte, war der Mann auf dem Eis plötzlich verschwunden. Langsam setzte er sich in Bewegung und trabte an der Abbruchkante entlang, immer darauf bedacht, den Kopf so zu halten, dass er nicht gegen einen der trockenen Äste stieß. Einmal versank er in einer Mulde bis zum Bauch im Schnee, aber der Winter hatte ihm noch nicht zu sehr zugesetzt, er war immer noch kräftig genug, um sich ohne Anstrengung aus dem Loch herausarbeiten zu können.

Als er sich kurz darauf der Klippe näherte, war nur noch hartes Felsgestein unter ihm, das der Wind vom Schnee befreit hatte. Er kannte eine Stelle zwischen den krummgewachsenen Kiefernstämmen, von wo aus er das ganze Tal überblicken konnte. Vorsichtig trat er soweit an die Kante, dass ein paar lose Steine unter ihm in die Tiefe polterten, jetzt sah er auch die Spur im Schnee, die vom Fluss wegführte und hinter den alten Mauern verschwand, die den Eingang zum Tunnel bildeten.

Aber da ging es nicht weiter, der Tunnel war mit Brettern versperrt, er selber hatte erst in der letzten Nacht noch dort gestanden, um Zuflucht vor dem eisigen Wind zu finden.

Als die Jäger auf die offene Schneefläche unter ihm hinaustraten, wusste er plötzlich, was nicht stimmte. Etwas war anders als sonst! Der Mann, hinter dem sie her waren, hatte genauso ausgesehen wie die anderen Männer. Nicht dunkel im Gesicht und an den Händen, das war neu. Und es waren auch weniger Jäger als sonst, nur diese beiden, die jetzt schon fast an der Mauer waren.

Er wich von der Kante zurück und kletterte in einer schmalen Rinne nach unten. Selbst für ihn war es schwierig, auf dem losen Geröll genug Halt zu finden, um nicht wegzurutschen. Der Mann trat so unvermittelt in seinen Weg, dass er gerade noch stoppen konnte und schnaubend den Kopf zurückwarf. Gleich darauf war er schon wieder allein, nur die Fußspuren zeigten deutlich, wohin der Mann verschwunden war. Aber auch die Jäger waren ganz in der Nähe, er konnte wieder ihre Stimmen hören, als sie sich etwas zuriefen.

Er drückte sich zwischen die Tannen und stand ganz still. Es dauerte nicht lange, bis einer der Jäger die Geröllrinne heraufgeklettert kam. Jetzt hatte er die Spur im Schnee entdeckt, als zwischen den Bäumen ein Ast knackte, riss er das Gewehr hoch und gab wieder einen Schuss ab. Die Felswände warfen das Echo zurück, der Jäger stürmte vorwärts in den Wald. Eine Weile konnte er noch das Geräusch seiner Schritte hören, dann herrschte wieder Stille. Nur ein Vogel krächzte irgendwo am Berghang, wo der zweite Jäger jetzt war, wusste er nicht.

Mit weit vorgeschobenem Kopf trat er aus seinem Versteck hervor. Tief zog er die Luft in die Nüstern, seine Ohren drehten sich von links nach rechts, aus weiter Ferne meinte er plötzlich, ein neues Geräusch ausmachen zu können. Ein Auto vielleicht. Drüben auf der Landstraße. Nein, mehrere Autos! Und ein Hubschrauber.

Er beschloss, dass es besser war zu verschwinden. Aber er konnte sich nicht für eine Richtung entscheiden. Unschlüssig stand er mitten auf dem Pfad, als ein neuer Schuss durch den Wald peitschte. Gleich darauf folgte ein Aufschrei!

Und dann ging alles ganz schnell. Der Mann, dem der Jäger

gefolgt war, kam zurück aus dem Wald. Aber er konnte kaum noch laufen. Er stolperte und hielt sich das Bein, aus einer Wunde tropfte Blut. Genau vor ihm brach er im Schnee zusammen. Sein Atem ging keuchend, sein Gesicht glänzte feucht, er hatte die Augen weit aufgerissen, aber er schien ihn trotzdem nicht zu sehen.

Schritt für Schritt wich er zurück, bis er wieder unter den Tannen stand. Als der Jäger zu dem Mann im Schnee trat, zog er den Kopf noch weiter zwischen die Zweige.

Der Jäger drückte dem Mann das Gewehr auf die Brust. Er sagte etwas. Es klang nicht freundlich. Der Mann auf dem Boden hatte die Augen geschlossen und stöhnte nur. Das Blut zwischen seinen Fingern quoll jetzt in Stößen hervor und färbte den Schnee rot.

Plötzlich hob der Jäger den Kopf und wich gleich darauf hinter einen Felsen zurück. Jemand kam die Rinne heraufgeklettert. Aber es war nicht der zweite Jäger. Sondern eine Frau, die mit einem Aufschrei zu dem Mann im Schnee stürzte. Sie drehte seinen Kopf zu sich und schlug ihm mit der flachen Hand auf die Wangen. Dann riss sie ihren Schal unter der Jacke hervor und knotete ihn fest um das verletzte Bein.

Jetzt rief sie etwas ins Tal hinunter. Sehr laut, als würde da noch jemand sein, der aber keine Antwort gab.

Im gleichen Moment, in dem der Jäger hinter dem Felsen hervortrat und das Gewehr auf die Frau richtete, war plötzlich der Hubschrauber über ihnen. Ein Scheinwerfer tauchte den Wald in gleißendes Licht. Im Lärm der Rotorblätter war der Schuss kaum zu hören. Aber noch bevor der Jäger rückwärts in den Schnee sackte, erschien das Loch auf seiner Stirn. Wie eine rote, feuchtglänzende Flechte, die sich auf der glatten Rinde einer Birke festgesetzt hatte und zu wachsen schien …

Der Elchbulle schnaubte laut. Mit vorsichtigen Schritten näherte er sich der Frau, die wie erstarrt im Schnee hockte, und blies ihr seinen warmen Atem in den Nacken. Dann warf er den Kopf zurück und stakte die Rinne hinauf, ohne sich noch einmal umzublicken.

JAN-OLE

Die Silhouette des Förderturms ragte wie ein schwarzer Schatten vor dem Nachthimmel auf, ab und zu wischte der Lichtkegel eines Scheinwerfers über die mattgrau schimmernde Schneefläche und riss scharfe Konturen in die Dunkelheit. Von der Straße her dröhnte Motorenlärm. Ein paar Männer von Beredskapstroppen rannten im Laufschritt über den Parkplatz, das Knacken und Rauschen und die verzerrten Stimmen der Funkgeräte schienen allgegenwärtig.

Jan-Ole und Kristina lehnten neben der Tür zu den früheren Büros des Bergwerks. Jan-Ole drehte sich mit klammen Fingern eine neue Zigarette, nachdem Kristina ihm die erste aus der Hand genommen und nicht zurückgegeben hatte, sondern sie jetzt selber rauchte.

Carl war mit dem Hubschrauber auf dem Weg ins Krankenhaus, Kristinas Notverband hatte ihm wahrscheinlich das Leben gerettet. Sein Zustand war stabil, allerdings hatte er, als er schon festgeschnallt auf der Trage lag, von einer Vision gefaselt, von einem Elchbullen, der ihm auf dem Weg ins Jenseits erschienen sein wollte.

Der Staatssekretär war tot. Der Kopfschuss war so präzise gewesen, dass er wahrscheinlich noch nicht mal mehr Zeit gehabt hatte, um zu realisieren, was überhaupt passiert war. Sein Leichnam würde abtransportiert werden, sowie die Spurensicherung ihre Untersuchungen am Tatort beendet hatte. Dass er nicht gezögert hätte, sowohl Carl als auch Kristina zu beseitigen, schien außer Frage zu stehen.

Die Leute der Beredskapstroppen hatten bereits einen stillgelegten Minenschacht geöffnet und die Leichen von bislang vier verschwundenen Flüchtlingen gefunden. Alle vier Männer waren durch Schüsse in den Rücken gestorben, wiesen aber weitere nicht letale Schussverletzungen vor allem im Bereich der Beine auf – sie waren ohne jeden Zweifel gejagt worden, bevor der letzte Schuss dem perversen Spiel ein Ende gemacht hatte.

Im Moment war die Beredskapstroppen dabei, weitere Stolleneingänge zu öffnen, alle gingen davon aus, dass sie über kurz oder lang weitere Leichen finden würden.

Erst vor wenigen Minuten waren sie bei der Durchsuchung des ehemaligen Verwaltungsgebäudes, das jetzt als Museum diente, im Obergeschoss auf die frühere Wohnung des Bergwerksdirektors gestoßen, hinter der ledergepolsterten Doppeltür hatte sich der Jagdclub aus Oslo hier seine Räume eingerichtet. Die Waffensammlung reichte von antiken Jagdgewehren bis zu modernen Schnellfeuerwaffen, mehrere gerahmte Fotografien zeigten die Mitglieder neben den von ihnen erlegten Tieren, hauptsächlich Elchen und Rentieren. Auf einem Bild posierte der Staatssekretär vor einem getöteten Eisbären, das Foto war überschrieben mit »Ferien auf Spitzbergen«.

Für die ausstehenden Ermittlungen interessanter war ein Whiteboard, das fast die gesamte Stirnseite des Hauptraumes einnahm. Penibel waren hier die Abschüsse der letzten Monate notiert, hinter dem jeweiligen Namen des

Jägers folgten Datum und Uhrzeit sowie die Art der Beute. Kristina hatte keine zwei Minuten gebraucht, um mehrere Abschussdaten zu identifizieren, die mit den Zeitpunkten übereinstimmten, zu denen auch Flüchtlinge verschwunden waren. In der entsprechenden Beutespalte fand sich dazu ausnahmslos die Bezeichnung »Schwarzwild« …

Kristina ließ die Kippe in den Schnee fallen und drehte sich zu Jan-Ole.

»Für einen Moment hatte ich vorhin gedacht, du wärst es gewesen, der Torstensen … na, du weißt schon. Es wäre Notwehr gewesen«, stellte sie achselzuckend fest, als Jan-Ole nichts erwiderte.

In einer ungeduldigen Bewegung warf er jetzt seine halbgerauchte Kippe weg. Dann packte er Kristina an den Schultern, als wollte er sie schütteln.

»Du hast schon mitgekriegt, dass ich hinter dir her gebrüllt habe, nachdem der Schuss gefallen war und du plötzlich nichts Besseres zu tun hattest, als ohne jede Deckung diese verdammte Rinne hochzustürmen? Aber du hast ja nicht gehört! Was sollte ich da machen? Ich wollte von der anderen Seite kommen, damit wir wenigstens nicht beide in der Schusslinie sind. Also bin ich unten am Berghang lang, nur dass das eine Scheißidee war, weil es nirgends einen Aufstieg gab. Und dann fiel der zweite Schuss, und kurz danach der dritte.«

»Ich weiß, ich erinnere mich. Und ich habe gerufen, dass es mir gutgeht und dass Torstensen tot ist, aber dass Carl Hilfe braucht. Ich muss in dem Moment völlig ausgeblendet haben, dass es ja nicht nur Torstensen gab, sondern auch noch den Fahrer. Ich habe überhaupt nichts mehr gedacht, ich hatte einfach nur panische Angst um meinen Vater …«

»Ich hab ihn gesehen, als er abgehauen ist, oben auf der Klippe! Ganz kurz nur, und gleich darauf war ja auch schon der Hubschrauber direkt über der Stelle, an der du dich befinden musstest. Es war also Hilfe für dich da, du brauchtest mich erst mal nicht mehr. Ich bin dann auf gut Glück unten an der Felswand in die Richtung gelaufen, in die der Fahrer verschwunden war. Ein Stück weiter gab es eine Stelle, wo ich hoch konnte, aber sein Vorsprung war zu groß, ich habe nur noch seine Fußspuren im Schnee gesehen. Und die haben mich direkt hierhergeführt, bis zu der Hütte da drüben.«

Jan-Ole holte tief Luft, bevor er weiterredete.

»In dem Moment ist auch der zweite Hubschrauber gelandet, und die Kollegen wollten sofort stürmen! Ich habe das gerade noch verhindern können, ich musste ja davon ausgehen, dass er immer noch sein Gewehr bei sich hatte und dass es in der Hütte vielleicht noch andere Waffen gibt, und du weißt, was das bedeutet hätte, wenn es zum Schusswechsel gekommen wäre. Ich wollte nicht noch einen Toten, und ich bin immer noch froh über diese Entscheidung, auch wenn ich damit gegen jede Einsatzregel verstoßen habe. Ich allein trage die Verantwortung für eventuelle Folgen, das ist mir klar. Ich hatte die vage Hoffnung, dass er vielleicht einfach aufgibt und mit erhobenen Händen rauskommt. Das hat er leider nicht getan, ich glaube allerdings auch nicht, dass er uns Schwierigkeiten machen wird. Er ist jetzt seit über einer Stunde da drin, ohne sich zu rühren, ich denke, er wartet darauf, dass es endlich vorbei ist. Aber ich brauche dich jetzt wahrscheinlich gar nicht erst zu bitten, dass du mich da alleine reingehen lässt, oder?«

»Brauchst du nicht, nein.«

»Das habe ich erwartet. Okay, dann lass es uns gemeinsam zu Ende bringen. Aber mit Westen, für alle Fälle, auch wenn es unnötig sein wird. Gehen wir!«

Nachdem sie sich die schusssicheren Westen übergezogen hatten, wechselte Jan-Ole kurz ein paar Worte mit dem Gruppenleiter von Beredskapstroppen.

»Was könnt ihr zur Situation da drin sagen?«

»Wir haben ihn durchs Fenster mit dem Nachtsichtgerät die ganze Zeit gut im Blick gehabt. Die Hütte hat nur einen Raum. Er sitzt am Tisch und starrt vor sich hin, von der Tür aus auf zwei Uhr, wenn ihr reinkommt. Das Gewehr lehnt an der Wand gegenüber, zehn Uhr. Es gibt noch ein zweites Gewehr neben dem Ofen an der Stirnseite, aber beide Waffen sind außerhalb seiner Reichweite, wenn ihr schnell genug seid. Die Tür ist nicht verschlossen, das haben wir gecheckt. Ich habe zwei Männer am Fenster, seht zu, dass ihr ihnen nicht das Schussfeld verdeckt. Wir benutzen einen Scheinwerfer, 1000 Watt, den wir in dem Moment einschalten, in dem ihr reingeht, der Raum wird also taghell sein. Und ich hoffe, dass der Überraschungseffekt funktioniert! Außerdem werden zwei weitere Männer hinter euch an der Tür in Position gehen.«

»Alles klar, danke. Aber haltet euch zurück, ja?«

»Deine Entscheidung, wie bisher auch.«

Jan-Ole trat auf die Hütte zu, Kristina war dicht hinter ihm. Gleichzeitig entsicherten sie ihre Waffen, aber dann schüttelte Jan-Ole den Kopf und schob die Heckler & Koch zurück ins Halfter. Kristina zog irritiert die Augenbrauen hoch, sagte aber nichts.

Die Tür schwang fast lautlos nach innen. Der Scheinwerfer flammte auf, mit zwei schnellen Schritten war Jan-

Ole am Tisch. Als Wahlborg sich nicht rührte, verzichtete er darauf, ihm den Arm auf den Rücken zu drehen und sagte nur: »Es ist vorbei. Bleiben Sie einfach weiter ruhig sitzen, da draußen sind ein paar Männer, die nur darauf warten, dass Sie irgendeine falsche Bewegung machen.«

Wahlborg kniff geblendet die Augen zusammen, zeigte aber sonst mit keiner Reaktion, dass er Jan-Ole verstanden hatte.

Kristina griff nach dem Gewehr an der Wand und klappte mit einer schnellen Bewegung den Lauf nach unten, um die Patronen aus der Kammer auf den Boden fallen zu lassen, mit der anderen Hand hielt sie weiterhin ihre Waffe auf Wahlborg gerichtet.

Nachdem Jan-Ole den Lichtschalter für die klobige Keramiklampe über dem Tisch entdeckt hatte, musste er sich vorbeugen, um erkennen zu können, ob die Birne überhaupt brannte. Er machte ein Zeichen zum Fenster hin, der Scheinwerfer erlosch. Jan-Ole war sich völlig im Klaren darüber, dass die Kollegen draußen dennoch unverändert Wahlborgs Kopf im Fadenkreuz ihrer Waffen hatten.

»Tür zu!«, brüllte er in Richtung Eingang.

Zwei weitere Minuspunkte auf der Liste »Eigenmächtiges Verhalten ohne Absicherung durch einen Vorgesetzten«, dachte er und zog sich einen Stuhl heran. Nachdem er sich gesetzt hatte, legte er die Handschellen vor sich auf den Tisch, um Wahlborg deutlich zu machen, worum es ging.

Kristina hatte sich entspannt und hielt ihre Waffe gesenkt, blieb aber weiter an der Wand stehen. Obwohl ihre Gesichtszüge fast vollständig im Dunkeln lagen, meinte Jan-Ole zu sehen, wie sie Wahlborg musterte, als wäre sie sich nicht sicher, was sie von ihm zu halten hatte.

Wahlborg zeigte immer noch keine Reaktion.

»Also los«, sagte Jan-Ole. »Fürs Protokoll: Wir verhaften Sie wegen Mordes an dem Staatssekretär Kai Torstensen, des Weiteren besteht dringender Tatverdacht im Fall der vierzehn Toten der Theatergruppe ›Teater på tur‹.«

Kristina konnte einen überraschten Ausruf nicht unterdrücken, Jan-Oles Blick blieb unverwandt auf Wahlborgs Gesicht gerichtet. Sein letzter Satz war nicht mehr als ein Schuss ins Blaue gewesen, bei dem er spontan einem Gedanken gefolgt war, den er kaum in Worte hätte fassen können.

Aber Wahlborg zuckte zusammen, als hätte ihn ein Schlag getroffen. Dennoch blieb seine Stimme vollkommen unbeteiligt, als er fragte: »Wie haben Sie es herausgefunden?«

Jan-Ole legte kurz den Kopf in den Nacken und schloss die Augen. Es war vorbei, dachte er, endlich!

Als er antwortete, stellte er irritiert fest, dass er keinerlei Emotion mehr spürte, es ging jetzt nur noch darum, die letzten Puzzlestücke an ihren Platz zu rücken.

»Wir haben die Lösung die ganze Zeit vor Augen gehabt, aber es einfach nicht gesehen«, sagte er mehr zu Kristina als zu Wahlborg. Er holte noch einmal Luft, bevor er fortfuhr: »Die Straße war nicht abgesperrt! Es ging also auch nie darum, irgendjemand anderen auf den See zu locken – die Falle war für euch selbst bestimmt. Du hast das Eis in der Nacht zuvor präpariert, nachdem du alles so arrangiert hattest, dass ihr einen unfreiwilligen Zwischenstopp in Evje einlegen musstet. Und am nächsten Tag bist du ganz gezielt da rausgefahren, weil du den Staatssekretär töten wolltest.«

Er hatte bewusst zum Du gewechselt. Wahlborg schien es nicht zu bemerken, aber sein Blick war nicht mehr leer, sondern zeigte jetzt zum ersten Mal so etwas wie Interesse.

»Genauere Einzelheiten zu deinem Motiv können wir später noch zu Protokoll nehmen«, sagte Jan-Ole. »Aber was ich im Moment noch nicht verstehe, ist, wie du dir das überhaupt vorgestellt hattest. Wolltest du dich kurz vor dem Eisloch aus dem Wagen werfen? War das der Plan?«

»Nein«, brach es jetzt aus Wahlborg hervor. Seine Stimme überschlug sich. »Ich wollte Selbstmord begehen! Ich habe das alles nicht mehr ertragen können. Ich war doch beteiligt an allem, was passiert ist, versteht ihr denn nicht? Ich war dabei, wenn die Leute hierher gebracht wurden, aber ich habe es nicht verhindert, ich habe mitgemacht! So wie alle immer mitmachen, ihr doch auch!«

Etwas in seiner Haltung hatte sich erneut verändert, fast schien es jetzt, als würde er Jan-Ole und Kristina angreifen wollen.

»Wie schafft ihr es, einfach mit eurem Leben weiterzumachen, während jeden Tag irgendwo Menschen verhungern, gefoltert werden, ermordet? Jedes Mal, wenn ich die Nachrichten höre, sehe ich die Bilder und denke, wir müssen doch etwas dagegen tun! Ich muss etwas tun! Aber stattdessen jammern wir nur, wie schlimm alles ist, und haben auch noch Angst, dass unser Scheißwohlstand bedroht ist, von dem wir ruhig etwas abgeben könnten, ohne es überhaupt zu merken. Es ist diese Selbstgefälligkeit, in der wir uns zum Richter aufspielen über Leben und Tod und die Leute lieber zurückschicken, statt ihnen zu helfen. Das ist pervers!«

Wahlborgs Blick flackerte, während er sich schwer

atmend zurücklehnte, als hätte er plötzlich den Faden verloren.

Jan-Ole merkte, wie die Wut in ihm aufstieg.

»Entschuldige, auch wenn ich deine Einschätzung im Ansatz teile, aber du redest doch gerade von zwei völlig verschiedenen Dingen, wenn ich das richtig sehe! Du ganz persönlich hast dich schuldig gefühlt, weil du in etwas verstrickt warst, das weit über alles hinausgeht, was du da gerade für die allgemeine Situation hier anführst. Und da ist dir offensichtlich nichts weiter eingefallen, als dich selber umzubringen. Aber damit ändert sich gar nichts!«

»Falsch«, kam es jetzt von Kristina.

Wahlborg blickte überrascht auf.

»Erklär es ihm«, sagte Kristina mit einem Kopfnicken zu Jan-Ole hinüber.

»Es stimmt«, gab Wahlborg zu. »Ich war zu feige, um etwas anderes zu tun. Aber ich habe gedacht, wenn ich schon abtrete ...« Er schluckte.

»Dann nimmst du wenigstens noch eins von den Dreckschweinen mit, die für all das verantwortlich sind, was hier schief läuft?«, brachte Kristina seinen Satz zu Ende.

»Er war ein ausgemachtes Dreckschwein«, nickte Wahlborg.

»Und ich weiß Dinge über ihn ...«

»Ich weiß auch Dinge über dich!«, mischte sich Jan-Ole wieder ein. »Zum Beispiel, dass du vierzehn vollkommen unschuldige Menschen auf dem Gewissen hast, weil dein bescheuerter Plan nicht funktioniert hat!«

»Das wollte ich nicht.«

»Das hättest du dir vielleicht besser vorher überlegen sollen. Und mit deinem Wissen zur Polizei gehen und den

Typen anzeigen! Mann, Mann, das darf doch alles nicht wahr sein – du hast die Beweise gehabt, du hast es gerade selber gesagt, du kanntest den Scheißjagdclub und hast genau gewusst, was sie hier treiben! Erzähl mir doch kein Blech!«

Kristina trat einen Schritt vor und legte Jan-Ole die Hand auf den Arm. Leise sagte sie zu Wahlborg: »Und danach? Nachdem der Bus im Eis eingebrochen war? Warum hast du dann einfach doch wieder weitergemacht?«

Wahlborg schlug die Hände vors Gesicht und fing haltlos an zu schluchzen. Kristina warf Jan-Ole einen resignierten Blick zu, den er mit einem Schulterzucken beantwortete. Für heute würden sie nicht weiterkommen. Und sie brauchten einen Psychologen. Irgendetwas stimmte noch nicht an Wahlborgs Geschichte. Da war noch mehr, was vollkommen im Dunkeln lag.

Und wieder haben wir nur an der Oberfläche gekratzt, dachte Jan-Ole, während er seinen Stuhl zurückschob und laut sagte: »Dann war's das. Die Kollegen sollen ihn abführen. Wir haben unseren Job gemacht.«

Kristina beugte sich zu ihm und flüsterte: »Er hat mir das Leben gerettet!«

»Er hat auch vierzehn unschuldige Menschen umgebracht, oder?«

»Ich weiß, und dafür wird er für immer einfahren, zu Recht. Trotzdem werde ich das Gefühl nicht los, dass ich in seiner Schuld stehe, als müsste ich irgendwas für ihn tun …«

»Du kannst gar nichts tun.«

Jan-Ole schüttelte unwillig den Kopf. Aber als er sich dann zu Wahlborg drehte, hatte er eine Entscheidung getroffen, die ihn womöglich sein Leben lang begleiten würde.

»Wir lassen Ihnen fünf Minuten, damit Sie sich beruhigen können. Danach werden die Kollegen Sie mitnehmen. Alles Weitere wird ein Gericht entscheiden.«

Wahlborg blickte mit tränenüberströmtem Gesicht auf und nickte. Jan-Ole war sich nicht sicher, ob er wirklich »takk« sagte, aber es spielte auch keine Rolle mehr.

Bevor er zur Tür ging, nahm er das Gewehr an der Wand mit sich, die zweite Waffe ließ er, wo sie war.

»Können wir das wirklich verantworten?«, fragte Kristina leise, als sie ins Freie traten.

»Wie du gesagt hast, er hat dir das Leben gerettet. Jetzt ist es an ihm, welchen Weg er wählen wird …«

Er drehte sich zu dem Gruppenleiter, der mit verschränkten Armen auf eine Erklärung wartete.

»Zieh deine Leute vom Fenster ab. In fünf Minuten könnt ihr rein. Er wird keinen Widerstand leisten. Und bringt mir bitte meine Handschellen mit, die ich auf dem Tisch liegen gelassen habe.«

Die Kollegen hatten sich noch kaum vom Fenster entfernt und waren gerade dabei, sich ihre Zigaretten anzuzünden, als der Schuss im Inneren der Hütte fiel.

Eine knappe Stunde später kroch der Porsche im zweiten Gang ins Tal hinunter. Jan-Ole fuhr, im Radio lief ein Song von Guro von Germeten. Kristina hockte auf dem Beifahrersitz und hatte die Arme vor der Brust verschränkt, ihre Hände umklammerten die Oberarme, als wollte sie sich an sich selbst festhalten, während sie sich fast unmerklich vor und zurück wiegte. Obwohl das Lied deutliche Anleihen bei typischer Zirkusmusik hatte und in seiner Fröhlichkeit so gar nicht zur Situation passen wollte, wechselte Jan-Ole weder den Sender, noch regelte er die Laustärke nach unten.

Leise sang Kristina den Refrain mit, erst jetzt fiel Jan-Ole wieder ein, dass sie auch bei Carl auf dem Boot schon Musik von der Akkordeonspielerin aus Hammerfest gehört hatten: »Come stand before me, oh won't you, no don't you ignore me, love is no doubt or fashion, so love me with heartbeats and passion …«

Als das Lied zu Ende war und Jan-Ole unvermittelt zu sprechen anfing, legte Kristina den Kopf an die Kopfstütze und schloss die Augen.

»Ich möchte, dass du es als Erste erfährst. Ich werde aufhören bei Beredskapstroppen. Und nein, ich werde auch nicht zur regulären Polizei zurückkehren.« Er klopfte auf die Brusttasche seiner Jacke. »Meine Kündigung habe ich schon gestern geschrieben, morgen geht sie in die Post. Das wird es ihnen leichter machen, eine Lösung für das Verfahren zu finden, das auf mich zukommt. Vielleicht gehen Merette und ich auch gar nicht zurück nach Bergen, sondern irgendwo anders hin, ins Ausland vielleicht, das haben wir noch nicht entschieden.«

Kristina gab keinen Kommentar, als wüsste sie, dass es ohnehin nichts ändern würde. Für einen Moment fragte sich Jan-Ole, ob es sie womöglich nicht interessierte. Nicht mehr. Aber dann streckte sie plötzlich die Hand aus und legte sie kurz auf seinen Arm.

»Vielleicht können wir uns ja trotzdem irgendwann noch mal alle bei Carl auf dem Boot treffen. Ich glaube, das würde mir gefallen.«

»Mir auch«, sagte Jan-Ole.

Gleich darauf musste er heftig abbremsen. Direkt vor ihnen stand ein Elchbulle auf dem Weg. Als Jan-Ole hupte, drehte er sich um und begann, in leichtem Trab vor ihnen herzulaufen.

Im Licht der Scheinwerfer warf sein Geweih gezackte Schatten auf die Fahrbahn, die wie flüchtige Risse im Schnee wirkten.

NACHSPIEL: ZWEI WOCHEN SPÄTER

Merette hatte eben ihre Sachen gepackt, als es an der Tür klopfte. Sie nahm die Reisetasche hoch und öffnete. Aber dann war es nicht Jan-Ole, der sie abholen wollte, sondern Ibu.

Seit er wusste, dass sie die Klinik verlassen würde, hatten sie kaum noch ein persönliches Wort miteinander gewechselt. Merette ahnte, worum es ging, hatte aber nicht die Kraft gefunden, ihn zur Rede zu stellen. Wenn sie ehrlich zu sich selber war, reichte es ihr vollkommen, dass sie gerade erst das Problem mit Frode halbwegs in den Griff bekommen hatte, noch so eine Geschichte wollte sie sich gerne ersparen. Auch wenn Ibus recht eindeutige Gefühle für sie einen ganz anderen Hintergrund hatten, lief es letztlich doch auf das Gleiche raus – er hatte sich auf sie fixiert, und wie auch immer sie reagierte, konnte es nur damit enden, dass er verletzt sein würde und sich zurückgesetzt fühlte. Und das war das genaue Gegenteil von dem, was sie sich für ihn wünschte!

Allerdings war er in den letzten Tagen ohnehin kaum greifbar gewesen, in Oslo hatten die Gerichtsverhandlungen gegen die Mitglieder des Jagdclubs begonnen, zweimal war Ibu jetzt schon zu einer Zeugenaussage vorgeladen worden. Und immer, wenn er zurückkam, war er nicht ansprechbar und schien nur mit Mühe in der Lage zu sein, seine Arbeit zu machen. Merette wusste, dass sie sich um ihn hätte kümmern müssen, aber damit hätte sie womöglich wieder nur genau das erreicht, was sie unter allen Umständen vermeiden wollte.

Jetzt streckte er Merette einen Briefumschlag entgegen.

»Die Schrift war falsch«, erklärte Ibu. »Deshalb ist der Brief hin und her.«

»Die Anschrift, meinst du?«

Ibu nickte.

Merette sah die mehrmals korrigierte Adresse auf dem Umschlag, der letzte Retour-Vermerk lag ziemlich genau eine Woche zurück, das ursprüngliche Datum auf dem Stempel mehr als drei Wochen. Als Absender war der Name einer Ölgesellschaft und einer Bohrinsel angegeben: Storefisk A im Stavanger Fjord. Darunter stand in Großbuchstaben: AKSEL. Irgendjemand hatte »Karlsen, Koch« hinzugeschrieben sowie den Vermerk »Gibt es hier nicht mehr«.

Merette merkte, wie ihre Hand anfing zu zittern.

»Danke, Ibu«, sagte sie und trat zurück in ihr Zimmer, noch bevor er etwas erwidern konnte.

Sie ging direkt zum Fenster und presste die Stirn an die kühle Scheibe, der Brief in ihrer Hand schien plötzlich das Gewicht eines Backsteins zu haben. Er hat mir geschrieben, als er noch auf der Bohrinsel war, dachte sie. Als er noch davon ausging, dass wir ihn alle für tot hielten. Als er noch nicht wusste, dass Jan-Ole ihn ausfindig gemacht hatte. Aber jetzt war er tatsächlich tot!

Aus welchem Grund auch immer er ihr geschrieben und damit sogar seinen Aufenthaltsort verraten hatte – es spielte keine Rolle mehr, es würde sich nichts dadurch ändern. Außer dass sie in dem Moment, in dem sie den Brief las, erneut in seine Spielchen hineingezogen würde. Aber vielleicht war sie es ihm trotz allem schuldig, den Brief zu öffnen …

Merette griff nach einem Teelöffel, der neben der benutzten Tasse auf dem Tisch lag, und riss den Umschlag auf. Es waren mehrere Briefbögen, die so eng beschrieben waren, dass sie ihre Lesebrille brauchte, um die Zeilen entziffern zu können. Und es gab keine Anrede, der Brief begann sofort mit der Feststellung:

Wir sind noch nicht fertig miteinander, auch wenn du dir das so gewünscht hast – vergiss es! Aber vielleicht kapierst du jetzt endlich, dass ich dir immer einen Schritt voraus sein werde. Und du brauchst gar nicht erst zu hoffen, dass ich einen Fehler gemacht hätte, weil du jetzt weißt, wo ich bin. Klar, steht ja auf dem Umschlag. Aber das nützt dir nichts, und deinem Superbullen auch nicht. Wenn du den Brief gekriegt hast, bin ich längst weg hier. Und dann werde ich genauso von der Bildfläche verschwunden sein wie schon mal. Ohne dass ihr auch nur die geringste Chance habt, mich zu finden.

Aber diesmal wirst du dir nie sicher sein können, ob ich nicht vielleicht ganz in deiner Nähe bin! Jeder Schatten, den du siehst, könnte ich sein. Jedes Geräusch, das dich nachts hochschrecken lässt, könnte bedeuten, dass ich gerade dabei bin, dich zu holen. Und es wird niemand da sein, der dich beschützen kann. Genau dann, wenn du es am wenigsten erwartest, werde ich plötzlich vor dir stehen. Ich bin der Alptraum, der dir dein Leben zur Hölle machen wird, genauso, wie du auch meins zerstörst hast.

Natürlich redest du dich jetzt wieder damit raus, dass ich mir das alles selbst zuzuschreiben hätte. Ich kenne dich! Du bist nichts als eine arrogante Schlampe, die glaubt, dass sie allen überlegen ist, und die sich für unangreifbar hält. Aber du irrst dich. Du weißt gar nichts! Und du ganz allein bist es, die mich dazu gebracht hat, dass ich Dinge tun musste, die ich nie wollte. Ich sehe dich genau vor mir, wie du versuchst, mich mit deinem Psychogelaber in die Falle zu locken: Was meinst du genau damit, dass du Dinge getan hast, die du nicht wolltest? Erklär mir das. – Denk selber nach, du dämliche Fotze! – Bitte, ja? So kommen wir nicht weiter. Du musst mitmachen, anders geht das nicht. – Ich muss überhaupt nichts. Du willst doch nur dein Scheiß-Ego befriedigen, damit du dich zurücklehnen und denken kannst, dass du mich vollständig durchschaust. – So siehst du mich? Als jemanden, dem es nur um sein eigenes Ego geht? – Ja, so sehe ich dich! Aber kommen wir doch mal zum Punkt. Erinnerst du dich, wo ihr meine angebliche Leiche gefunden habt? In diesem Scheißnest in Schweden? Nachdem ihr versucht habt, mich reinzulegen? Obwohl ich nie vorhatte, deiner Tochter und ihrer Freundin irgendwas anzutun! Bilde dir ruhig was drauf ein, aber es ging mir immer nur um dich. Julia hat mich nie wirklich interessiert.

Okay, zurück zu dem Toten. Jetzt werdet ihr ja wohl endlich kapieren, dass ich euch ausgetrickst habe und dass da ein anderer lag. Und wenn die Bullen ausnahmsweise mal ihre Arbeit richtig machen, finden sie sogar noch eine Leiche! Bingo! Da hat der verfluchte Psychopath also gleich zwei Leute umgebracht, weil sie ihm in die Quere gekommen sind. Aber Fehlanzeige, so war es nicht.

Ich kann hier ja ganz offen mit dir reden, ohne dass du dazwischen quatschst. Und ich schätze mal, du weißt noch, dass du damals in diesem Gutachten über mich behauptet hast, ich würde unter einem enormen Mitteilungsdruck stehen. Da hast du ausnahmsweise recht! Deshalb erzähle ich dir jetzt auch was. Und ich rate dir, gut zuzuhören, damit du endlich raffst, wie beschränkt ihr alle in euren Köpfen seid. Ihr seht immer nur das, was ihr sehen wollt, und die Wahrheit interessiert euch einen feuchten Dreck. Aber es ist nicht immer so, wie ihr das gerne hättet. Und es war auch in Schweden ganz anders.

Gut, ich gebe zu, dass ich sauer auf dich war, als ich kapiert hatte, dass Julia und ihre Freundin nicht mehr auf dem Campingplatz waren. Ich hatte gedacht, ich könnte dir vertrauen, aber du hast dich nicht an die Spielregeln gehalten. Und als ich dann zurück in das leer stehende Bauernhaus kam, sind plötzlich diese beiden Typen aufgetaucht. Und ich kann es nun mal nicht ab, wenn etwas passiert, was mir meine Pläne durcheinanderbringt, verstehst du? Erst habt ihr mich verarscht und dann habe ich auch noch zwei Leute am Hacken, die ich absolut nicht gebrauchen kann.

Aber auch wenn du mir jetzt nicht glaubst – wir haben uns sofort verstanden! Inga und dieser Arne und ich. Die waren irgendwie cool, anders als das übrige Spießerpack. Und ich hab gedacht: Scheiß doch auf die Rachenummer mit der Psychoschlampe, gönn dir zwischendurch ruhig mal ein bisschen Spaß. Das sind endlich mal Typen, mit denen du vernünftig reden kannst. Ohne dass sie dich gleich für voll bescheuert halten, nur weil du ein bisschen schräg drauf bist. Die sind selber genauso schräg drauf!

Wir haben noch am gleichen Abend schön zusammen gekocht und reichlich was getrunken dazu, erst Bier und dann auch noch Akvavit, der Typ hatte ja Geld, von seinem Job auf der Bohrinsel. Und wir haben die halbe Nacht geredet, es war echt gut. Wie in so einem Film mit uralten Freunden, die sich ewig nicht gesehen haben, und als sie sich dann Jahre später durch Zufall wiedertreffen, merken sie, dass alles easy ist – sie hätten sich nie trennen dürfen, weil sie nämlich auch niemand anderen brauchen, um voll glücklich zu sein.

Irgendwann waren wir dann so breit, dass wir nur noch die alten Matratzen da zusammengeschoben haben und eingepennt sind. Alle drei nebeneinander und Hand in Hand, wie Geschwister! Waren wir natürlich nicht, Geschwister, meine ich. Und als ich mitten in der Nacht aufgewacht bin, saß Inga auf Arne und hat ihn geritten. Und der Mond schien zum Fenster rein, und ich habe ganz deutlich ihr Gesicht sehen können – und wie sie die ganze Zeit nur mich angesehen hat, als ob ich es wäre, der da unter ihr lag!

Am nächsten Tag war Arne nicht so gut drauf, wegen Kopfschmerzen und so, aber er fand es voll okay, dass ich alleine mit Inga losgezogen bin, und ich habe noch gedacht: Er ist echt cool, null eifersüchtig! Wir sind einfach gute Kumpels, die sich immer aufeinander verlassen können!

Inga und ich haben uns ein Kanu geliehen, das an einer Hütte lag, wo keiner war. Und dann sind wir über den See bis zu einer Schleuse gepaddelt, wo es ein Restaurant mit einer Terrasse über dem Wasser gab. Da haben wir wie so ein altes Ehepaar in der Sonne gesessen und Lachs mit Pommes bestellt, und auch wieder ein paar Biere, logisch. Aber auf der Rückfahrt war es dann plötzlich irgendwie anders, du weißt schon, was ich meine, als ob die Luft zwischen uns elektrisch aufgeladen wäre. Und mitten auf dem See hat sich Inga ihr T-Shirt über den Kopf gestreift und ist zu mir auf die hintere Bank gekommen und hat mir einen runtergeholt. Als Wiedergutmachung für heute Nacht, hat sie gesagt. Echt abgefahren, ein bisschen wie auf einem Trip.

Das Blöde war nur, dass ihr Typ uns vom Ufer aus beobachtet hat, ohne dass wir es gemerkt haben. Und als wir angelegt haben, hat er Inga sofort mit sich gezerrt, zurück zum Haus. Ohne ein Wort zu mir zu sagen, vorbei mit bester Kumpel und so. Ich habe noch einen Moment gewartet, weil ich dachte: Halt dich da lieber raus, lass sie das erst mal untereinander klären. Und als ich dann eine Viertelstunde später auch zum Haus gekommen bin, war es schon zu spät. Sie waren oben, in dem Zimmer, in dem wir gepennt hatten, und ich hab sie auch erst noch schreien gehört, Inga, meine ich, und das klang gar nicht gut, also jedenfalls nicht so, als ob sie gerade eine Versöhnungsnummer schieben würden.

Ich bin natürlich sofort die Treppe hoch – und da lag sie auf dem Boden, irgendwie ganz komisch zusammengekrümmt, als hätte sie noch versucht, von ihm wegzukriechen, und alles war voll Blut, und Arne hatte seine Hände um ihren Hals und hat sie gewürgt. Aber ich glaube, da war sie schon tot.

Ich habe mich von hinten auf ihn gestürzt und wollte ihn von ihr runterzerren, aber Mann, der Typ war zwar kaum größer als ich, aber er war ein Rigger, einer von denen, die auf der Bohrinsel jeden Tag mindestens 4000 Kalorien in sich reinschaufeln, ich hatte null Chancen! Er hat mich zur Seite geschleudert und ist aufgesprungen. Erst habe ich noch gedacht: Jetzt macht er mich auch platt, aber er ist nur aus dem Zimmer raus und hat die ganze Zeit gebrüllt wie ein wildes Tier. Kann sein, dass er abhauen wollte. Was dann genau passiert ist, weiß ich gar nicht, vielleicht ist er einfach nur über seine Schnürsenkel gestolpert und die Treppe runtergefallen, keine Ahnung.

Nein, Merette, jetzt habe ich dich verarscht, vergiss es! Er hatte gar keine Schnürsenkel, er hat so was wie Cowboystiefel angehabt, bestimmt gibt es Fotos von der Leiche, da könnt ihr das nachprüfen.

Also, neuer Versuch: Er hat Inga bis zur Treppe geschleift, aber sie war doch noch nicht tot, und plötzlich hat sie ihm einen Stoß mit den Beinen verpasst, und er ist rückwärts die Stufen runtergeknallt. Du musst dir das vorstellen wie in dem Film mit dieser Stieg-Larsson-Geschichte, wo jeder schon gedacht hat, die Heldin wäre tot, aber dann gräbt sie sich doch wieder aus der Grube aus und lebt noch, wie so ein Scheiß-Zombie!

Okay, klar, das war zu billig, das nimmst du mir nicht ab. Weißt du eigentlich, dass ich das tatsächlich irgendwie an dir schätze? Dass du nicht so doof bist wie die meisten anderen, das meine ich. Und glaub mir ruhig, ich habe schon ein paarmal ganz ernsthaft gedacht, dass wir beide zusammen ein echt gutes Team gewesen wären. Aber was soll's, es ist anders gekommen, und egal, wie schlau du bist, jetzt weißt du trotzdem nicht, was du gerade denken sollst, richtig?

Keine Panik, ich sag dir, wie es wirklich war! Ich kannte mich ja besser in dem Haus aus als Arne, weil ich gleich am ersten Tag alles durchsucht hatte. Deshalb wusste ich auch, dass da noch ein Gewehr in dem Schrank war, sogar geladen und alles. Also habe ich mir das gegriffen, bevor er überhaupt kapiert hat, was läuft, und damit auf ihn gezielt. Du hättest sein Gesicht sehen sollen, als ich ihn gezwungen habe, aus dem Zimmer raus auf den Treppenabsatz zu gehen. Er hat noch versucht, mir das Gewehr wegzureißen, aber auf so was war ich vorbereitet, und als ich auf seinen Sack gezielt habe, ist er ganz still geworden. Und dann hat er sich vollgepisst, das musst du dir mal vorstellen – ein Rigger, der sich wie ein kleiner Junge in die Hose macht!

Übrigens auch so was, was die Bullen nicht gerafft haben. Ich meine, das hätte ihnen schon auffallen müssen, dass seine Hose nass war! Ist ja nicht unbedingt logisch, dass sich einer einpinkelt, nur weil er die Treppe runterfällt. Aber genau das ist passiert: Er ist gefallen! Ich brauchte ihn gar nicht erst zu stoßen, ich musste nur mit der Knarre auf ihn zugehen, und er hat gebettelt, dass ich ihm nicht die Eier wegschießen soll, und dann hat er einfach nur einen Schritt zu viel nach hinten gemacht. Und das war's! Ich hab ihn nicht angerührt! Genauso wenig wie Inga, das schwöre ich.

So, jetzt habe ich dir alles erzählt. Und du musst selbst entscheiden, ob du mir glauben willst. Vielleicht stimmt ja auch nur ein Teil von dem, was ich geschrieben habe. Oder doch alles. Oder gar nichts. Deine Chancen stehen fifty-fifty, würde ich sagen. Und ich bin gespannt, wozu du dich entschieden hast, wenn wir uns wiedersehen.

Der Brief trug keine Unterschrift, nur ein großes A in einem Kreis.

Merette hatte kaum die letzten Sätze gelesen, als sie die Stimmen draußen auf dem Gang hörte. Jan-Ole war da und redete mit Ibu. Ohne lange zu überlegen, nahm sie den Brief und verschwand im Badezimmer. Nachdem sie sorgfältig die Tür hinter sich verriegelt hatte, suchte sie in ihrer Handtasche nach dem Streichholzbriefchen, das Julia ihr aus Berlin mitgebracht hatte, weil sie den Namen der Kneipe auf dem Deckblatt so witzig fand: BAR MAMA.

Quälend langsam fraß sich die Flamme durch das Papier. Merette wartete, bis auch der Umschlag vollständig verbrannt war, dann spülte sie die verkohlten Reste in der

Toilette hinunter und wünschte sich, ihre Erinnerungen würden sich ebenso spurlos beseitigen lassen.

Als Jan-Ole an der Zimmertür klopfte, rief sie laut: »Ich komme! Eine Sekunde noch!«

Zeit für einen Neuanfang, dachte sie, während sie sich im Spiegel rasch die Lippen nachzog.

ENDE

Jan-Ole Andersen	ist Sonderermittler einer Spezialeinheit der Polizei, sitzt zwischen allen Stühlen und steht am Ende mit einem Bein im Gefängnis.
Merette Schulman	ist Psychologin, sitzt im Rollstuhl und steht plötzlich ganz alleine da.
Kristina Bygholm	ist Kriminalkommissarin in Kristiansand und steht auf ihren Job, ihren Porsche – und auf Jan-Ole. In dieser Reihenfolge.
Aksel	steht von den Toten wieder auf.
Der Staatssekretär	arbeitet im Ministerium für Immigration und Integration und steht nicht auf Flüchtlinge.
Sein Fahrer	steht unerwartet mit einem Gewehr in der Hand da.
Ein Elchbulle	steht gut versteckt in einem Tannendickicht und fragt sich, was genau da eigentlich gerade passiert.

NACHWORT

Unser Roman ist reine Fiktion. Wir haben uns also beim Schreiben aller Freiheiten bedient, die in einer fiktiven Geschichte möglich sind.

Alle Orte, Landschaften und Straßen allerdings, die erwähnt werden, existieren tatsächlich, während die Personen wiederum frei erfunden sind und keine realen Vorbilder haben, das gilt insbesondere für die Figur des Staatssekretärs. Darüber hinaus mussten wir uns manche Gegebenheiten etwas zurechtbiegen, so dass sie für die Geschichte passten, vor allem in der Schilderung der Ermittlungsarbeit. Und bei aller Genauigkeit der Recherche bleibt es nicht aus, dass sich eventuelle Fehler einschleichen – die Verantwortung dafür tragen ausschließlich wir.

Unsere Geschichte könnte sich – unter veränderten Vorzeichen – ebenso gut in nahezu jedem anderen Land in Westeuropa abgespielt haben, aber Jan-Ole ermittelt nun mal in Norwegen. Tatsächlich gibt es in Norwegen eine Partei, die in der Flüchtlingsfrage ziemlich genau die Haltung einnimmt, dic wir schildern. Es lag uns jedoch fern, hier explizit norwegische Verhältnisse anzuprangern. Norwegen dient in diesem Zusammenhang ausschließlich als Beispiel für eine in weiten Teilen Westeuropas praktizierte Asylpolitik, nicht mehr und nicht weniger.

Wir bitten alle Norwegen-Fans um Entschuldigung, sollten sie das Gefühl bekommen haben, wir würden dieses Land in ein zu negatives Licht rücken – das war nicht unsere Absicht. Wir möchten hier ausdrücklich betonen, dass wir selber das Land und die Menschen, die dort leben, sehr zu schätzen wissen und gerne dort sind, außerdem sind einige unserer besten Freunde Norweger und wir sind stolz darauf, sie zu kennen.

DANKSAGUNG

Für viele unverzichtbare Momente, die in unseren Roman Einlass gefunden haben, und für ihre Unterstützung bei der Arbeit danken wir zuallererst Ragni Karlsen aus Bergen, weiterhin Darlén Bakke und Gabriele Haefs sowie Line, Gunnel und Kent von »Vammervikens Camping« in Dalsland.

Vor allem gilt unser Dank auch dem Rockmusiker Arndt Schulz, der uns bei unseren Lesungen begleitet, außerdem Katja Goethe-Schulz fürs erste Korrekturlesen und Achim Uhlenhut für die Fotos. Stellvertretend für alle Buchhändler danken wir wieder Jens Veenhuis aus Lehrte, stellvertretend für alle Veranstalter Yasir Khalaila vom »Konzertlokal Kanapee« in Hannover, weiterhin der norwegischen Band »Dance with a Stranger« und der Sängerin Guro von Germeten, deren Musik uns auch diesmal wieder begleitet und inspiriert hat. Und nicht zuletzt unseren Freunden Andrea, Gerhard, Karin, Detlef und allen anderen, die einem neuen Freda-Wolff-Roman zuliebe auch unsere »soziale Inkompetenz« bei der Arbeit geduldig ertragen haben.

Wie immer danken wir natürlich Bastian Schlück von der Agentur Schlück sowie unserem Lektor Reinhard Rohn und seinem Team vom Aufbau Verlag.

ÜBERS SCHREIBEN

Wenn wir schreiben, kann es zumindest bei Wolfram passieren, dass er zum Einsiedler wird. Dann kann er es tagelang aushalten, keine Freunde zu sehen und auch mit niemandem zu telefonieren. Ohne Ulrike, die sich immer wieder bemüht, wenigstens ein paar soziale Kontakte zu pflegen, hätten wir vermutlich schon kaum noch Freunde.

Besonders schwierig wird es abends. Oft sind wir noch so verstrickt in das, was wir gerade schreiben, dass jedes Gespräch mit anderen das vermeintliche Risiko birgt, viel zu sehr abgelenkt zu werden und am nächsten Tag womöglich nicht mehr so ohne Weiteres zurückzufinden in die Welt unserer gerade entstehenden Geschichte.

Auch Bücher lesen ist ganz gefährlich! Es gibt ja Bücher, die einen im wahrsten Sinne des Wortes »entführen«, in ihren ganz eigenen Kosmos, der einen dazu treibt, immer weiter zu lesen – und nicht mehr zu schreiben.

Die Lösung heißt Fernsehen. Fragen Sie nicht, wie viele Abende wir gemeinsam vorm Bildschirm hocken und uns Filme reinziehen. Vornehmlich Fernsehserien, die nicht unbedingt auf höchstem Niveau angesiedelt sind, aber wiederum auch nicht so blöd, dass sie nur noch nerven. Neben britischen Serien eignen sich auch amerikanische besonders gut.

Beim Schreiben an diesem Freda-Wolff-Band haben wir erst alle Folgen von »True Detective« und »The Missing« gesehen, danach dann »Crossing Lines«, was aber nach der ersten Staffel leider zu belanglos wurde, und schließlich »Code 37«. Das ist zwar eine belgische Serie, hat unsere Erwartungen aber vollständig erfüllt: zwei Staffeln Mord und Totschlag und Vergewaltigung, und das alles auch noch mit einer ziemlich coolen und nur leicht gestörten Kommissarin als Hauptfigur. Großartig! Bis zu drei Folgen haben wir jeden Abend geschafft, bevor wir dann zufrieden ins Bett gegangen sind.

Sobald ein Buch fertig ist, sehen wir uns übrigens keine Serien mehr an, sondern wieder richtige Spielfilme. Und lesen auch wieder Romane von anderen Leuten und versuchen vorsichtig, uns im Alltagsleben wieder zurechtzufinden. Manchmal waren wir dann so lange in unserer eigenen Welt vergraben, dass uns Partys und gemeinsame Essen mit Freunden vollkommen unvertraut vorkommen. Ebenso wie die Spaziergänge mit dem Hund, der es durchaus zu schätzen weiß, wenn Wolfram nicht mehr alle paar Meter stehenbleibt, um sich einen neuen Gedanken in seinen Notizblock zu schreiben – sondern sich plötzlich wieder auf seine eigentliche Aufgabe als »Boss« besinnt und Stöckchen wirft oder neue Kommandos trainiert.

Dass wir zu Hause schreiben, ist eigentlich klar, oder? Ulrike oben unterm Dach und Wolfram am großen Tisch in der Küche. Ulrike am Computer, Wolfram mit einem Klemmbrett, Schmierpapier und Stift. Alle unsere Bücher sind in diesen beiden Räumen und auf diese Weise entstanden. Als wir das letzte Mal in irgendwelchen Büros gearbeitet haben, waren wir Anfang dreißig.

Zu Hause zu arbeiten ist cool. Und da wir ja nur die Treppe hoch oder runter müssen, um miteinander zu reden, können wir damit auch die vielzitierte Einsamkeit des Schriftstellers vermeiden – wir sind schlimmstenfalls zu zweit einsam!

Aber tatsächlich hat unsere Zusammenarbeit noch einen ganz anderen Vorteil: Wir sind zwar häufig einer Meinung, was den Plot einer Geschichte angeht, aber wenn nicht, dann streiten wir so lange, bis sich plötzlich eine Lösung auftut, auf die einer von uns alleine nie gekommen wäre. Und das ist nicht nur ein unschätzbarer Gewinn für die Arbeit, sondern rechtfertigt auch jeden Streit. Im Übrigen sind wir ja Profis und streiten uns also auch nicht mehr als unbedingt notwendig!

Ansonsten gibt es feste Strukturen für den Tagesablauf, anders geht es nicht. Oder zumindest wir kriegen es nicht anders hin. Der Tag beginnt damit, dass der Hund raus muss. Das übernimmt morgens fast immer Ulrike. Wolfram beantwortet solange die ersten Mails, die eingegangen sind. Beim Frühstück machen wir häufig eine To-do-Liste, die so profane Dinge beinhaltet wie Einkaufen, Saubermachen, Auto zur Werkstatt – wir haben einen alten VW-Bus, der Punkt taucht also ungefähr so oft auf wie »Toilettenpapier besorgen« oder »Geschirrspüler ausräumen«. Dann kochen wir Kaffee, eine Espressokanne für jeden. Dann verschwindet Ulrike mit der Tageszeitung nach oben, während Wolfram noch eine Weile auf dem Sofa liegt und vorgibt, sich auf die ersten Sätze zu konzentrieren, die er gleich schreiben wird. Manchmal leistet er sich aber auch einfach nur einen kurzen Moment völliger Entspannung.

Und dann geht es los! Spätestens um elf. Dann schreiben wir. Wolfram unten und Ulrike oben. Wenn der Postbote klingelt, ist Wolfram dran, beim Telefon Ulrike. Der Postbote weiß, dass wir immer zu Hause sind, und bringt deshalb auch gerne die Pakete für die Nachbarn zu uns. Am Telefon versucht Ulrike, den Kontakt zur Außenwelt aufrechtzuerhalten und alle Freunde, die uns sehen wollen, auf einen unbestimmten Zeitpunkt in der Zukunft zu vertrösten, wenn wir fertig sind mit Schreiben.

Wenn wir gut sind, schaffen wir sechs bis sieben Seiten am Tag. Und wir sind natürlich auch gleich unser eigenes Lektorat, bevor dann der Verlag später noch mal eingreift. Das heißt, wir machen erste Korrekturen am Text – und vor allem Änderungsvorschläge, über die wir später wieder streiten können. Was dann meistens am frühen Abend am großen Tisch vor der Bücherwand passiert, nachdem Wolfram die zweite Hunderunde übernommen hat und mit noch mehr Notizen für weitere Änderungen zurück ist.

Dann essen wir was und dann gucken wir Fernsehen. Siehe oben. Wir essen übrigens gerne alles, was produziert wurde, ohne dass irgendwelche Tiere dafür gequält worden sind. Und solange wir schreiben, trinken wir auch keinen Alkohol. Nur manchmal ein Glas Rotwein, wenn es gar nicht mehr anders geht. Aber Alkohol hat die unangenehme Eigenschaft, dass er nur für einen Moment beflügelt, und mit Kopfschmerzen schreibt sich's nicht besonders gut. Empfehlen möchten wir aber dennoch unbedingt den Blauen Zweigelt der Winzergenossenschaft aus Freyburg an der Unstrut. Oder Guinness. Guinness geht immer.

Klingt alles sehr strukturiert – und vielleicht auch ein bisschen langweilig. Ist es aber nicht! Weil ja jede Geschichte und jedes Kapitel uns immer aufs Neue mit einer Welt konfrontiert, die wir so gestalten können, wie wir es gerne hätten. In der jeder Dialog und jede Handlung nur von uns bestimmt wird und in der es zunächst mal ganz allein unsere Figuren sind, die wir da agieren lassen, lange bevor der Leser sie kennenlernt und sie sich – im besten Fall – zu eigen macht.

Zurzeit gehen wir gerade wieder auf Partys. Und telefonieren auch viel oder treffen irgendwelche Leute, nur so, um ein bisschen zu plaudern. Unser Roman ist fertig, wir können es uns also auch leisten, nicht mehr still zu sein. Und wir sind glücklich, wenn wir das Gefühl haben, dass der Kontakt nicht abgebrochen ist und wir wieder Teil des Lebens unserer Freunde sein können.

Aber gleichzeitig freuen wir uns auch schon auf die Arbeit am nächsten Buch. Bei »Code 37« gibt es nämlich noch eine dritte Staffel, die wir bislang nicht kennen!

Ulrike Gerold + Wolfram Hänel, März 2017

Freda Wolff unterstützt www.cadus.org
Mehr über Freda Wolff: www.freda-wolff.weebly.com

LESEPROBE

BROSCHUR
ISBN 978-3-7466-3310-7

PREIS: 9,99 €

Die fast zwei Flaschen Weißwein, die Jan-Ole im Wasser des Sees gekühlt hatte und die sie im Laufe des ersten Abends tranken, ohne wirklich betrunken zu werden, hatten zu dem geführt, was von vornherein absehbar gewesen war – sie war mit Jan-Ole auf einer der schmalen Bettpritschen gelandet. Norwegische Sommerhütten waren eindeutig eher lustfeindlich, hatte Merette noch gedacht, als sie sich bei ihren Verrenkungen kurz nacheinander beide die Köpfe an der oberen Pritsche stießen. Dann waren alle Hindernisse nebensächlich geworden und es gab nur noch Jan-Oles Hände, seinen Mund, seine Lippen und den leicht salzigen Geschmack seiner Haut. Es kam nicht oft vor, dass sie miteinander schliefen, und mehr als nur einmal hatte Merette schon gedacht, dass ihr Sex etwas Verzweifeltes hatte, als würden sie sich aneinander festklammern, um sich zu vergewissern, dass sie nicht alleine waren. Aber diesmal war es wider Erwarten anders gewesen, es hatte sich alles richtig angefühlt, und sie hatten sich Zeit gelassen, viel Zeit.

Gegen Mitternacht hatten sie dann zusammen im See gebadet, und trotz der eisigen Kälte des Wassers hatte Merette so etwas wie ein lange vermisstes Glücksgefühl gespürt, das auch noch anhielt, als sie bereits wieder in der

Schlafkammer waren, diesmal jeder auf seiner eigenen Pritsche, sie unten und Jan-Ole anderthalb Meter über ihr.

»Hörst du das?«, hatte Jan-Ole geflüstert. Seine Stimme hatte geklungen wie die eines kleinen Jungen, der aufgeregt seine erste Feriennacht in der Wildnis verbringt. »Man hört gar nichts! Das ist es, was Elsa gemeint hat. Absolute Stille. Als wäre der Wald nicht voll mit Lebewesen.«

Tatsächlich hatte Elsa sie bei ihrer Ankunft vor dieser Stille gewarnt und ihnen von einem Arztehepaar aus Deutschland erzählt, das im vergangenen Jahr schon nach zwei Nächten wieder abgereist war, weil es ohne die Geräuschkulisse der Großstadt nicht schlafen konnte.

Umso unheimlicher war jetzt das unerwartete Klappern der Mülltonne, auch wenn der Grund dafür wahrscheinlich wirklich nur ein streunender Fuchs oder Dachs auf der Suche nach fressbaren Abfällen war.

»Jan-Ole ...«, flüsterte Merette in das Dämmerlicht der Kammer hinein. »Schläfst du?«

Natürlich schläft er, dachte sie gleich darauf, mach dich nicht lächerlich, Merette, es ist nichts weiter. Alles ist in Ordnung, es gibt nichts, was dir in irgendeiner Weise gefährlich werden könnte!

Aber warum hörte sie nicht wenigstens einen Atemzug von Jan-Ole? Wenn er wirklich fest schlief, müsste sie dennoch seinen Atem hören, irgendeine Bewegung auf der Pritsche über ihr, ein Anzeichen dafür, dass er überhaupt da war.

Sie hob den Arm und klopfte mit dem Fingerknöchel an den Lattenrost der oberen Pritsche, erst zögernd, dann nachdrücklicher, während sie auf seine verschlafene Stimme hoffte, auf ein mürrisches »Was ist los? Was hast du?«

»Jan-Ole?«, fragte sie jetzt lauter in die Stille hinein. Als immer noch keine Antwort kam, schlug sie die Decke zurück und richtete sich auf. Fast wäre sie mit dem Kopf wieder gegen die grob gezimmerten Bretter gestoßen. Als sie dann mit der Hand nach der Pritsche über sich tastete, wusste sie bereits, dass das Bett leer war.

Er ist pinkeln gegangen, dachte sie, und ich habe so fest geschlafen, dass ich noch nicht mal gemerkt habe, wie er an mir vorbeigeklettert ist. Oder er hat den Fuchs vor mir gehört und sich zum Fenster geschlichen, um ihn zu beobachten.

Barfuß tastete sie sich über die Schwelle in den Wohnraum. Aber dann war da nur die leere Fensteröffnung ohne den ersehnten Schatten von Jan-Ole davor. Die Tür nach draußen war geschlossen, allerdings fehlten Jan-Oles Gummistiefel, und auch die Taschenlampe, die sie für alle Fälle griffbereit auf den Tisch gelegt hatten, war verschwunden.

»Er ist pinkeln gegangen«, wiederholte Merette halblaut für sich selbst und spürte plötzlich den Druck auf ihrer eigenen Blase. Ein altes Ehepaar trifft sich nachts auf dem Außenklo, dachte sie fast belustigt, bevor sie die Klinke herunterdrückte und ins Freie trat.

Über ihr wölbte sich der Sternenhimmel, noch konnte Merette ohne Mühe den großen Wagen ausmachen und das schimmernde Band der Milchstraße, aber ein grünlich-gelber Schimmer über dem Wald am anderen Seeufer kündigte bereits den neuen Tag an. Ein Blick auf die Uhr sagte ihr, dass es kurz vor fünf war.

Der glatte Felsen, auf dem die Hütte stand, fühlte sich unangenehm kalt unter ihren bloßen Füßen an, kalt und feucht vom Morgentau. Die Kiefernnadeln in den vom Regen ausgewaschenen Mulden waren wie ein Teppich, der sich mit Nässe vollgesogen hatte. Als sie um die Ecke der Hütte kam, meinte sie einen langgestreckten Schatten unter Jan-Oles altem Campingwagen verschwinden zu sehen, aber sicher war sie sich nicht. Der Mülleimer lag umgestürzt auf der Seite, die Abfälle ihres Abendessens waren über den Boden verstreut.

Die Tür zum Klohäuschen stand sperrangelweit offen, auch aus der Entfernung von vier oder fünf Metern konnte Merette ohne Probleme erkennen, dass das Klo leer war.

Sie drehte sich zurück zum See, fest davon überzeugt, irgendwo zwischen den Baumstämmen Jan-Oles Silhouette entdecken zu müssen – aber das Einzige, was sie sah, waren zwei Wildgänse, die mit vorgestreckten Hälsen dicht über dem Wasser am Ufer vorbeiflogen, laut schnatternd, als wären sie auf der Flucht vor irgendeiner unklaren Bedrohung.

Ein paar Gedichtzeilen von Bertolt Brecht schossen Merette durch den Kopf: Wo Regen drohen oder Schüsse fallen, fliegen sie hin, einander ganz verfallen. Wohin ihr? – Nirgend hin. – Von wem davon? – Von allen. Wie der Text weiterging, wollte ihr nicht einfallen, sie erinnerte sich nur noch daran, dass das Gedicht »Die Liebenden« hieß. Es schien ihr Ewigkeiten her zu sein, dass sie versucht hatte, den Text für Jan-Ole ins Norwegische zu übersetzen. Es *war* Ewigkeiten her.

Als die Gänse verschwunden waren, wirkte die Stille erneut umso unwirklicher. Mit den Gänsen hatte sich auch die Farbe des Himmels verändert, ein rötlicher Schleier überzog den Horizont.

Der Druck auf ihre Blase war jetzt so stark, dass Merette unwillkürlich die Beine zusammenpresste. Aber irgendetwas hielt sie davon ab, die wenigen Meter zurück zum Klo zu gehen, das ihr plötzlich wie eine Falle vorkam. Stattdessen streifte sie das Nachthemd hoch und hockte sich mitten auf den Felsen. Das Plätschern auf dem Stein kam ihr unnatürlich laut vor, für einen kurzen Moment überlegte sie, ob es ihr peinlich wäre, wenn plötzlich Jan-Ole vor ihr stehen würde …

Und dann kam der Schrei. Ein Schrei, wie sie ihn noch nie zuvor gehört hatte. Qualvoll. Grausam. Eine Mischung aus ohnmächtiger Wut und … Angst! So laut und durchdringend, dass für einen Moment ihr Herzschlag aussetzte und sie zu keiner Reaktion mehr fähig war. Der Schrei klang wie das Gebrüll eines wilden Tieres, das sich in die Enge getrieben fühlte und jeden Augenblick zum Angriff übergehen würde. Ohne Zögern, ohne Erbarmen – und doch hatte der Schrei gleichzeitig etwas Menschliches.

Im selben Moment, in dem Merette die Tür hinter sich zuschlug, wusste sie schon nicht mehr, wie sie zurück in die Hütte gekommen war. Ihre Hände schafften es kaum, den Schlüssel im Schloss zu drehen, am ganzen Körper zitternd, presste sie dann von innen den Rücken gegen das Holz, als könnte sie so den Ansturm gegen die Tür verhindern, der jeden Moment folgen musste.

Der zweite Schrei ließ sie aufschluchzend nach unten rutschen, sie presste die Hände auf ihre Ohren und hörte das Blut in ihrem Kopf rauschen, dann rollte sie sich zur Seite und griff keuchend nach dem Beil, das an der Wand lehnte. Was immer da draußen auf sie lauerte, sie würde sich nicht wehrlos ergeben.